굿모닝, 요양병원

굿
모
닝,   강병철 장편소설

요
양
병
원

삶창

작가의 말

더 뜨거운 가슴으로

1928년 생인 어머니는 식민지 시대 소학교를 졸업하고 군청 서기로 일할 때가 화양연화였다. 소재지 최초로 파마머리를 하셨고 발바닥에서 15센티 올라가는 치마를 입으시면서 신작로 사내들의 눈길만 받았던 것 같다. 그러다가 소개팅 들어온 국민학교 훈장 사내와 혼인식을 올리자마자 농부로 변신했으니, 운명이다.

93세까지 서산 한라비발디에서 혼자 사시다가 요양보호사의 보호를 2년 정도 받았다. 그러다가 코로나19 시국 때 병상에 누운 후 다시는 일어나지 못하셨다. 요양병원에서 마지막 5년을 더 연장하신 게 가장 큰 고통이셨으니, 몸이 수수깡처럼 마르고 주삿바늘조차 꽂을 자리가 없을 지경이 되었다. 그랬다.

어머니는 망자가 되면서 비로소 존엄을 되찾으셨다.

둘째 아들이 너무 잘 울어서 걱정이 많으셨다. 운동회 달리기에서 4등을 해서 공책을 못 타는 바람에 울었고, 이웃집 성국이가 던진 돌멩이에 곁방살이 경호의 이마가 깨진 날에도 피 흘리는 동무보다 더 크게 울었다. 5학년 첫 시험 때는 반에서 6등을 하고 꺼이꺼이 터뜨리는 둘째아들을 달래느라 진땀도 흘리셨다.

성품은 의연하셨다. 1985년, 내가 해직교사가 되었을 때 우리 집안에서 표정 관리를 가장 잘하셨다. 아들이 쫓겨난 일터인 논산까지 혼자 오셔서 묵묵히 하숙 짐을 묶으시고 트럭에 실어 대전까지 날라다 주면서.

"괜찮다. 안 되면 나랑 농사짓자."

퉁퉁 불은 내 가슴을 다독다독 문질러주셨다. 그때까지 자신이 병실에 누우실 줄 까맣게 모를 즈음이다.

그 100년의 서사를 푸는 작업은 당면한 의무이면서 고통이었다. 덕분에 오키나와 전투와 해방, 6·25전쟁과 유신 시국을 소환할 수 있었던 것은 감사한 일이다. 2024년 12월 3일 비상계엄 때는 침대 옆에서 독백처럼 노닥거리다가 치미는 울컥으로 눈앞이 캄캄하기도 했다.

어머니가 돌아가신 직후에는 밀려드는 일 처리에 정신이 없어서 눈물도 나오지 않았다. 그러다가 시간이 흐를수록 슬픔의

농도가 진해지다가 나중에는 버스나 거리에서 악, 하고 스스라 치곤 했다. 다행인 것은 예전의 기억 조각에 허구를 덧붙이다가 한동안 폭풍 집필에도 빠졌다는 사실이다. 『굿모닝, 요양병원』에 마침표를 찍고 나서 온몸에 힘이 모두 잦아지면서 깊은 잠의 수렁에 빠졌고.

그동안 25권을 발간했고 장편소설로는 『엄마의 장롱』 『닭니』 『꽃 피는 부지깽이』 『토메이토와 포테이토』 『해루질』 이후 여섯 번째 출산이지만 기실 '어머니의 사연'이 빠진 적은 없다. 그리고 떠올릴 때마다 가슴이 뜨거웠음도 밝힌다. 수십 년 이력의 몸으로 독자들의 반응을 두근두근 기대하는 중이다.

2025년 초겨울 강병철

차례

실족

봄은 산수유 노란 꽃망울로 시작된다. 격렬비열도에서 가장 가까운 그 동네 대숲 사이로 겨울을 견디면서 그 연한 색으로 첫봄을 열어주는 것이다. 그렇게 보름 넘게 터뜨리던 꽃송이가 저물면서 다시 개나리 노란빛이 시나브로 뒤를 잇는다. 적돌만(灣) 갯벌 가는 그 싸리 울타리 너머로 햇살을 낭창낭창 흔들면서 개나리 색소가 점점이 번져주는 중이다. 그랬다. 산수유는 히늘로 기장이 뻗치면서 노란 새소를 쏘아댔고 개나리는 가지를 치렁치렁 내리면서 노란 그늘로 덮어버렸다. 그다음은 진달래 붉은빛이다. 앞산 뒷산으로 울긋불긋 퍼지던 진달래 꽃동산이 시나브로 지나가더니, 지금은 철쭉꽃 붉은색으로 흐드러지게 피어오르는 그 보릿고개 늦봄이다.

철쭉꽃 붉은빛이 화사하게 번지던 그해 늦봄에 첫 입원을 한 것이다. 그러니까, 85세가 되도록 나를 위해 병원의 문턱을 넘은 적이 한 번도 없었으니 생애 첫 입원이란 말이 맞긴 하다. 그것은 아주 어린 시절부터 몸에 배인 습(習)이었다. 남편은 소소한 배앓이에도 비지땀 흘리며 엎치락뒤치락 엄살떨다가 기어이 택시를 대절하여 읍내 병원까지 치달렸지만 나는 달랐다.

무르팍의 상처는 두레박 우물로 슥슥 문지르는 게 끝이었다. 마늘밭에서 호미로 발등을 찍었을 때에도 푸르딩딩 부푼 살덩이를 헝겊으로 싸맨 채 보름 내내 견뎌내었다. 못에 찔려 손가락에 차오른 누런 고름은 탱자나무 가시로 찔러 빼었고 흔들리는 이빨도 펜치로 뽑아내었다. 일곱 남매를 낳으면서도 병원 한 번 가지 않고 당연히 안방에서 생으로 탯줄을 잘랐다. 신열이 잉잉 달아오를 때도 물수건 한 장으로 이마 싸매고 새도록 버텨왔지만 그게 고달픈 생애인 줄도 몰랐다.

남자와 여자의 신분이 운명적으로 다르다고 생각한 게 가장 큰 이유이다. 칠거지악에도 '애 못 낳는 여자'와 '질투하는 여자'의 조항이 대못처럼 박혀 있듯 무조건 사내의 권위에 맞춰야 되는 줄만 알았다. 그 지난한 '여자의 일생'이 흐르고 흘러 노년까지 연장된 세월이었다. 그랬다. 눈뜨자마자 '오늘은 가족을 위해 내 몸을 얼마나 움직여야 할까'만 곱씹던 세월이 하염없이 흘렀다. 그런데 지금은.

8년 전, 그 첫 입원은 기실 아무 기억도 떠오르는 게 없다. 간호사가 팔뚝에 주삿바늘을 찌른 다음 입에 플라스틱 같은 걸 끼우면서 '숨을 들이키세요' 해서 시키는 대로 한 차례 들이마신 것 같다. 그 직전 '낙상에 주의할 것', '검사 전 화장실에 들를 것' 같은 문장 몇 개를 읽으면서 순간적으로 깊은 잠에 빠진 게 '수면 마취'의 시작이었다. 흰 가운 스치는 느낌으로 깨어났을 때는 나는 이미 침대에 묶여 있었다.

그때만 해도 좋은 시절이었다. 음식을 깨무는 이빨과 소화를 시킬 수 있는 위장이 있었고 오줌이 마려우면 내가 먼저 소리쳐 간병인을 부를 수 있었다. '내 손이 아닌 남의 손'으로 차려주는 밥을 먹었으니 그 또한 호사스러운 첫 경험이다. 침대 등받이에 기댄 채 코앞까지 배달된 식기를 비우는 게 당최 민망한 동시에 또 환자라는 위상을 처음으로 느끼는 생뚱한 경험이었다.

그 후 아주 긴 세월 내내 콧줄 식사로 연명할 줄은 꿈에도 몰랐던 시절이기도 했으니 그게 8년하고도 2년이 더 지난 사연이다. 그 85세의 첫 실족이 10년두 훨씬 지났으니 세월이 빛의 속도이다. 지금의 이 요양병원에 입원하기 훨씬 전이니, 모든 세파를 완강히 부인하며 살던 고집 센 노년의 시절이다.

나는 자식들에게 의존하지 않겠으며 절대로 치매에 걸리지도 않을 것이다. 명절 때 손주들에게 주는 세뱃돈은 아들딸이

내미는 봉투보다 두꺼울 것이며 통장에 남은 돈은 쓰러지기 전에 아낌없이 나눠주려 했다. 적어도 겉으로는 그렇게 여유로운 척했다. 거기까지였다. 어느 날 계단에서의 헛디딤 하나로 기가 폭삭 꺾일 줄은 새까맣게 모를 즈음이다. 그러거나 말거나 '낙상의 업(業)에 힘들어했던 그 세월만 해도 얼마나 행복에 겨운 푸념이었을까.

세월이 사람의 심성과 윤리까지 변화시켰으니 수상하면서도 마땅한 세태이다. 장성한 딸들이 '여성의 운명'에 대하여 강력히 거부를 표시할 때 처음에는 도저히 이해할 수 없었다. 새롭게 등장한 며느리들도 마찬가지였다. 물론 그미들도 나름 차선을 다하긴 했다. 명절이나 집안 행사 때 새벽같이 일어나 밥상 차리느라 분주하긴 했으니 노력을 한 게 맞긴 하다. 그러나 딱 거기까지였다. 몸으로 때우는 작심 봉사 하룻밤을 보낸 다음 아침상을 치우자마자 우르르 떠나는 것이다. 나머지 뒷정리는 내 차지였다. 어쩌면 모두 떠난 휑한 아파트에서 나 혼자 뒤처리할 때가 차라리 편안했던 것도 같다.

'어떻게 하면 남자들을 도울 수 있을까?'
그런 조바심을 '여자의 일생'으로 알았다. 남편이 아침마다 출근하는 직장인이었으므로 남녀 역할 분담의 경계가 분명해진 것도 이유가 된다. 농사일은 차치하더라도 시장 보기는 물론 우편물 발송과 농협 통장 출납까지 내가 죄다 감당하는 게 당연한 줄 알던 시절이다. 남편 역시 근면 성실한 가장이었으니 일단은 감사한 일인데.

퇴근하자마자 작업복으로 갈아입고 신발 끈을 조이면서 채마밭 노동의 채비를 준비했다. 고구마를 캐거나 퇴비장도 치우고 장작개비를 부엌으로 옮기며 아궁이 불 지필 준비도 마쳤다. 소나 돼지, 닭과 염소 같은 가축들의 먹이까지 일일이 챙기니 그 근면성이 자식들 학비에 도움이 되었다.

그래도 노동이 끝나자마자 가장의 대우를 극진히 받았으니 엄청난 차이이다. 하루의 일과를 마치자마자 내가 마루까지 세숫대야를 대령시켰다. 그건 어린 날 나의 모친으로부터 배운 '가장에 대한 존중' 예법이다. 내가 토방에 세숫대야를 받쳐놓으면 그도 당연한 듯 마루에 엉덩이 걸친 채 양말을 느릿느릿 벗었다. 대야에 맨발을 담근 자세로 신문 탐독에 몰입하면 내가 가랑이 아래에서 뽀드득뽀드득 닦아주었고 과도로 부푼 발바닥 더께를 떼어내었다. 다시 수건으로 발바닥을 뽁뽁 문지른 다음 정갈한 삼베옷으로 갈아입히면 익젓한 가장의 풍모가 드러났다. 그리고 곧바로 대청마루에서 커피를 마시며 부채질하는 장면까지 확인해야 내 마음이 놓이는 것이다.

모든 게 그랬다. 밥 먹는 시간에도 남녀의 위상을 철저히 구분시켰다. 남편이 아랫목 중앙에 자리 잡으면 큰아들이 맞은편

윗목에 마주 앉았으니 그게 밥상머리 서열이다. 여자들은 심부름과 치다꺼리로 새새틈틈이 긴장을 풀 수 없었으므로 방문 바로 옆에 자리를 잡았다. 양푼밥 비벼 먹다가 사내들의 눈짓이나 손가락 동작 하나에도 벌떡 일어나 부엌에 들락거렸다. '겉절이가 먹고 싶다', '냉잇국이 싱거운데 간장이 없다' 따위의 소소한 요청에도 자동으로 빠릿빠릿 대령하였다. 재게 움직인 후에도 밥상머리에만 앉으면 입맛이 쏙쏙 당겼으므로, 그 순리를 어길 엄두를 내지 못했다.

'여자가 움직이는 만큼 집안이 살아난다.'

그 동네에서 우리 집 하나만 기와집이었으니 갯마을 유지 집안이 맞다. 위의 식솔들은 서울로 유학을 보냈고 밑에 형제들은 아랫녘 도청 소재지로 보냈다. 아래 식솔들을 한양으로 못 보낸 건 1969년 권오병 문교부 장관이 서울특별시에만 중학교 무시험 정책을 실시하면서 지방 출신의 서울 진학 통로를 막아놓았기 때문이다. 그와 별개로 둘째 성연이만 성적표 숫자에 맞춰 지방대에 들어가면서 여섯째 성순이와 자취를 했고.

그 유학생 자취방에 여자 형제들까지 올려보낸 건 공부가 명분이긴 했지만 부엌일과 치다꺼리 역할을 맡기려 함이 더 크다. 그래서일까, 사내들도 성품이 온순하긴 했지만 스스로 밥을 짓거나 빨래를 할 엄두를 내지 못했다. 그저 하교 후 자취방에서 누이들이 오기만 기다리며 시근시근 책만 보았다. 저물녘 늦은 하굣길의 누이가 가방을 놓고.

'오빠, 미안.'

서둘러 밥상을 차려주면 그제야 웅크렸던 인상을 풀고 수저를 챙겼다. 밥을 먹으면서도 책에서 손을 떼지 않았으니 공부만큼은 집중한 셈이다. 누이들은 연탄불을 갈았고 고사리 같은 손으로 오라비의 교복을 빨은 다음 비로소 밥상 위에 책을 펴놓았다. 놀라운 일은 그 와중에도 여식들의 성적이 더 웃돌던 사태이다. 다섯째 황의순은 전교 7등 안에 들었고 여섯째 성순이는 아예 고정 선두였다. 몇 년 후 국립대 합격증을 들이밀었고 막둥이 누이인 황성순은 서울대에 들어갔으니 뜻밖으로 성공한 여식(女息) 농사이다.

가장인 황구원은 '돌다리도 두들기듯' 조바심하는 치밀한 성격이고 나 역시 남편의 영향을 받아서 '근면' '순결' '희생' '절약' 같은 좌우명을 가훈처럼 새기며 살았다. 유산 분배 계획까지 미리 짯짯이 세운 건 행여 당신의 사후에 생길지도 모르는 피붙이끼리의 재산 싸움을 막기 위해서란다. 그 와중에도 아들에게는 논을 주고 딸들에게는 밭과 산을 배분했으니 나름 합리적인 차별일 수도 있다.

그러나 논의 시세가 꽉 묶이는 바람에 아들들의 유산은 20년 내내 제자리 가격에서 머물렀다. 그런데 딸들에게 물려준 산과

밭으로 아파트 단지가 들어서면서 다섯 배 이상 오른 것이다. 덕분에 아들보다 딸들이 더 혜택을 보긴 했으나 '쏘아버린 화살'을 되돌릴 수는 없어서 남편이 종시 안타까워했다.

아무튼 재산 분배와 동시에 자식들 상속세까지 모두 납부했으니 꼼꼼한 헌신성 그 자체의 발로이다. 그런데 시내 법률사무소에 다녀온 다음 자꾸 딸내미 눈치를 보는 게 조금 수상하긴 했다. 어느 날 찾아온 여섯째 딸이 지적도(地籍圖)를 뒤적거리다가 즈이 아비를 사납게 노려보면서.

"엄마 재산도 챙겨주세요."

그 말을 듣는 순간 '앗, 나까지 유산 상속에 포함될 수 있나?' 하는 생각이 처음으로 머리를 '딱' 때리는 것이다. 그랬다. 한평생 내 이름으로 된 재산 목록이 하나도 없었으며 또 그게 마땅한 줄만 알았으므로, '내 껀 왜 없수?'라고 항변한 적도 당연히 없었는데.

"엄마 좀 아끼세요."

그 추궁에 남편이 어물어물 얼굴을 붉히자.

"앞으로의 시대는 남녀 차별이 없는 양성평등의 세상이라구요. 이 땅의 여성들이 이제껏 차별만 받고 산 게 얼마나 억울한지 아세요?"

남편이 뜨악하게 쳐다보다가 어이없다는 듯.

"지금이 잘못된 풍토지."

못마땅한 표정을 지으면서도 노라실에 손바닥만 한 다랑카지*에 내 이름을 붙여주었다. 그러나 '내 땅도 있구나' 느끼는 상큼함도 있었지만 그때 이미 80이 넘었으니 그다지 의미 있는 일은 아니었다. 오히려 '나에게 배당된 재산을 어느 자식에게 줄 것인가' 따위로 골머리 아픈 부분이 쬐끔 있기도 했다. 그래봤자 85세와 93세에 두 차례 입원하면서 모두 허당이 되었는데.

'이놈들이 즈이 부모 제사상이나 차려주긴 할까?'

그런 노파심으로 일찌감치 토비산 중턱에 있는 수삭사에 제사상 비용 20년 치를 미리 쟁여놓듯 치러준 것이다. 남편은 사후 욕심도 아주 많아 자손만대로 애지중지 차린 제사상에서 큰절을 받고 싶겠지만 나는 다르다. 솔직히 죽는 순간 모두 끝나는 게 확실하므로 사후에 대한 미련을 일찌감치 버리는 게 맞다. 그건 그렇고, 내가 10년 전 낙상을 한 건.

그해 남편의 생일 보름 전.

동부시장에서 가상 물 좋은 천수민 꽃개의 간월도 어리굴젓을 따로 챙길 때이니 내 나름 손님맞이 준비로 지성을 드리던

* 면적이 작은 논. 서산 사투리.

날이다. 강당골 쪽에서 생산된 한과도 둥지 튼 자식들 집안별보따리로 묶어놓았다. 그런데도 이번 생일에는 몇 가지를 더해주고 싶었으니 그중 하나가 가래떡이다. 가래떡에서 김이 퐁퐁솟아올라야 명절 아랫목의 온기가 살아난다는 생각은 예나 지금이나 변함이 없다.

그 준비로 적돌만 간척지 햅쌀을 빻으려고 장리행 완행버스를 탄 것이다. 스산터미널에서 뜬돌면 소재지까지 30분을 달린다음 다시 아랫녘으로 10분쯤 더 내려가 언덕 너머 그 마농리나들목 세 갈래 그 자리이다. 길의 폭이 너무 좁아 차마 '삼거리'라고 부르지 못하고 그냥 '세 갈래'라고 부르던 그 앞자리 건물인데.

포르릉 포르르.

참새 떼의 날갯짓이 햇살에 부딪히면서 조각조각 쏟아지던초가을이다. 허공으로 흩어졌던 새 떼가 다시 방앗간 모이를 쪼아대며 재재거리던 상큼한 풍경이 사고의 원인이었던가. 아니다. 필용 씨 바로 앞 계단으로 '죽이고 싶은 인간' 이명근 씨만내리지 않아도 다치지 않았을지 모른다. 새들의 희롱에 취해갸웃갸웃 기다려도 주인이 나타나지 않아서.

'읍내에 갔나? 점심 버스로 오려나?'

총총거리는 날갯짓에 취해 쪼그려 앉아 있는데.

부릉 부르릉.

완행버스 하나가 속도를 줄이더니 밭은 신음으로 시동을 그릉그릉 멈춘 것이다. 바깥마당 건너 버스 문짝이 삐걱 열리면서 인파들이 쏟아져 내리는 중이었다. 예전에는 버스건 신작로 점방이건 웬만하면 아는 얼굴들이었는데 언제부터였나, 가물가물하다. 눈동자에 심지 키우며 내다보니 자꾸만 눈곱이 끼는 느낌이다.

'하마 내릴라나? 원래 느림보 사장님인데.'

아닌 게 아니라 필용 씨는 맨 뒤에 느긋하게 나타났는데, 하필 두 칸 먼저 내린 이명근 씨의 거북목이 보였던 게 사달의 시발점이다. 이상하다. 그나 나나 모두 팔순이 훨씬 지났으니 지난 사연 따위를 잊을 만도 한데. 아무리 시간이 지나도 50년 전 짐승 같은 행태가 푸르락푸르락 선명해지는 것이다. '저 드러운 인간, 지옥에나 가지'라는 노여움에 깜빡 빠졌는데.

"여태 기다리셨슈? 사모님."

늦게 내린 조필용 씨의 반가운 인사를 놓쳤다가 아차, 뒤꿈치를 깜빡 헛디딘 게 내 인생의 첫 실족 사태이다. 그 따뜻한 초가을 오후.

쿠쿵.

몸이 허공에 아주 잠깐 '부웅' 뜨는가 싶었는데 삭은 장작처럼 버걱거린다는 느낌으로 폭삭 엉덩방아를 찧은 것 같다.

포르릉 포르르릉.

참새 떼 날개 치는 소리와 함께 반사적으로 몸을 벌떡 일으킨 것은 '늙은 할매 넘어졌다'는 소문이 모욕스럽게 느껴졌기 때문이다. 특히 이명근 씨가 내 꼴을 보았다는 게 더 창피한 것이다. 하여, 화들짝 몸을 일으키다가 다시 다리 인대가 휘청 꺾이면서 정신줄을 깜빡 놓친 것이다. 곧바로 삐용삐용 소리와 함께 앰뷸런스에 동행한 필용 씨는.

선머슴 때부터 아래채 곁방살이로 시작했으니 어느 길목에서 마주쳐도 식구처럼 반가울 터이다. 머슴살이로 소년기를 보내다가 우리 집 강 씨 할아버지가 잠깐 양조장 종업원으로 나가면서 그 빈 자리를 재빨리 채운 후 일곱 해 이상을 함께 살았다. 그때만 해도 '생일 없는 소년' 수준의 고아처럼 보였으나 지금은 양복쟁이 노신사가 되었으니 신산한 곡절을 거친 화사한 변신이다. 그 날줄 씨줄의 사연들을 모두 풀자면 너무 지난한데.

이웃 고복면에 사는 병든 노모를 '빨리 모셔 오는 게 소원'이라 했으니 천성적 효심의 사내가 맞다. 주정뱅이 남편이 세상을 떠나자마자 신작로에 막걸리 주막을 열어 외동아들 하나를 근근이 키우던 그 노모이다. 겨울바람 부는 농한기나 여름 장마철에 몰려드는 농투성이들 덕분에 겨우 입에 풀칠 정도는 할 수 있었단다.

　문제는 혼자 몸인 만큼 편안하면서도 만만하다는 점이다. 지아비 없는 홀몸으로 막걸리 장사를 했으니 옷고름 빗장이 쉽게 풀리는 게 당연한 것일까? 외상값 시비로 개기는 수전노 남정네도 싫었지만 가끔 히죽대며 즈이 어미의 몸을 만지려는 짐승스런 모습이 고통스러웠단다. 그게 아들의 눈에 걸리기도 한 것이다. 실제로 엉덩이를 툭 치거나 가슴팍 스치는 손바닥이 눈에 띄기도 했는데, 그때도 솔직히 필용 소년은 노여움보다 '빨리 커서 독립하고 싶다'는 생각이 더 간절했단다. 어미도 부담스러웠던 것일까, 열한 살 어느 날,

　'술 파는 목로 쪽으로 절대 나오지 마라.'

　그 후 가게로 통하는 문으로는 얼씬도 하지 않고 바깥 뒷문 쪽으로만 출입했단다. 그러나 산전수전으로 연명하던 엄마의 몸조차 쇠해가면서 그나마 손님의 발길이 하나씩 끊어져 문을 닫을 수밖에 없었다. 중학교 진학을 포기하면서도 원망했던 적이 단 한 번도 없었고 그저 안쓰럽기만 했다는데.

　"미안하다, 아들."

　"머요? 난 열심히 살 튜."

　즈이 모친의 아픈 가슴만 다독다독 살폈단다. 그러면서 빨리 돈을 벌고 싶었다. 이웃 마을 머슴살이로 나가려는 계획도 '빨리 종잣돈부터 마련하겠다'는 결심 때문이다. 그렇게 이웃 뜬돌

면 머슴살이를 자원하면서도 틈만 나면 모친 생각으로 눈시울을 붉혔으니 애잔하고도 짠한 심성이다. 저녁놀이 백사장 너머 수평선 전체를 빨갛게 덮던 가을날이었던가. 쌀을 싣고 고복 시장에 다녀온 트럭 운전수 박 씨의.

'느이 모친은 사립문 소리만 들려도 아들 생각으로 가슴이 덜컥 내려앉는단다. 흐으.'

그 소리가 들리면서 조바심이 더 다급해졌단다. 아궁이 불을 때던 저물녘에도 착잡한 마음을 나에게 하소연했으니 필시 효심이 지극한 게 맞긴 하지만.

딱 한 번 노름판에 빠졌던 게 조금은 안타까운 기억이다. 그 시절 농한기에 숱한 남정네들이 기웃거리던 그 판에 끼어들었던 게 '옥의 티'이다. 평소 후덕한 총각으로 소문난 필용 총각까지 송곳 충동으로 사립문 열었으니 그 동네 고질병 덫에 걸릴 뻔했던 게 맞긴 하다.

처음에는 당재 옴팡집 겨울철 밤마실 발걸음이었을 뿐이다. 화투패 때리는 방석 옆에서 구경하며 개평이나 쬐끔씩 뜯다가 판돈의 크기가 점차 높아질 즈음 회(蛔)가 동하며 저울추가 와르르 쏠린 것이다. 얼떨결에 끼어들었다가 타짜들의 올가미에 걸렸으니 그게 생애 딱 한 차례의 곁눈질이다. 그 소문에 울컥 터진 내가 필용 씨 소매를 잡고.

"걔네들 소문두 못 들었슈? 짜고 치는 화투라닝께요. 젊었을 때 돈 좀 모으면서 살으라닝께, 왜? 요행수를 바라슛?"

그 말이 떨어지자마자 대뜸 반성의 표정으로.

"인젠 안 갈 튜."

흰소리하는 성품이 아니므로 아주 잠깐 마음이 놓이기도 했다. 실제로 며칠은 사랑방에 누워 라디오에서 연속극《섬마을 선생님》이나 들었으므로 나도 '마음을 잡았나 보다' 하며 안심했던 것 같다. 그러다가 사랑방 미닫이 소리가 저물도록 들리지 않던 어느 날이다. 홍시라도 한 개 주려고 무심히 문을 열었는데 텅 비었으니. 아이고, 내가 방심한 사이에 노름판으로 줄행랑친 게 '뻔할 뻔자(字)'였다.

"휴우. 이 인간…… 본성은 착한디."

화를 내면서도 '본성은 착한디'라는 말이 동시에 붙긴 했는데, 남편 역시.

"타짜한테 걸리면 홀라당 털려."

스산, 태안, 당진 바닷가 쪽으로만 돌아다니는 그 외지인 타짜 패거리 소문은 이미 알 만한 사람은 죄다 안다. 수법도 뻔하고 단순했다. 초장에는 일단 잃어주는 척 귀 얇은 농투성이들 비위를 슬슬 맞추며 돈을 풀어주는 시늉을 한다. 그러다가 중반쯤 지나면서 '잃고 땄다가 다시 잃고 따는' 줄다리기로 긴장감을 돋우다가 막판에 눈짓 한방으로 판을 싸그리 헤집는 것이다. 그렇게 하룻밤 노름판으로 토종들의 일 년 농사를 홀라당 털어가고 다음 소재지로 휑하니 떠나 다시 타동 노름판을 노린단다.

그 소용돌이에 조필용 총각 뒷다리가 걸렸으니, 머슴살이 몇 년 만에 마련한 손바닥 천수답 하나 날리면서 인생이 나락으로 떨어지는 줄만 알았다. 그나마 조필용 씨가 '아이고' 무르팍 치며 마음을 잡았으니 '불행 중 다행'인 성찰이다. 게다가 몸이 아픈 강 씨가 방앗간을 나오면서 빈자리가 생기자 남편 황구원이.

"빨리 나가 자리를 잡으시게. 자넨 머리도 좋고 성품도 착하니 뭔가 할 수도 있을 껏 같으이. 방앗간 종업원 자릴 꿰다 보면 신작로 최신 정보를 빨리 받아낼 수도 있거덩. 쌀가마니 번쩍번쩍 올릴 자신 있지?"

주인인 내 남편의 소개로 방앗간에 고용되었으니 인덕 하나는 후덕하게 쌓은 셈이다.

"근검하게 모으게. 예전처럼 1년 새경을 한판에 날리면 자네 인생 완전히 끝장이여. 알지? 월급봉투는 새경 쌀가마보다 가벼워서 날아가기가 더 쉬운 법이여. 노름 일체 금지. 아참, '일체'가 아니라 '일절', 휴우."

"명심하겠습니닷!"

'은혜를 잊지 않겠다'는 감사 표현도 되새김질하듯 연발했다. 나중 얘기지만, 10년이 지난 어느 날 갑자기 그 생각이 번쩍 떠올라 부아가 터진 내가.

"조 씬 그때 왜 노름판에서 못 빠져나온 거유? 이."

냅다 퉁방구리를 던지면.

"희망이 없응께 별짓을 다 벌이구 싶은 거유. 뼈 빠지게 일을 헤두 부자 되는 게 불가능하닝께 노름판이서 '모 아니면 도'로 쇼부두 치능 거 아닙니까? 근검절약, 그것도 돈줄이나 있는 사람들이 하는 얘기지 우덜한텐 해당이 안 되유. 개미처럼 일하거나 베짱이처럼 놀거나 가난뱅이 팔자이긴 마찬가지이니……. 그류, 가두 가두 끝이 없는 머슴살이 벗어나려구 뒤집기 한판 노려봤던 거지유. 사모님만 헤두 우리네 처지랑 계급이 생판 달라서 제대루 이해허기 힘들지융."

그 소리에, 아차.

'이 사람에겐 우리가 부자로 보이는구나.'

'부지런히 일해도 희망이 보이지 않는다'라는 그 말이 무슨 뜻인지 얼핏 알 수 있을 것도 같았다. 내가 우물쭈물 표정을 보이지 않자, 그가 다시.

"죄다 끝난 옛날 얘기유. 선생님 덕분에 방앗간 취직한 다음부딤 헌칠 일급을 받는 찰나 무조건 마누라한테 직통으로 바쳤으닝께유. 공처가로 살으야 집안이 소생되는 걸 터득한 거지요."

방앗간 종업원으로 신분을 바꿔 타면서 손을 완전히 털었다는 소리이고 또 결혼과 동시에 조신한 몸조심과 화끈한 판단력

하나로 성공을 한 게 맞다. 옆에서 그의 아내 수복 씨가.

"일터 옮기면서 마음두 바뀌구 세상두 편혜졌슈. 후후힛."

살구나무 아래에서 빗자루질을 마치며 방긋 웃어주어서 마음이 한결 편안해졌다. 그러니까 '여자한테 꽉 잡혀 사는 집이 화목하게 사는 길이다'라는 그 말이 맞는 게 확실하다.

피댓줄 잘 감고 기계 잘 다루고 쌀가마를 정리하는 일이 그의 체질에 딱 맞더라고 했다. 근력도 장사여서 우마차 쌀가마니도 베개들 듯 가뿐하게 들어 올렸고 돈 대신 퍼주는 쌀의 분량도 눈치껏 조금씩 깎아주면서 인심도 얻은 것이다. 그렇게 발동기 피댓줄을 돌리면서 남아 있던 빚을 쬐끔씩 털어내는 재미를 붙이기 시작했으니 전화위복의 시초이다. 손님들과 편하게 안면을 트고 이력이 붙으면서 종업원 조필용의 얼굴을 보려고 일부러 완행버스로 찾아오는 단골까지 생겨났다.

그 와중에 열아홉 수복이와 데릴사위 둥지를 틀면서 가세가 편안해진 게 확실하다. 방앗간 취업과 동시에 야무진 색시까지 얻은 겹경사 소문이 물수제비처럼 퐁퐁 퍼진 것이다. 여자의 얼굴치고는 윤곽이 뚜렷해서 얼핏 '잘생긴 남자'처럼 보이는 외모도 믿음직스럽다. 외지에서 넘어온 식모살이로 시린 소녀 시절을 보냈으니 부부끼리 공유된 사연을 나누며 다독다독 잘도 견뎠다. 꽃가마 타고 시집을 온 수복이는.

수복이는 큰오빠와 스물일곱 살 차이가 벌어지는 10남매의 막내딸이니 형제자매만 '대추나무에 연 걸리듯' 주렁주렁한 흥부네 집안 출생이다. 가난한 부모의 금슬이 너무 좋았던 것일까. 그때만 해도 시어머니와 며느리가 동시에 출산하던 시절이니 수복이도 나이가 더 많은 조카들이 둘이나 있었단다.

홀로 사는 늙은 모친을 보살펴줄 손이 없다는 게 가장 힘든 문제였다. 오빠와 언니들 몇몇이 일찌감치 결혼을 하면서 각자 집안 살림 가누는 것으로도 힘이 버거웠고 외지로 돈 벌러 나간 피붙이 소식이 끊기기도 하면서 칠순의 어머니 혼자만 달랑 남은 것이다.

당연히 중학교에 진학하지 못했다. 한 살 늦은 열네 살에 국민학교를 졸업한 후 소재지의 고복중학교에 상위권 성적으로 붙긴 했으나 입학을 엄두 낼 상황이 아니었다. 수전노 아버지가 위의 자식 중 단 한 명도 중학교에 보내지 않았으므로 막내딸 수복이의 포기가 너무 당연했단다. 엎친 데 덮친 격으로 그해 가을 아버지가 신장병으로 세상을 떠났으니 풍비박산 직전이었나. 그렇다고 자포자기하는 체질은 전혀 아니었으니 그게 생활의 원동력이 된다.

반년 정도 밭을 매며 시간을 보내던 중에 뜬돌면의 남의집살이 소식을 들은 것이다. 한머리로 두 해 먼저 원정 머슴 나온 큰오빠네 장남에게 귀띔을 들으면서 '일단 집을 나가 입부터 줄이고 돈을 벌자'며 결심을 했단다. 그렇게 다섯 살 손위 조카 용배의 소개로 한머리로 들어왔는데.

염전 주인네 식모살이를 시작하면서 마을에 처녀 하나가 늘어났으니 토박이 총각들 마음이 조금은 뒤숭숭해질 수도 있다. 그래도 저물녘, '묵 내기 화투판'이 끝나고 뒤풀이 술자리에도 두어 번 끼어들면서 수복이 마음도 차차 편안해졌다. 손위 조카 용배가 저녁때쯤 벌이던 밤마실 자리로 어린 이모를 끼워 함께 야식도 먹이면서 타동의 젊은 사내들과 얼굴을 트면서 익숙해진 것이다.

한머리에도, 못 배운 사람 중에는 당연히 여자들이 더 많았다. 부엉골 정숙이 하나만 제대로 중학교에 진학했고 농사를 짓던 담뱃집 은순이가 2년 늦게 입학을 하면서 낮에는 여중생 두 명이 마을을 비웠다. 중학교 못 간 소녀들도 한두 해 지나면 대처로 떠나 양말 공장이나 식모살이로 취업을 했다. 마을에는 복희와 명자만 남았는데 둘이는 한동안 짝꿍처럼 붙어서 봄나물도 캐고 갯벌에서 굴도 따는 중이다. 그미들도 공장 찾아 대처로 나갈 참이므로 여차하면 수복이 혼자만 외롭게 남을 판이었다.

사내들 숫자가 조금 더 많았던 것 같다. 토종 농사꾼과 머슴살이 총각을 포함해서 청년 대여섯이 밤마다 아래채 사랑방에 모여 하하호호 웃음판으로 고단한 노동 후의 놀이판도 만들었다. 장기도 두고 묵 내기 화투도 치면서 음담패설로 낄낄대면서 그렇게 가난한 청춘을 견디는 중이었다.

그렇게 수복이도 열여덟이 지나면서 여자 태가 슬멍슬멍 무르익으면서 총각들 마음도 조금은 싱숭생숭해졌던 것 같다. 그뿐 아무도 혼사 얘기를 쉽게 꺼내지는 못했다. 그렇게 다른 사내들이 머뭇댈 때 아홉 살 더 많은 필용 총각이 용감하게 다가서며.

"얘기 점 허장께."

그해 4월, 유채꽃 노란 대궁이 사뿐사뿐 흔들리던 봄날이 확실하다. 여우내 물안개가 뿌옇게 오르는 둔치로 필용 씨가 다시 덜컥 나타났으니 영락없는 뽕짝 영화 스크린이다. 그전에도 수복이한테 살짝 수작을 붙였다가 퇴짜를 맞은 적이 있었으니 '다시'라는 말이 맞는 것이다. 영화에서 청춘남녀가 프로포즈하는 걸 흉내 내며 청금산에서 꺾은 개나리 한 묶음 들이밀자, 처음에는.

"쉽세 보이나유? 지가?"

노려보다가 금세 고개 돌리며.

"남의집살이허는디 이런 거 함부루 받으면 눈총 먹어유."

손사래 치는 바람에 '쭈우'하고 첫 헛물을 켰으나 아주 싫은 느낌이 아니라서 다행이라는 생각이다. 보름 후 다시 5일장에서 사온 호떡 봉지를 디밀자.

"주인집하고 한치* 먹을 튜. 아저씨가 줬다고 정직허게 실토헌 다음 먹는 게 심사 편해유. 그렇쥬?"

그런 대답으로 왠지 거리가 조금은 좁혀졌다는 느낌이 다가오기도 했다. 다시 스무날 넘게 망상대던 필용 총각이 읍내 시장에서 큰마음 먹고 내복 한 벌을 사 왔으니 본격 청혼에 도전한 것이다. 호미 씻던 수복이에게 불쑥 내밀며 승부수를 던졌다는 소문이다. 짐짓 당황하긴 했으나 곧바로 '무슨 뜻인지 알겠다'는 표정을 지으면서도 고개는 반대쪽으로 외면했단다. 그러다가 물푸레나무 회갈색 껍질에 눈동자를 멈추며 갑자기.

"울 엄니 데려와두 되나유?"

필용 총각이 짐짓 당황하면서.

"…… 잉?"

"그 약조 없이는 절대루 시집 못 가유."

고복면에 혼자 남은 모친을 모셔 와 함께 살 수 있는 남자네로 시집을 가겠다고 정식으로 공표한 셈이다. 잠깐 고민에 빠지던 필용 씨가.

"양쪽 모친 모두 모시지. 나두 처지가 동병상련잉께."

* '함께'의 서산 사투리.

32

쌍피 카드를 내밀었으니 성사가 된 거나 마찬가지이다.

그해 늦가을 열아홉이 지나기 직전에 혼사를 치르고 온양온
천으로 신혼여행을 다녀오면서 한머리에 신접 둥지 한 채가 더
늘어난 것이다. 하여, 두 칸짜리 옴팡집에 네 사람이 모여 살게
되었으니, 신혼부부가 안방을 차지하고 서로 사돈이 된 모친과
장모님이 건넌방에 함께 살았단다. 새신랑이 된 필용 씨가.

"서로 견제도 하고 도와도 주는 모냥들이란 게, 안쓰럽고도
대견해요. 넉넉한 어른이 되었다가 시샘 많은 아기가 되기도 하
고…… 할매덜이란 게 대개 그렇데요."

두 늙은 사돈의 분위기를 세세하게 분석하기도 했다. 좋아진
일은 또 있다. 밤마다 소리 죽이며 사랑도 나눠 첫 손주를 낳자
마자 핏덩이를 돌볼 수 있는 일손들이 넘친 것이다.

방앗간 주인 천팔봉 사장은 돈도 많고 온화하니 흠이랄 게
보이지 않는 순정파 성품이었던 것 같다. 파장까지 팔지 못한
신 골 아낙네들의 술방울 가마니도 통째로 사주었고 방앗간에
찾아오는 걸인에게 개다리소반까지 차려준 다음 몸소 겸상을
해주는 자비심도 있었다. 그런데 칠순이 다가오도록 가업을 물
려받을 손(孫)이 없는 점이 가장 큰 아픔이다. '씨 없는 수박'은
아니지만 어렵사리 얻은 외동아들 하나가 누가 봐도 운영 능력

이 아예 되지 않았으니 안타까운 일이다.

늦둥이 외아들 천수만이 핏덩어리 시절부터 너무 온순한 게 특이했단다. 갓난아기 때부터 방싯방싯 잘 웃었으며 혹여 큰 소리로 울더라도 금세 수그러들었다. 처음에는 모두 팔봉 씨의 천성이 선해서 착한 아들 만났으니 필경 '하늘이 내린 승운'이라며 입을 모으기도 했다.

그런데 이상하다. 말도 늦었지만 엄마가 얼굴을 마주 보며 웃어도 눈맞춤을 하지 않는 것이다. 처음에는 조금 늦되는가 보다 하며 첫돌이 지나도록 편안하게 지켜만 보았단다. 그러다가 '이상하다' 하며 서서히 답답해지던 어느 날 그의 친동생 구봉 씨가 참고 참았던 걸 어쩔 수 없이 토로한다는 표정으로.

"형님, 빨리 진단받으시고 치료두 생각하세요. 늦기 전에."

천 사장도 그제야 아차, 무르팍을 쳤다. 장난감 정돈이 너무 반듯한 건 그렇다고 치더라도 심부름을 시키면 거절을 못 하는 게 수상했다. 미운 일곱 살이 되도록 공격성이 아예 없는 점부터 이해할 수 없는 것이다. 세 살이나 어린 사촌 동생 소찬이와 우유병을 놓고 서로 잡아당길 때도 그랬다. 물건을 빼앗기면서도 어린 동생을 제압하지 못한 채 주먹으로 연신 자기의 뒤통수를 펑펑 때리며 소리만 지르는 것이다.

"발달장애잉 것 같유."

"그게 뭐요?"

"자폐."

천팔봉 씨가 그제야 가슴을 치며 당신의 아들 행동을 자세히 살펴보니, 엉뚱한 혼잣말을 반복하는 것도 처음으로 수상하게 느껴졌단다. 코메디언들의 유행어인 '못 생겨서 죄송해요' '정신 차려, 이 사람아'가 도대체 대화 문맥의 앞뒤가 맞지 않는 것이다. '음메 기죽어' '딸랑딸랑 회장님' 같은 몇 문장만 자꾸 의미 없이 되풀이하니, 아, 그게 자폐증 초기증상이란다. 임신했을 때 구충제로 산토닌을 너무 많이 먹어서 그럴지도 모른다고 했으나 확실한 원인은 알 수가 없다.

천 사장과 아내 복희 씨가 교회에 다니기 시작한 건 외아들의 증세를 확인한 50대 중반 즈음이다. 언제부터였나. 종소리울리는 계단으로 오르는 다정한 중년 부부의 풍경이 보이기 시작했다. 생글생글 웃는 철부지 아들의 손을 잡고 십자가 보이는 언덕으로 오르는 모습이 설핏 아름답기도 했다. 다행이랄까, 기도를 시작하면서 부부의 표정이 예전보다 훨씬 평화로워졌으니 그게 신앙의 힘이다. 지금은 두 가지 소원을 간절하게 비는 중이란다.

'하나는 수만이 짝을 맞춰 주는 것이구 또 하나는 우리가 아들보다 하루라도 더 오래 사는 거예유.'

그렇게 나름 초연한 표정으로 애지중지 보살피던 몇 년 후 어느 날, 결심하듯.

"방앗간을 팔으야겠네유."

깜짝 놀란 내가.

"왜요?"

팔봉 씨는 한숨을 내쉬며.

"아들 치료에 집중허려면 아무래도 서울에서 자리 잡아야 하니까 어쩔 수 읎슈. 최선이 안 되면 차선이구 그게 안 되더라도 최악만큼은 피헤야 하니까."

내가 잠깐 망설이다가.

"치료를 하먼 낫나유?"

"정성을 기울인 만큼 행복하겠지요."

"누가요? 사장님 부부가?"

천 사장은 눈시울이 그렁그렁 맺히면서도 입술만큼은 방긋방긋 웃는 초승달 표정으로.

"아니요, 조금 느리게 크는 내 아들 수만이. 토비산 너머 저 바다 이름과 똑같은 천수만 아들이 조금이라도 행복하기 위해서 우리가 결단을 해야지요."

아픈 아들의 행복을 위해서 20년 넘게 운영해온 방앗간을 청산하는 게 아프면서도 맞는 판단 같기도 했다. 사업체를 팔아 은행에 목돈을 맡긴 다음 다달이 이자를 꺼내 특수학교에 보내면서 아들 치료에 연결을 시키는 쪽으로 마음을 먹었단다.

듣기만 해도 착한 부부의 결단이 가슴이 싸— 하도록 존경스러웠다.

남의 불행이 때로는 나에게 도움이 되기도 하는 걸까? 필용 씨 마음도 천 사장네 사정이 마음에 걸리기는 하지만 모처럼 찾아온 기회를 놓칠 수가 없었다.

천 사장이 그냥 월 30만 원씩 다소 낮은 월세로 임대를 제안하자.

"몽땅 사겠습니다."

10년 간 모은 방앗간 월급에 비상금 400만 원을 더 얹어가며 인수를 결정했으니 통이 아주 큰 결단이다. 모자란 금액은 농협 빚을 얻어서라도 한 방에 결판을 낼 참이었다. 아내 수복이도 처음에는 불안한 표정을 짓기도 했지만 금세 마음을 바꿔.

"질러 봅시다, 한번."

고복에서 텃밭 팔아 장롱에 숨겼던 돈뭉치를 꺼냈으니 한판 모험처럼 붙어볼 만하다는 생각이 든 것이다. 사정을 들은 손위 조카 용배 씨까지 '방앗간 종업원 채용'을 조건으로 100만 원이니 선뜻 빌려 주면서 일단 큰 덩어리 몇 개가 해결은 된 것이다. 그렇게 만만찮은 거래가 통째로 마감되었고 그 뱃심 한 방 크게 지른 게 엄청난 행운이 되었다. 나중 얘기지만 빚의 이자보다 물가 인플레이가 더 크게 오르는 바람에 덕도 보았단다. 아무튼 파는 천팔봉 씨나 사는 조필용 씨까지 두 사람 모두 일단 안도의 표정이 되었다.

웬일일까, 필용 씨가 인계받으면서 방앗간 손님이 예전보다 절반 이상 더 몰렸으니 돈벼락 사태라도 맞을 판이다. 게다가 결혼 3년 만에 아들만 연달아 둘씩 낳았으니 이제 2세들을 위한 본격 시동을 걸자면서 부부끼리 의기 투합되었고.

'살다 보니, 허허.'

방앗간을 넘겨받자마자 갈퀴로 돈을 긁는 소리가 드드드 들리더니 10년쯤 지나 소재지 알부자 3순위로 올라온 것이다. 그즈음 가수 조용필의 「돌아와요 부산항」이 히트를 치면서.

'조조, 용필, 필용의 쌍두마차, 돌아와요, 전성시대네.'

그런 농담까지 솔솔 퍼졌는데.

출세로는 면장이나 지서장, 학교장, 우체국장 같은 각 기관의 장들이 우선이지만 돈으로만 치면 1순위는 단연코 양조장이었다. 그다음 부자 순서는 알토란으로 소문난 염전 주인이다. 염전은 돈의 유통이 자주 오지는 않지만 일단 자본의 터가 든든했고 일 년에 서너 차례 이상 목돈이 뭉텅이로 굴러들어왔다. 세 명의 고정 종업원을 두었는데 여름철에는 창고에 더 많은 소금을 쟁여야 했으므로 마을 처녀들을 일당으로 사서 저물녘마다 소금을 긁었다. 방파제로 소금 트럭 소리가 들리면 침 발라가며 돈을 세는 날이란다.

방앗간도 돈을 잘 벌긴 했으나, 여차하면 사업체에 뛰어들 사람이 많은 게 걸림돌이 될 수도 있다. 자본과 순발력만 갖추면 붙어볼 만하지만 자칫 망할 수도 있으니 모험이 되는 것이다. 어쨌든 소재지에서 부잣집 3순위까지 진입한 필용 씨는.

"선생님 덕분이쥬."

내 남편 황구원에게 공을 돌리면서 고마운 표정을 놓치지 않았다.

그중에서 양조장이 방앗간이나 염전보다 돈의 유통이 훨씬 재고 빠르다. 농사일과 막걸리가 원래 함께 붙어 다니기도 하지만 특히 장마철에는 술독이 바닥나서 못 팔 정도였다. 그러나 불변의 1등 부자로 고정된 가장 큰 이유는 면 소재지에서 딱 하나씩만 운영하도록 제정된 법 때문이다. 방앗간이건 염전이건 점방이건 돈만 있으면 운영할 수 있으나 양조장만큼은 안 된다니 해괴한 법률이다.

그 '밀주 단속'이 양조장 금고를 튼튼히 채워주는 역할을 해준 것이다. '술 조사'란 명목으로 가죽 잠바 몇 사람이 마을을 순찰하면 농민들 모두 대숲에서 숨을 죽여야 했다. 백성들의 과다한 음주를 막기 위해서라고 선전은 했지만 관청에서 주세를 편하게 걷으려는 꼼수이다. 그래서 양조장 사무실에는 항상 물 배인 스펀지가 준비되어 있었다. 염전처럼 침 발라가며 돈을 세는 게 아니라 아예 스펀지에 손가락 적시며 종이돈을 넘기는 것이다.

딱 거기까지가 전성시대였다. 언제부터였나, 국민소득이 오르기 시작하더니 사람들이 고기를 먹기 시작하면서 애주가들이 막걸리 대신 소주를 선호하는 것이다. 하여, 양조장이 차츰 쇠하면서 신작로 점방처럼 쪼그라들었지만 오히려 방앗간은 오랫동안 버틸 수 있었다. 명칭도 '방앗간'에서 '정미소'로 바뀌면서 조필용 씨까지 어느새 '사장님'이나 '소장님'으로 호칭될 즈음이다.

그 조필용 씨를 만나기 위해 방앗간 앞에 정차하는 완행버스에 집중하던 초가을이다. 그가 버스 계단을 내리며 미소 짓는 찰나 어럽쇼, 하필 먼저 내린 이명근 씨가 몸을 스치면서 목덜미에 달랑거리는 쥐젖을 보며 소름이 오싹 끼친 것이다. 나는 오랜 세월 이명근 씨를 떠올릴 때마다.

'아직도 살아 있다니, 저 인간.'

그의 아내 선자 씨가 8년 내내 아기가 없어서라지만, 마누라 구박이 짐승의 도를 넘은 건 동네방네 퍼진 소문이다. 그랬다. 소문만 들어도 울컥 치미는 노여움을 감당하기 힘이 들었다. 바람을 많이 피운 건 차치하고라도 짐승들 발정 같은 잠자리 소문은 떠올리기조차 역겹다. 신작로 다방이나 술집 여자들, 심지어 읍내 유곽까지 진출해 '치마 안에 손을 집어넣는' 수작의 소문도 비일비재 날개를 달 즈음인데.

어느 날 선자 씨네 집에 다방 여자 하나가 짐을 풀고 있었으니 그게 비극의 시초이다. 분하고 억울했지만 석녀(石女)라는 원죄로 제대로 노여움을 표시 내지 못했으니 지금 생각하면 참으로 한심했던 시대이다. 아무튼 분노를 견디며 자초지종 달래서 그 여자를 바깥으로 내보내는 걸로 일단락을 지은 줄 알았다. 남편 이명근 씨는 오히려 아내에게 역정을 내며.

"자손을 봐야 할 거 아니냐? 쫓아내다니."

아니나 다를까, 간신히 내보낸 그 여자가 이튿날 '갈 데가 없다'며 다시 살림을 끌고 돌아왔으니 해도 해도 너무 해괴망측 사태이다. 하필 사랑방 구들이 무너지면서 안방에서 남편과 여자 둘이 동침에 들어갔으니 '엎친 데 덮친' 실마리를 풀어낼 방도가 없었단다. 그렇게 뒤숭숭하게 잠이 들었는데 아뿔싸, 웬 누렁소 여물 먹는 소리에 눈을 떴다가 그만 못 볼 걸 보았으니.

식식대는 신음이란 게 누렁소 되새김이 아니라 바로 옆에서 남편과 그 여자가 살을 섞는 소리였던 것이다. 여자가 개구리처럼 납작 엎드렸는데 남편의 뒷덜미에 팥알만 한 쥐젖 몇 개가 커다랗게 흔들리디란디. 그렇게 남편과 다방 여자의 뒤엉킨 알몸 소리를 들으며 선자 씨 혼자 어금니 깨물며 하룻밤을 보내더니, 이튿날 정신이 완전히 돌아버린 것이다. 웬일일까? 헝클어진 산발로 오솔길 치달리며 거품을 문 얼굴로.

"서방이 날 쥑이러 쫓아와흣!"

우리 집 안마당까지 고삐 풀린 황소처럼 돌연 뛰어들었다. 신발도 벗지 않은 채 마루에 올라 그대로 안방 다락문을 열고 들어가는 홍두깨 사달이다. 깜짝 놀란 내가 대문을 열고 나가 보았으나 바깥마당에는 아무것도 보이지 않았다. 고추잠자리 수십 마리만 이리저리 날개 치고 있어서.

"아무도 없어. 나와 보랑께."

선자 씨는 눈이 완전히 돌아간 채 여전히 다락에서 나오지 않았다. 허옇게 뒤집힌 눈동자를 뱅글뱅글 돌리며 머리카락을 쥐어뜯는 게 아차, 정신이 나간 것이다.

"작대기 든 사내 안 뵈나유? 무서워라. 나는 오늘 죽어유!"

텅 빈 마당을 가리키며 소리 지르더니 이튿날 실제로 뒤란 감나무에 목을 매고 세상을 떠난 것이다. 아, '한 서린 여자의 일생'이라는 표현으로도 너무 모자란 사연이다. 내 남편도 감나무 가지에 목을 맨 선자 씨 몸을 보고 며칠 동안 밥을 먹지 못했고.

그 명근 씨가 버스에서 내리는 찰나 하필 정오의 햇살이 내 얼굴 정면으로 죽창처럼 내리찍는 것이다. 손바닥을 세워 그 햇살을 막던 내 얼굴이 팥죽처럼 푸르락푸르락 일그러졌던 것 같다. 그렇게 시멘트 계단으로 허방다리 짚은 느낌이 들더니 갑자기 내 몸이 허공에 붕 뜨면서.

철푸덕.

엉덩방아로 미끄러지면서 지난날의 기억들이 파편처럼 조각조각 쪼개졌다. 망신이다. 엉덩이의 아픔 따위는 둘째로 치고 나잇살 먹은 노인네가 넘어졌다는 촌스러운 소문이 날까 봐 그게 더 부끄러웠다. 하여, 태연한 척 '흘흘흘' 웃으며 몸을 일으키려다가.

"으아아악."

벌러덩 자빠졌다. 아니다. 망신살이 문제가 아니었다. 엉덩이뼈가 사라졌는지 관절이 쑤욱 빠지면서 춘삼월 눈사람 녹듯이 푸시시 무너져버린 것이다. 아프다. 너무 아프면 소리조차 지르지 못한다는 걸 알긴 했지만 직접 경험한 건 처음이었다. 입을 따악 벌린 채 혓바닥만 바들바들 떠는데 조 사장이 와르르 달려오더니.

"사모님, 앗, 왜 그러슈?"

어깨를 잡아 올리려다가 '아이고' 소리를 지르며.

"클났네. 뻬*가 나갔어."

방앗간 종업원으로 들어온 손위 조카 용배 씨가 내 몸을 일으키려 하자, 조필용 씨가 화들짝 놀라 가로막으며.

"조심해요. 함부로 들어 올렸다가 부러진 뼈끼리 어긋나면

---

* '뼈'의 서산 사투리.

실족 43

맞출 수 없응께 조카님이나 우린 절대 감당을 못 해유. 전문가를 부르지 않으면 큰일 나유."

재빨리 119를 호출했으니 빠르고 정확한 판단이다. 앰뷸런스 사이렌이 삐용삐용 터지며 제복 입은 구급대원 몇 명이 달려왔던 것 같다. 이명근 씨는 저만치 사라진 채 보이지 않고 그렇게 나 혼자 '아닌 밤중 홍두깨' 사태로 85세의 첫 병원행이 된 것이다.

그 순간 앞으로 몇 달 내내 병원에 묶여 살아야 한다는 생각만으로 부아가 치밀어 견딜 수 없는 것이다. 구급차에 실려 남들의 신세나 지는 너절한 처지가 너무 한심하게 느껴지면서 심장이 터질 것만 같았다. 그게 10년 전 사태이니 세월이 빛의 속도이다.

돌이켜 생각하면, 스산 의료원에서 처음 만난 간병인한테 박대한 것도 그날 이명근 씨를 만난 후유증으로 부아가 터진 탓일 수도 있다. 지금은 그때의 노여움이란 게 너무나 행복한 타령이었다는 걸 알지만,

생뚱하고 새로운 조바심이 하나 혹처럼 달라붙었으니 간병비이다. 일당 6만 원으로 쏟아붓는 금액이 생살이 베어지듯 아까운 것이다. 그때까지 85 평생을 살아오면서 나 혼자만을 위해 날마다 거금을 쓴다는 걸 상상조차 해본 적이 없어서 더 견

딜 수 없었던 것 같다. 남편의 병원비나 자식들의 학비를 위해선 빚을 내는 게 당연하다고 생각했지만, 나한테만큼은 절대 예외였다. 그 비용의 부담이 힘들어 간병인과 괜시리 티격태격 다툼의 원인이 되었으니.

정인숙 간병인,

40대 초반이니 풋풋한 중년의 몸이다. 감자바위 강원도가 고향이며 춘천에서 마트 판매원으로 일하다가 고정 수입을 받는 전문성을 쌓기 위해 간병인 연수를 받고 필기시험까지 치렀단다. 박속같이 하얀 살결에 동그란 보름달 얼굴로 한눈에도 포동포동 귀여운 모습인데 어럽쇼, 혼자 산다는 말이 설핏 마음에 걸리는 것이다. 소위 '시집갔다가 돌아온' 돌싱이라는데, 그런 여자들 단속이 헤프다고 귀동냥으로 들은 탓이다. 대뜸 '어머니'라고 부르는 게 살가운 느낌도 들긴 했으나.

내가 처음부터 대뜸 반말로 텄으니, 지금 생각하면 아무래도 좋은 말투는 아니었던 게 확실하다. 돈을 주고 몸을 보살필 사람을 고용한디는 게 앤지 나이 계급을 새롭게 규정시키는 느낌이어서 조금 오버를 한 것 같다. 그 여파일까, 보름달 간병인과 몇 차례 벌인 불편한 다툼이란 게 참으로 민망하고 배부른 사달일 수도 있다.

여자가 웬 관리원 사내를 몰래 만나는 낌새부터 보기 싫었다. 점심 식사 중 정 간병인의 눈빛이 안절부절못한 채 흔들릴 때부터 눈치를 채긴 했다. 식판을 치우는데 수상한 그림자 하나가 문 앞에 어른거리면 틀림없이 그놈이다. 머리가 솔방울처럼 작고 눈썹이 짙으며 다리가 긴 소위 후리늘씬 스타일이다. 내가 보기엔 국기봉처럼 길쭉하기만 한데, 그게 요즘 애들이 좋아하는 연예인의 몸매란다.

그의 그림자가 흔들릴 때마다 여자가 밖으로 나갈 기회만 엿보다가 슬금슬금 게걸음 치는 것이다. 그때 하필 아랫배가 뭉치며 싸아— 하게 내려왔던 이유를 나도 알 수가 없다. 웬만하면 급똥만큼은 참으려고도 했는데 설사가 터져 환자복 아랫도리로 뱀 껍데기처럼 달라붙은 것이다. 찐득거리고 찝찝하던 차에 정 간병인이 들어오자마자.

"너는 일하러 왔니? 아니면 연애하러 왔니?"

대뜸 소리부터 질렀으니 지금 생각하면 참으로 미안한 일이다. 조선시대 수절 과부처럼 살라는 요구가 턱도 없는 꼰대식 참견임을 안 건 한참 나중 얘기이고.

"하실 일이 있으셨나요? 뭐가 급했나요?"

일당을 받는 간병인이라면 환자 옆을 떠나면 절대 안 된다는 게 내 지론이다. 차마 '똥을 지렸다'는 말을 꺼내지는 못한 채 속으로 끙끙 삭이는 중인데.

"빈 시간에 잠깐 나갔다 온 건데요. 식사도 챙겨드렸고. 그

쵸?"

그런 말대꾸를 가로막으며.

"또 남자 만나고 왔나?"

'혼자 사는 여자가 남자를 만나는' 그 음양의 이치를 시샘하
듯 소리쳤으니 구닥다리 늙은이가 되었을 터이다. 그래도 그렇
지, 말대꾸 뒤에 '그쵸?'는 또 무슨 시건방진 소리인가? 아무튼
참을 인(忍)을 새기며 분노를 다독다독 쓰다듬다가 다시 생리
현상이 싸―하게 내려오는 느낌으로.

"용변을 봐야겠다."

차마 '똥'이라고 못하고 '용변'으로 표현했는데.

"일으켜 드릴게요."

그게 요즈음 생긴 노인성 우울증 증세의 폭발일 수도 있다.
'돈 주고 사람을 샀으니 시키는 대로 내 말을 들어야 한다'라는
강박증에 휩쓸린 탓도 있으리라. 그래봤자 기저귀까지 찬 이상
천덕꾸러기 부탁이 나올 수밖에 없었으므로.

"엉덩이 똥 좀 닦아."

툭 던졌더니 갸우뚱하며.

"스스로 닦아야 재활 연습이 되는 거지요."

오히려 가르치려는 말투에 부아가 치밀어.

"마음대로 안 되니 병원에 온 거고 그래서 당신을 부른 게 아
니냐?"

"연습하셔야 몸이 부드러워지고 홀로서기가 빨라진다구요."

어이가 없어 고개를 드는 찰나 윗도리 벌어진 단추 사이로 그 여자의 가슴골 속살이 하얗게 드러나기에.

"조신하게 입어. 옷 단추 채우고."

지적했더니 그미가 어리둥절한 표정으로,

"왜 그러시죠?"

되묻는 투가 또 내 마음에 들지 않아서.

"견물생심, 남자들의 눈도 생각해야지. 새파랗게 젊은 여자가 가슴……."

'젖 큰 여자가 특히 위험하다'는 말이 차마 나오지 않은 게 천만다행인데.

"헐, 어머니. 말씀이 좀 과하신 게……."

"내 말을 들어야 해. 돈 주고 샀으니."

그렇게 몇 차례 티격태격 소리치면서도 시간이 흘러 석 달 만에 퇴원했으니 일단락이 된 것인데.

'10년 뒤에 다시 인공관절을 바꿔야 한다'는 외과 의사의 경고 따위에는 콧방귀도 끼지 않았다. 10년이란 세월도 까마득한 타령이지만 그때가 되면 내 나이 아흔다섯이 넘는데 그런 아득한 세월을 미리 걱정하는 충고가 어이가 없는 것이다. 그보다는 당장 지팡이를 짚어야 하는 부끄러움이 더 컸고 또 하나, 간병비로 들어간 270만 원이 오래도록 아까웠던 것이다. 그러니까 빨리 퇴원하고 싶은 이유 중 가장 큰 게 날마다 간병인에게 바치는 금액이라는 게 맞다. 또 하나.

퇴원하자마자 아파트 베란다부터 싸그리 정돈하고 싶었다. 유리창도 닦고 신발장 구석의 먼지도 샅샅이 제거해야 직성이 풀리는데, 부러진 엉덩이 뼈가 문제이다. 그랬다. 그때만 해도 장차 지팡이 신세로 살아야 한다는 것만 분하고 억울했으니 배부른 한탄이었다. 그 헛디딤 한 방이 지난한 노인 생활의 시작이 될 줄은 정말 까맣게 몰랐는데…… 그보다 나의 자존을 깡그리 짓밟은 건 8년 후의 사태이다. 그러니까 여덟 해가 지난 후 내가 뇌졸중으로 쓰러지면서 모든 상황이 깡그리 바뀌어버린 것이다. 다시 10년 세월이 흐른 아흔다섯이 되면서 침대에 꽁꽁 묶일 줄은 차마 예상치 못했는데.

지금은 북한강 상류 어디쯤 위치한 요양병원에서 684일째 누워 있는 중이다. 이미 대학병원 세 개를 돌아다녔고 재활병원 6개월을 합치면 2년이 넘는 세월이다. 지금까지 다녀본 곳 중에서 의사나 간호사 그리고 환자나 직원들까지 연령대가 가장 높은 병원이다. 의사들도 젊은 날 여러 병원을 돌아다니다가 마지막으로 정착한 늙은 닥터들이고 간호사 역시 다른 병원에서 수십 년 일하다가 몸에 맞춰 들어오는 중장년의 나이팅게

일 후예들이 많다.

늙은 간병인들도 마찬가지이다. 환자 케어를 마무리한 후 '5분대기조'처럼 옷 단추 채우며 자리에 누우니 그게 하루의 마감 준비이다. 그리고 병실의 노인들은 그저 콧줄을 통해 들어오는 자양분으로 목숨을 연명할 뿐이니 가장 불쌍한 모습이다. 동구 밖 고목나무처럼 그늘을 드리우며 젊은 식솔들의 상처를 보듬고 싶었는데 어림없는 망상이다.

그러니까 병동에는 퇴근을 기다리는 직원들과 빨간 숫자 휴일을 기다리는 간병인 그리고 모든 날짜를 포기한 환자들로 나누어진다. 여기 요양병원 환자들에겐 퇴원이란 단어조차 잃어버린 채 마지막 숨을 멈춘 다음에야 1평 침실 바깥을 벗어나게 될 것이다. 환자가 세상을 떠나도 원망하는 일이 일절 없으니 병원으로선 편안한 시스템이다. 그 스산의료원에 입원했던 10여 년 전만 해도 퇴원을 꿈꾸던 때였으니 호강에 겨운 시절이었다.

이름이 천상병이라든가, 그 어느 시인이 죽음의 순간을 '소풍 끝나는 날'이라고 말했다니 참으로 한갓진 문장이다. 콧줄과 주사기 그리고 온몸이 수수깡처럼 바싹바싹 말라가면서 등허리가 욕창으로 썩어가는 소풍은 절대로 없다. 지금은 눈을 감을 때와 떴을 때의 풍경이 다르게 펼쳐지면서 스스로 위로하는 정도이다. 눈을 뜨면 침대와 블라인드 그리고 기저귀와 주삿바늘뿐이지만 눈을 감으면 아름다운 배경으로 화사한 상상의 세상이 피어오를 때도 있는 것이다.

그러나 대밭집 산수유가 노랗게 피어올라 황홀함에 빠지려는 찰나 어두운 터널 속으로 재빨리 사라지는 것이다. 허망하다. 퇴비장 작업 후 마루에 앉혀놓은 채 발바닥 닦아주길 기다리던 남편 황구원의 얼굴도 선명하게 떠오르다가 뽀드득뽀드득 사라져버렸다. 아내 옆에서 똬리 튼 이명근 씨의 쥐젖 알갱이가 번쩍 가로막은 날은 새도록 어금니 갈아 마시기도 했다. '나갓. 나가세욧!' 설레설레 흔들수록 고개를 더 가까이 들이미는 것이다. 다행히 방앗간 사장이 된 필용 씨 부부의 표정을 재빨리 잡아내면서 마음을 다독일 때도 있다. 그러다가 눈을 뜨면 아무도 없다. 살아온 인생 모두가 회오리바람에 날려가면서 남은 날짜가 그리도 까마득한 아흔다섯의 화사한 봄날이다.

오키나와 당숙

'내장이 당최 상하지 않으니.'

마음속으로만 다독다독 달래던 말이 불쑥 터져 나온 건 순전히 얼떨결이다. 그의 병상일지 6년 차 즈음이니, 대략 10여 년이 지난 기억인데.

'이렇게도 오래 사시다니…… 휴우.'

그의 아들 병조 씨에게 던진 말에는 '빨리 죽어야 정리가 되는데요'라는 속뜻이 포함되었으니 함부로 나와서는 안 될 소리이다. 얼핏 후회는 했는데 정작 병조 씨가 무덤덤하게 받아들인 것만으로도 참으로 다행이다. 그도 어느새 60대 중반이니 '아들 노인이 아버지 노인을 간호'하는 '노노 케어'란다. 그 '케어'라는 외래어는 나도 여러 번 들으면서 '보살핌'이라는 뜻으로 이해가 되는 단어인데.

문득 당숙네 아들 병조 씨의 진짜 이름 사연도 아슴아슴 떠오른다. 원래 이름은 '황푸른나무'였으니 60년 전 아득한 옛날 이름으로선 아주 파격적인 시도이다. 1964년 그해, 병조 씨가 막 태어나던 그 여름날이었다. 성구 당숙이 본디 낭만적 성품도 타고나긴 했지만 조금은 우연한 기회였는데.

인솔자였던 한글학자 한 분이 성구 당숙의 성안벌 윗집에서 머물렀던 게 이름자(字)의 인연이다. 서울대학교 국문학과에서 서산·태안 원조 사투리 답사를 나왔다가 초가집 사립문에서 흔들리는 금줄을 만나며 걸음을 멈춘 것이다. 공교롭게도 그날 아랫집에서 아기가 태어났는데 그 늙은 한글학자가 신생아 울음소리를 들으면서 얼떨결에 찾아왔단다. 그러니까 세상을 떠난 내 막내딸 한결이보다 먼저 한글 이름으로 작명되었던 사람이 바로 병조 씨인데.

'5월 신록처럼 푸르게 살라'는 의미로 토방에서 직접 '푸른나무'라고 이름을 지었으니, 놀라운 발상이다. 한글 이름 하나만으로도 임칭닌 사대인데 이 태안반도 갯마을에서 '푸른나무'라는 네 글자 이름이 탄생한 것이다. 그러나 '작명(作名)의 혁명'이 될 뻔했던 그 이름이 그리 오래도록 이어지지는 못했다.

동네 사람들의 입에서 한글 이름을 부르는 게 익숙하지 못했을 뿐 아니라 그 네 글자를 죄다 부르기가 불편했던 게 문제이다. 처음에 '푸른'을 빼고 그냥 '나무야'라고 부를 때까지만 해도 그럭저럭 상큼한 느낌이 들 수도 있었을 것 같다. 그러다가 대밭집 행구 할배가 '나무야'의 스산 사투리로 자꾸 '낭구야'로 부르더니 그 이름이 귀에 익으면서 온동네 사람들 입에서 아예 '낭구야'로 통용된 것이다.

학교에 입학하면서 동무들까지 우르르 쫓아다니며 '낭구야, 썩은 낭구 삭젱이야' 쫓아다니며 놀려대는 바람에 징징 짜면서 돌아오기도 했단다. 그 바람에 성구 당숙의 마음이 확 바뀌어.

"안되겠다. 푸른 나무는 '싱싱한'이란 뜻이 있는 건데 '썩은 낭구' '삭젱이'라고 놀리다니. 쩝쩝."

이름을 다시 병조로 바꿔버렸다. 가운데 글자 '잡을 병(秉)'에도 '나무 목(木)'이 포함되어서 의미가 통하니 괜찮다는 설명이다.

당숙의 병실에서 보호자인 병조 씨를 조우할 때만 해도 병원 출입이 자유로웠으니 코로나19 이후 면회 규칙과는 다른 시국이었다. 그때 남편이 무심히 던진.

'만년 계장이 만년 평교사를 케어하네.'

그러니까 당숙네 '부자 모두 늙어간다'는 뜻도 있는 동시에 '말단 자리에서 국록을 먹다가 정년퇴임을 했다'는 의미도 은근히 포함되었으니, 당신이 누리던 공직 시절 직책과의 차별성의 의미이기도 하다.

그래도 마지막까지 공직을 무사히 마감했으니, 그러면 됐다. 공무원 병조 씨의 만년 계장과 소학교 훈장이던 당숙까지 만년 평교사로 부자 모두 정년퇴임 날짜까지 꽉 채웠다는 그것만으로 대견스럽지 않은가. 물론 당숙은 20대 이른 나이에 내 남편보다 한 단계 더 높은 교장까지 올랐던 이력이 딱 한 차례 있기는 했으나.

남편은 한 번 손에 잡힌 기회를 놓치지 않고 마지막까지 이어갔다는 점이 다르다. 해방 직후 일본인 훈도들이 쫓겨나자마자 빈자리를 채웠으니 광복과 승진까지 일석이조의 겹경사 행운이다. 하여, 스물아홉에 교감 직책을 맡았다가 10년 지난 마흔 살에 교장으로 승진했으니 순조로운 코스인 셈이다. 집 나이로 67세(그때는 교사 정년이 만65세)까지 그 자리를 놓치지 않았으니 27년 말뚝 교장이다. 교감 10년을 합치면 자그마치 38년을 교육 관료로 살아온 셈이다. 그건 그렇고.

그리고 지금까지 미음이 아픈 건.

콧줄 장치로 아슬아슬 연명하는 그의 병실 풍경이 훗날 나에게까지 고스란히 덧씌워졌기 때문이다. 그랬다. 콧줄 영양제 투입으로 겨우 숨만 쉬면서 햇살만 받고 있으니 생존도 아니고 그냥 풍경이란 표현이 맞는 것 같다. 고무호스 식사로 일곱 해를 넘긴 성구 당숙이 그랬고, 다시 10년 후 내가 겪게 된 모습도 똑같은 그 풍경이다. 그러거나 말거나 품성 좋은 병조 씨는.

"오키나와에서도 살아온 목숨이라……."

일본 열도 맨 아래에서 태평양 쪽으로 한참 더 내려가는 그 섬 이름은 그의 젊은 날 생사를 넘기던 전쟁터라고 이미 수십 번 이상 익히고 익혔던 지명이다. 그 소리를 듣자마자 '가미카제 자살 특공대' 스크린이 좌르르 펼쳐졌으니.

당숙이 먼저 쓰러진 직후.

나도 남편 따라 읍소재지 병원 문턱을 몇 차례 넘었으니 최소한의 인사치레는 한 셈이다. 그 후 면회 횟수의 사이를 점차 띄우기 시작하다가 언제부터였나, 나중에는 직계 가족 이외에는 아예 중단되었단다. 나 역시 당숙의 얼굴을 마주하는 자체가 두려웠던 게 솔직한 실토이다. 탈수된 수수깡 팔뚝과 시나브로 해골 머리처럼 변모하는 육신을 바라보는 게 고통스러웠지만.

입원 초기에는 내 남편을 가장 반가워했으니 그때만 해도 정신이 쬐끔은 남아 있던 시절이다. 그들은 '회덕 황 씨' 족보만 걸어내면 유년의 연날리기와 닭서리도 함께 한 동네 선후배쯤 된다. 세 살 차이이지만 정월생인 남편과 섣달생인 당숙의 실제 나이 차이는 2년 1개월 정도로 좁혀졌으니, 그냥 두 살에 가까운 한동네 친구처럼 허물없는 사이였었다. 게다가 젊은 날 전쟁터 사선을 넘은 비슷한 사연이 있었고 해방 후에는 두 사람 모두 학교 훈장의 이력을 가졌으니 그 교집합만으로도 자별할 수밖에 없는 사이란다. 학교에서는 교장과 늙은 평교사 사이였지만 퇴근하자마자 당숙과 조카 족보로 변신되면서 서열이 바뀌었는데, 그건 그렇고.

문제는 당숙의 병실 여생이 끝이 보이지 않는 터널처럼 길어졌다는 사실이다. 자식들은 입원 초기부터 금세 돌아가실 줄 알고 장례식장 여기저기 기웃거리며 의식 절차까지 알아보기도 했다. 그런데 병상의 끝이 보이지 않으면서 문득 당숙이 누차 강변했던.

'내가 죽을 때는 남은 식솔들 애를 엄청이 태울 거여. 이미 넘은 사선만 해도 몇 차례 굴곡 깊은 고비이니 숨통이 쉽게 끊어지겠남?'

그 오키나와 사연을 번쩍 떠올리면서 죽음의 날짜를 멀찌감치 예측하기도 했다. 처음 들을 때는 나 역시 당연히 그 섬에 대하여 아는 바가 없었다. 그러다가 궁금증으로 지도까지 찾아보면서 아득하던 작은 섬에서 그의 전쟁터 사연이 신산하게 겹치면서 점차 또렷해지기 시작했다.

"초장 출세가 워낙 빨랐으니……."

당숙이 뜬돌면 소학교 교장으로 임명되던 해방 직후 20대 후반의 이력을 말하는 것이다. 평교사 2년 차에 일본이 '무조건 항복'을 하면서 기회가 오긴 했다. 패전과 함께 도망친 일본인 훈장들의 뒤를 이어 재빨리 자리를 차지했으니 그의 일본 유학파 학벌 배경으로 딱 한 번 덕을 본 셈이다.

스물다섯 펄펄한 나이에 사열대에 우뚝 올라서서 조무래기 아이들을 내려보는 그의 풍모가 우쭐했으니 나름 청청한 시절의 출세였다. 그러나 학동들 앞에서 겁 없이 설파하던 그 '반공 훈시'의 위풍은 딱 거기까지였다. 6·25 동족상쟁이 터지면서 진입하는 군복 색깔에 따라 마을 사람들의 깃발 모양도 재빨리 바꾸던 비상시국이었기 때문이다. 그렇게 탄탄대로 파죽지세일 줄 알았던 그의 훈장 생활에 위기가 닥친 것이다.

해방 직후 38선 철조망 근방에서 지엽적으로 총싸움이 벌어질 때부터 불안하긴 했다. 그해 6월 새벽 인민군이 탱크와 함께 전면적으로 밀고 온다는 소식을 듣자마자 불과 며칠 사이에 서울 미아리 고개 방어선이 무너진 것이다. 북한군 입성 소식을 듣자마자 당숙은.

"피해야지."

서둘러 피난 짐을 꾸린 이유에는 오키나와 전쟁터 기억의 민감한 촉수 탓도 있을 것이다. 난세에는 무조건 피하는 게 몸의 보존이라며.

"반공 훈시를 너무 세게 한 게 패착이여. 이승만 정권에서 시키는 대로 하는 게 사는 건 줄 알았지."

마이크 위세에 취해 목소리 높이던 '때려잡자 김일성' 같은 훈화가 족쇄처럼 목에 걸린 것이다. 그냥 선생이란 직업 하나만으로도 자아비판의 대상이 될 판인데 하물며 반공 훈화 교육으로 매진했던 교장 직책이었으니, 일단 인민군 치하를 피해야 한다는 위기감을 느끼는 게 당연할 수도 있다.

피난민 틈에 재빨리 끼어 부산까지 치달렸으나 막상 역전 광장에 도착하자마자 거처할 데가 없었단다. 그나마 여름철이란 게 다행이었을까. 낙동강 모래밭에 쓰러져 한뎃잠으로 버티면서 꿀꿀이죽으로 배를 채웠으니 그 고단한 사연만으로도 따로 소설책 몇 권은 너끈하게 채울 정도란다. 다시 부두 노동으로 두어 해 때우며 전쟁 소식에 귀 기울이던 중 휴전 협정이 체결되었으니 천만다행일 수 있으나.

3년 만에 고향에 돌아오니 마농리 동갑나기 친구 고재만이 교장 감투를 차지한 생뚱한 사데이다. 고재만은 3년 전 그의 교장 시절에 평교사였는데 그사이에 자리를 꿰찬 것이다. 게다가 세 살 적은 오촌 조카 황구원이 교감직에 있으니 세상의 판이 다시 뒤바뀐 걸 실감했단다. 문득.

'내 자리는 끝났구나.'

그런 생각으로 회전의자에 대한 마음을 비우면서, 돈 버는 사업으로 재기를 도모하려 했으니.

읍 소재지 동군동 골목 2층에 당구장을 차린 파격적인 시도이다. 일본 유학생 시절 동경 번화가에서 본 눈썰미로 새로운 판을 벌인 것이다. 그러나 거기까지였다. 전후 청년문화의 서해안 돌풍을 기대했으나 소도시 좁은 골목의 벽을 넘지 못했다. 사업적 수완도 약했지만 운도 붙지 않았으니 태안반도 좁은 바닥과 동경 한복판의 지역적 차이를 간과한 탓이 크다. 빚을 안고 시작했는데 불어나는 월세를 틀어막기에도 턱없이 부족했으니.

'과유불급, 적게 먹더라도 앞으로 남은 인생만큼은 안정되게 살아야……'

방향키를 재빨리 바꿨으니, 한발 물러서는 그 포기 전략도 나름의 순발력이다. 다시 교원 공채를 보았고 그때 임명된 교직이 평생의 천직이 되었다. 평교사로 임용된 후 직급이 더 이상 오르지 못했지만 미련조차 훌훌 털어버리니 뭐, 크게 아쉬울 이유도 없었다. 40대 이후 교무부장을 맡은 건 학교의 실무역량을 보여주기 위해서였다. 교감 승진 근방에는 아예 얼씬도 하지 않은 채 정년퇴임 날짜까지 무난히 공직을 마감한 걸 가장 다행으로 볼 수도 있었고.

퇴임 후 조금은 한가해지면서.

"나머지 인생은 덤이닝께."

심장이 동할 때마다 개울 건너 우리 집으로 밤마실 나오기 시작하더니 완전히 단골 마실꾼이 되었다. 내 남편도 틈만 나면 군대 얘기로 서로의 변죽을 맞추면서 꼬리가 길어졌으니 늙어가면서 더 살가워진 사연이다. 남자들의 술안주가 대개 군대 얘기이긴 하지만 그들의 사연은 저마다 다르면서 저마다 진하다. 죽고 죽이는 전쟁터 사연의 점철이 아무리 재탕 삼탕으로 등장해도 소위 싸구려 이야기는 아니고.

그의 가미카제 사연과 남편의 학도병 이력이 뽕짝 조합처럼 이어지면서 반말들이 막걸리 주전자가 동이 난 적도 있다. 일본 유학생 황성구 청년으로 변신되면서 처참한 전쟁터 소용돌이가 펼쳐지니 내가 중간에서 잔소리하기도 뭐해서 그냥 웃으며 넘겨주곤 했다. 막걸리 사발의 숫자가 불어나면서 '괜찮다, 괜찮다, 가미카제 악몽도 지금은 괜찮다' 소리만 서너 번씩 연발하던 날이다.

늦은 밤 개건너 어둠을 플래시루 비추며 귀가하는 발검음이 흔들리는 걸 깜빡 간과한 것이다. '개울 건너'의 준말, 그 징검다리 밤길에서 노인 몇 사람이 미끄러져 코방아를 찧기도 했는데…… 그런데 그 가미카제란…… 이미 알고 있는 사태였으나 들을 때마다 살이 오싹 떨리는 전쟁터 출격이니.

질풍노도 소년의 달뜬 희망이랄까, 소학교 시절 월반으로 5년 만에 졸업했던 수재 소년의 광폭 유학 행보가 전쟁통에 꼬였으니, 그 또한 운명이다. 저 푸른 창공으로 훨훨 날갯짓하고픈 욕망이 펄펄 넘치면서 공군 장교로 덜컥 자원해버린 것이다. 당연히 오판이었다. 일본은 절망적 전황 상태를 털끝만큼도 흘려주지 않으면서 오로지 '도스께끼(突擊)' 목청만 높였다. 목숨을 바쳐 천황폐하를 보위하는 게 멸사봉공 사명이라며 광분에 싸인 채 '돌격' 명령만 질렀고 또 그대로 먹혀들었다. 그리고 대부분이 황국신민의 그 흐름에 동참했으니 그게 '우민으로의 동화'이다.

그렇게 조종사를 꿈꾸던 황성구 청년까지 오키나와 전쟁터 자살 특공대로 직통 연계되었으니 사람 팔자가 그렇듯 예측불허이다. 황성구가 느끼기엔 명분 없는 개죽음이었지만 공군학교의 다른 청년 조종사들은 달랐다. 일본 본토 청년들은 어금니 깨물며 자국의 승리를 빌며 '부모님 전 상서'의 눈물 서린 편지를 쓰기도 했다. 아니, 몇몇 조선인 유학생도 그랬다. '몸 바쳐 적의 항공모함에 부딪치면 나의 영광이요, 나라의 명예이다'라며 황군으로 전사하게 됨을 영광으로 받드는 쪽으로 세뇌되었으니.

'어머니, 저는 사선으로 떠납니다.'

목숨을 바치는 걸 영광으로도 여기는 서신이 줄을 이었다.

버걱대던 기계가 목숨을 살린 것일까. 황성구 조종사에게만 그 '엔진 고장 회항'이라는 사고가 터진 것이다. 수천의 가미카제 특공대 중 겨우 몇몇만 엔진이 고장나면서 바다에 추락했는데 하필 그들만 살아남아 그 후 70년 이상 더 생명을 이었으니 천운이다. 목숨을 건진 성구 청년이 탈영 직후 동굴 칩거 와중에 천황이 항복을 선언할 때까지 견뎌낸 천신만고 전설의 생존이다. 하여, 해방 후 귀국하자마자 집안과 온 동네가 기절초풍 난리 부르스가 터진 사태는 나중 얘기이고.

당숙은 밤마실 술상이 깊어질 때마다 회한이 가득찬 억울함으로 그 옛날 식민지 시대의 자살 특공대 출격을 꺼이꺼이 토로했는데.

"천황 새끼 한 놈 심기 보존을 위해 수백만 목숨을 바쳤으니…… 집단 광기라우."

욕설로 소환하다가 노여움이 깊어지면 어렵쇼, 도대체 술자리의 마감 기미가 보이지 않는 것이다. 이번에는 전투기 훈련 장면을 *꺼내며.*

"다이빙 밤(Diving Bomb), 폭탄의 궤적 그대로 비행기 몸체가 '슈웅슝' 따라가 군함 굴뚝에 처박으며 폭발하는 거여. 공군학교에서 비행 기술로 배운 거라곤 그거 딱 하나뿐인데, 이놈들이 탈출 방법을 가르쳐주지 않았지."

나로서는 처음 듣는 비행 용어였는데.

"천황 하사품이라며 정종도 겨우 한 잔씩만 돌려 마시는데…… 죽음의 출격을 준비하는 꽃다운 목숨들이 겨우 술 한잔에, 흐흐, 그것도 대좌라는 놈이 대신 따라주는 가짜 의식에도 모두 감읍하며 '천황의 술잔'이라며 어깨를 떨었으니 얼마나 몽매한 충성심인가? 내일이면 죽을 청년들을 모아놓고 담배도 마음껏 피우라며 제자들에게 라이터 불을 붙여주는 그 위로의 대우에 그저 황송했던 거여. 종교보다 무서운 게 침략자 제국주의 근성이여."

그러면서 손가락 두 마디가 사라진 오른손으로 술잔을 조심조심 감싸는 중이다. 뭉툭하게 남은 손가락으로도 술잔이 흔들리지 않게 똑바로 잡으며.

"사이비 교주의 확대판처럼."

이번에는 내 얼굴을 힐끗 곁눈질하며.

"조카며느님 있는 자리에서 미안한 얘기지만…… 흐흐."

혓바닥을 낼름 내밀더니.

"유곽에도 데려갔어. 마지막 호의랄까, 내일 죽을 목숨이니 몽달귀신 면하라고 총각 딱지를 떼주는 거지."

남편이 피식 웃으며.

"사창가에서?"

"휴우."

"뗬슈?"

유곽 얘기가 생뚱하게 궁금은 했으나 못 들은 척 뜨개질 코를 멈추고.

"무섭진 않았남유? 당숙."

그 물음에 재빨리 말을 바꿔.

"신사의 벚꽃 사태가."

"뭐라구요?"

"망아지 청춘의 혈기였었나. 뭐 하나 진정성 있게 전달이 안 되는 거요. 자살 폭격기가 군함에 충돌하는 순간 야스쿠니 신사의 벚꽃들이 한꺼번에 팟팟팟 꽃피는 사태가 벌어진다나, 어쨌다나. 흐드러지는 꽃 사태만 떠올리면서 두근두근 황홀했던 거여. 비행기 파편이 벚꽃 모양이라 그렇게 신사의 꽃 천지로 연계시킨 건데…… 시방 여기저기 널브러진 집단 광기 사태랑 똑같은 케이스잉 겨."

그 광신적 도스께끼 정신이 한때나마 진심처럼 먹힐 뻔했다며.

"살아 돌아온 상황만으로도 지울 수 없는 비겁처럼 치욕스러운 거였어. 목숨보다 체면이 더 중요했으니, 그나마 나는 진짜 '엔진 고장'이라는 회항 명분이라도 있었지만 막상 폭격 직전 벌벌 떨며 도망친 몇몇은 비겁자라며 무시무시한 손가락질 수모를 받았어. 다시 재출격시켰는데 아홉 번째에도 실패하자

마침내 처형시킨…… 아이고 가물가물하네. 이름이 하루투인
가 히로토인가 하는 병사도 있었고."

황성구 조종사 자신까지 비겁자로 몰릴 게 두려웠다며.

"재출격 기회를 주십시홋!…… 진심은 아니었지만, 휴우, 그
런 말이 나도 모르게 저절로 나오는 거요."

그 결의 장면을 재생시킬 때는 문득 세뇌된 제국 병사의 실
체를 보는 것 같기도 했었으나, 다시 술잔을 바라보며.

"적함에 몸을 쑤셔 박으면서 '천황폐하 만세'를 외쳤다는 건
새빨간 거짓말이야. 마지막으로 외친 건 모두 '엄마'라는 원초
적 비명이었어."

"개죽음이지유."

남편의 맞장구로 잠시 숙연한 침묵으로 이어지는데.

"조선인도 아주 가끔 있었어. 탁경현…… 일본 이름 미쓰야
마 후미지로만 사용했으니 부대 동료들까지 모두 일본인인 줄
알았는데…… 죽음의 출정 직전 주막집에서 부른 노래가 '아리
랑'이라서 비로소 조선인임을 알게 되었어. 다음 날, 출격 한 시
간 이후 소식이 영원히 끊겼어. 5월 11일, 그러니까 해방 3개월
전이니, 그는 스물넷에 죽고 나는 아직도 살아 있다는 것만으
로도 기적이지."

"60년 넘은 기억도 생생하네요. 아직도 무섭지요?"

"죽기 직전에 알았지만 비행 학교 출신 박동훈이라는 소년은

달랑 열일곱 살이야. 그 어린 게 '어머니, 아버지, 제 불효를 용서해주실 줄 알고 기꺼이 목숨을 바칩니다'라구 전교생 앞에서 천황에게 혈서 충성 서약도 했으니 그게 전진훈의 세뇌 탓이지."

구들장 가라앉는 한숨으로 이어지는.

전진훈(戰陣訓).

그 절망의 터널은 어디에서 시작되어 과연 어디에서 끝이 나는 것일까? '모두 죽자'는 악랄한 선동질이 식민지 순박한 민초까지 전파되었으니 전쟁이 인간의 정신을 미치게 만드는 것이다. 그러니까 황성구 청년까지 친일파의 경계에 섰던 것도 무지의 소치이며 그게 광분의 전쟁터 분위기 때문이다. 그러나 왜놈들의 차별 근성이 뼛속까지 깊었으니, 식민지 백성은 절대로 일본 국적이 아니다.

일본군들의 광기는 전쟁 막판에 편승하면서 극에 치달았다. 난징이나 광저우 백성들을 쏘고 찌르고 강간에 빠지면서도 오로지 승전보에만 취했다. 말레이시아, 인도네시아를 수중에 넣은 후 대만까지 겁탈과 먹이 사냥으로 아수라장을 만들었다. 그 와중에 점령지 난징에서는 토시아키 소위와 타케시 소위가 '중국인 목 베기' 시합을 벌였다. 초토화된 대륙 패전국 백성들의 목이 뚝뚝 떨어지는데 일본 신문은 운동경기 중계하듯 생생하게 특필했다.

'총알 없이도 죽일 수 있다.'

'누가 100명의 목을 빨리 자를 수 있나?'

그런 '칼로 모가지 자르기' 타이틀이 놀이처럼 인쇄 냄새로 펑펑 쏟아졌다. 마침내 '100인 목 베기 유쾌한 경쟁'이 초접전 양상으로 연장까지 치르게 되었다는 말초적 보도로 독자들을 잡으려 했으니 잔학의 극치이다. 신문 기자 하나는 '머리 날리기 시합의 두 소위에게 아리따운 신부 후보가 구름처럼 몰려들 것이다'라며 찬탄의 기사를 실었으니 모두 악마, 악마의 성정이다. 하물며 본토가 아닌 오키나와의 일반 백성 목숨 따위는 벌레 취급도 받지 못하는 게 당연했으니.

일본군들 목숨도 수두룩하게 날아갔다. 전쟁 80일의 전사자 숫자부터 미군은 2만7천이었는데 일본군은 9만 명으로 서너 배 이상 차이가 나니 비교가 안 되는 계산법이다. 그 와중에 오키나와 민간인 사망자만 13만 명으로, 양쪽 전사자를 합친 숫자보다 더 많은 백성들의 생명이 사라진 것이다. 무섭다. 징용이나 유학으로 발목 잡힌 조선인도 생짜로 고삐 끌려 나가며 파리 목숨이 되었는데.

거기서도 '본토 일본인 → 오키나와인 → 조선인' 순서였으니, 식민지 백성이 가장 비참한 운명인데도 생뚱하게.

'살아서 치욕을 겪지 말고 죽어서 오명을 남기지 말라.'

'황국신민 모두 자결로 마감하자.'

그러나 도조 히데키의 서슬 퍼런 지침도 적국의 최신형 무기 앞에서 초토화로 무너졌으니 정신이 물질을 이길 수 없는 게 확실하다.

진주만의 기습 도발은 미국이 오키나와를 선점하려는 계략에 말려든 술수일 수도 있다. 미국으로선 오키나와가 대만, 중국, 일본을 견제할 수 있는 전략적 공간으로 적당했고 여차하면 적국에 대한 기습 승기를 잡을 수 있는 맞춤형 공간이 되었다. 일본으로선 미국과의 확전으로 판세가 우르르 기우는데 막판에 소련까지 연합군 쪽으로 가세했으니 패망의 전초전이다.

공격하는 미군은 50만 명인데 일본군 주둔 병력은 겨우 10만 명으로 숫자부터 비교가 안 되는데, 그나마 오키나와 주민을 포함한 노무자 출신이 절반이 넘으니 애당초 싸움 상대가 될 수 없었다. 게다가 연합군은 이미 40여 척의 거대한 항공모함이 구축되었고 최신식 전투함만으로도 1,500척이었으니 물량 자체도 적수가 될 수 없는 상태였다. 하여, 비장의 카드로 꺼낸 게 '자실 특공대' 출동이다. 청년들이 소형 전투기에 몸을 싣고 적의 군함에 부딪쳐 죽으라는 무지한 명령이다. 그해 4월 1일 하필 만우절 날 규수의 비행장에서 거짓말처럼 300대가 출격했으니.

가미카제의 초창기 공격 몇 번은 소소한 성과도 거두었으나 금세 미군의 철벽 방어에 막혔다. 적함 근방에 다가서지도 못한 채 중간에 격추되면서 태평양 물고기 밥이 되었으니 젊은 목숨을 초개처럼 던져도 출구가 아예 보이지 않는 것이다. 우시지마 사령관이 눈에 빗발을 뿜으며.

'골짜기 요새로 미군을 유인하라.'

일본군 모두 땅굴에 들어가 버티는 작전을 명령했다. 왜소한 체격의 어른 몸 하나가 겨우 통과할 만한 땅굴을 길게 파서 군부대 시설물을 들여놓은 것이다. 그렇다고 이기겠다는 필승 전략도 전혀 아니었다. 전쟁에 지더라도 미군 병사 하나라도 더 죽이겠다며 기습 공격으로 허를 찌르려는 무모한 작전이다. 방어만 하는 건 비겁한 싸움이라며, 야습으로 타격을 준 다음 적의 지상군이 공격해올 즈음 재빨리 숲으로 치고 빠졌다.

그러나 미군 역시 골짜기 요새마다 하나씩 조근조근 격파하는 작전을 썼으니 그게 백병전 살육의 시작이다. 치열한 공방, 그 사력의 소모전으로 미군과 일본군 모두 서로 죽고 죽이며 피차간에 너덜너덜 지쳐버렸다.

일본군들은 섬의 안쪽 깊숙이 후퇴하면서 백성들 울타리 속에 몸을 숨겼다. 그 인간 방패 계략의 와중에도 섬에 숨은 주민들을 악랄하게 괴롭혔다. 미군들이 투항 권고 삐라를 뿌리자마자 다급하게 본토인 세뇌 작전에 돌입했는데 그게 먹힌 것이다. 총알받이 소년병들을 이용한 계략으로.

철혈근황대,

미군들이 어린아이에게 취약하다는 심리를 이용하는 방패막이 작전이다. 소년병들에게 수류탄을 두 개씩만 달랑 차게 한 다음 적의 탱크에 몸을 던지라고 명령하는 것이다. 하나는 적에게 던지고 나머지 하나는 자결할 때 터뜨리라는 죽음의 지침서대로 영문도 모른 채 끌려간 소년들에게.

'허리와 다리만 움직일 수 있으면 최후까지 싸우다 죽는 영광을 하사하겠다. 그게 천황폐하에 대한 충성이요, 애국이다.'

그러자마자 일본군은 집단 자살 지시를 내렸고 실제로 그 죽음의 명령을 고스란히 따르기도 했다. 우시지마 소좌가 할복으로 마감하면서 광분이 극에 달하면서 토착민까지 부들부들 치를 떨었으니 얼떨결 분노의 쓰나미이다. 강압적 사주에 밀려 적진에 선 열일곱 노브스키는.

"엄마가 보고 싶어."

그 외마디 소리와 함께 수류탄 안전핀을 끄른 다음 단숨에 몸을 덮쳐 스스로 목숨을 끊기도 했다.

점령군이 들이닥치면 사내들은 모두 살을 찢어 포를 떠서 죽인다는 것이다. 여자들은 아홉 살부터 80세까지 싸그리 강간한 다음 구덩이에 넣고 벌집이 되도록 총을 쏘아댄다는 괴소문을 믿지 않을 방도가 없었단다. 그래서일까, 토박이 주민들은 미군의 포로가 되는 것을 죽음보다 더 두려워했다. 급기야 막판에 본토인들을 모아놓고 수류탄 하나씩 배분한 다음 서로를 죽이라는 명령을 내렸으니.

섬의 촌장이 먼저 '천황폐하 만세'로 자결을 시도하자 순식간에 이웃끼리 죽이고 죽는 생지옥이 터진 것이다. 수류탄이 불발된 중년의 가장 히조끼는 가주마루 나뭇가지를 꺾어 젊은 부인 유키와 딸 루나를 피투성이로 때려죽였다. 네 살 여식인 루나가 비명을 지르며 도망치다가 소나무 뿌리에 걸려 넘어지자 그대로 쫓아가 몽둥이로 머리를 내리친 다음 자신도 절벽 아래로 뛰어내렸다. 아!

부족장 타타요시도 뒤를 따랐다. 기모노 끈으로 팔순 모친의 목을 졸라 바둥거리자, 그 옆에서 자지러지게 울음을 터뜨리는 젖먹이 자식까지 돌멩이로 내리친 것이다. 열여섯 아들 히로시가 '죽기 싫어횻!' 외치며 달려들자 철근으로 머리를 쑤셨다. 그렇게 사람의 피가 터지면서 분수처럼 솟구친다는 것도 처음 보았다는데.

지금은 다시 당숙의 병동.

그 수납장 위로 기저귀를 개어놓던 병조 씨의 동작이 아주 잠깐 멈춰진 건 이야기가 끊어지지 않도록 잠시 손놀림을 중단

72

하기 위해서이다. 남자들이란 게 대개 두 가지 일을 못 하는 체질이라더니 꼭 그 경우이다. 나는 텔레비전을 보며 다리미질하다가 전화까지 받는데 남편은 밥 먹을 때에도 TV에 집중을 못 하니 그게 사내들의 단순한 체질이다. 삽질이면 삽질, 잡초 뽑기면 잡초 뽑기, 공부면 공부, 이런 식으로 딱 한 가지 작업만 가능할 뿐 여자들처럼 뜨개질하며 책을 보거나 걸레질하며 노래 부르지도 못한다. 그 병조 씨도 어느새 쪼그라드는 연륜이 되었으니.

내가 시집올 때 냇가 징검다리에서 다이빙으로 헤엄치던 그 발가숭이 꼬마이다. 그 꼬마둥이가 어느새 등이 굽고 머리카락이 죄다 빠졌으니 세월의 순리는 너나없이 빛의 속도로 흐른다. 그래도 예나 지금이나 흥부처럼 착하다. 계획된 일이 벽에 막힐 때마다 재빨리 차선책을 선택하면서 미련없이 만족도를 챙겨 가려는 긍정적 심성의 소유자이니, 그러면 됐다. 건강하게 오래 살 수도 있다.

그가 놓고 졸업 직후니까 5·16 군사 정변 즈음 스무 살 때이다. 6개월 교원양성소 코스를 밟으며 국민학교 교사가 되려는 계획을 세웠으나 갑자기 2년제 교육대학이 신설되면서 불발되었다. 그러나 당황하지 않고 곧바로 면사무소 임시직 자리를 꿰차고 들어가 면서기와 농사일을 동시에 겸했으니 그게 '차선에 대한 만족'이다. 3년 후 정식 공무원으로 뽑혀 연금까지 확보되면서 노후의 안정도 챙긴 셈이다.

면서기 업무보다 농부 체질에 더 맞았나 보다. 면사무소 펜대 작업을 마치고 퇴근하자마자 밭을 갈고 퇴비를 쌓았으며 저물녘 가축 먹이를 챙기자마자 유실수 나무를 살피기 시작했다. 과일나무와 가축까지 좌우간에 없는 종류가 없었다. 사과 스무 그루와 배나무 여섯 그루 그리고 포도와 앵두, 대추, 자두, 살구, 은행과 잣나무까지 한두 그루씩은 꼭 챙겨 심었다. 가축도 모든 종류를 죄다 채웠다. 소와 돼지, 닭, 개와 염소 그리고 꿀벌도 한 통 세워 놓았으니 집안 전체가 동물원, 식물원이요 살아 있는 만물상이다. 그리고 가끔 우리 집 사립문에 흠집 난 사과나 포도 몇 송이를 들여놓던 착한 이웃이요, 피붙이다. 지금 그는 병실에서 즈이 부친만 안쓰럽게 바라보면서.

"생명줄이 길고 깊어요. 울 아버진."

겉으로나마 여유로운 표정으로.

"철학가들 예언이 딱 들어맞는 거유."

그는 '점쟁이' 대신 '철학가'나 '과학자'라는 용어로 칭하면서.

"전쟁통 귀환에서 남은 관재수를 모두 때운 거예요. 해방 후 삐까번쩍하진 못했어도 경찰이나 헌병들이 오라 가라 하는 일이 없었으니 무난한 인생이지요. 인생, 별거 있나요?"

즈이 부친도 식민지 사선을 넘은 이후 출세에 대한 미련만

접는다면 애오라지 괜찮게 살았다는 부연 설명이다. 그러다가 남편의 얼굴을 힐끗 보며.

"밤마실로 귀찮게 해드린 것두 형님네 인덕이지요."

그가 팔순의 남편에게 형님이라 부르는 게 어색하지 않은 것도 집성촌 부락의 오랜 관행이다. 스물두 살 어리지만 '회덕 황씨' 족보상 형님이 맞고 세 살 많은 그의 부친은 '남편의 당숙'이 되는 게 '족보의 원칙'이다. 다시 병상의 부친을 바라보며.

"그나마 요양원이 있으니 자식들 입장에서는 옛날처럼 아주 지옥은 아니지요. 집에서 모시던 두 달은 지옥이었어요. 요샌 부부끼리도 각자 즈이 부모만 챙기는 시대라구요. 아내건 딸이건 아무도 도와주지 않으니 저 혼자 매일 지린내 구린내 풍기는 똥오줌을 받아내고……."

그는 부친을 모셨던 두 달 동안을 '지옥'이라고 서슴없이 표현했다. 문을 열면 구석에 쓰러져 숨을 헥헥 뱉는데 여기저기 똥덩어리가 굴러다니며 지린내 구린내로 도배를 했단다. 숟가락을 입에 넣어주면 주르르 흘러 가슴으로 떨어졌고 변기통에 앉히면 쓰러지면서 머리가 깨져 피가 흐르기 일쑤였다. 똥덩이를 밀가루 반죽처럼 주무르다가 마지막 요양원 생활을 선택한 것에 대해서는.

"말년 고난은, 휴우. 수술을 결정한 '효심의 실수'지요. 그땐 수술을 안 하면 불효인 줄 알고 노인네 몸에 무조건 칼을 대도록 했으니.”

　병원에서 부친의 수술을 선택하라는 말에 형제들의 만장일
치로 결정한 과정을 오래도록 후회했다. 그 당연한 효심의 결
정이 정작 병실 환자에겐 고문보다 힘든 고난이 되었단다. 하
여, 몇 차례 이차저차 사연을 거쳐 피붙이끼리 이맛살 맞댄 숙
고 끝에 요양원에 모신 것이다. 그리고 어느새 일곱 해 지나며,
식솔들의 땀방울 하나까지 진을 빼놓은 다음 세상을 떠났으니
참으로 모진 목숨이다. 또 하나, 그 고난이 10년 후 나에게 고스
란히 닥칠 줄은 진짜 까맣게 몰랐던 시절이었고.

　“오키나와 탈영만큼은 아버지의 장한 결단이지요.

　병조 씨의 그 소리에 이미 귀가 닳도록 들었던 전쟁터 사연
이 다시 또렷이 떠올랐다. 칠순 이후 밤마실 횟수가 더 늘어났
으니 노후 건강을 챙기지 못한 게 확실하지만 그렇다고 내가 술
상을 차리는 게 귀찮았던 건 전혀 아니다. 당숙의 이야기가 재
탕 삼탕 반복될 때마다 오히려 전쟁터의 하루하루가 선명하게
떠오르기도 했는데.

　“스파이 공포증이야. 주로 조선인들을 겨누는 수법인데.”

　“당숙도 당했겠네요?”

　그가 자기 얼굴을 가리키며.

　“심약한 사람이 과녁이 되었지. 나처럼.”

일본군 대좌가 철컹철컹 나타나더니 돌연 '주민들 속에 스파이가 숨어 있다'며 집합을 시킨 것이다. 색출 방법도 아주 단순했으니.

'차렷!'

본토인들을 백사장에 한 줄로 세워놓고.

'두근거리는 놈이 스파이가 틀림없다. 죄를 지었으니 심장이 벌컥벌컥 뛰는 거야.'

남자건 여자건 한 명씩 돌아가며 가슴에 손바닥 대고 심장박동을 측정했단다. 그런데 엉뚱하게 가미카제에서 살아온 황성구 청년의 심장박동을 기차 화통처럼 크게 들렸단다. 그 찰나 '아차, 내가 죽을 수 있겠다'는 직감이 들었는데.

"빠가야로(ばかやろう)!"

스파이로 찍힌 사람끼리 두 명씩 마주 보게 한 다음 서로의 뺨을 치게 했으니 본토인끼리의 '싸대기 때리기' 처벌이다. 일단 내려진 명령은 거부할 수 없으므로 이웃끼리도 때리고 형제나 부모끼리도 서로 손바닥을 날려야 했다. 그 와중에도 저승사사 그림사가 딜겅덜겅 엄습혔으니 죽음이 비로 옆에 있었던 게 너무 당연하다.

부르튼 입술을 깨물며 잠들었던 그날 밤이다. 꿈속에서 돌연 돌아가신 모친이 나타나 눈동자에 파란 불꽃을 피우며.

'네가 살아야 대를 잇는 길이니 방법을 찾아봐라. 잔파곶*으로 가면 숨을 데가 보일 것이다.'

얼굴을 바싹 붙인 모친의 눈빛에서 불길이 활활 타오르면서 몸을 화들짝 일으켰다. 깨어나서도 한참 동안 꿈과 현실을 구분하지 못한 건 아랫도리에 남아 있던 어머니의 생생한 온기 때문이다.

'어머니가 잔파곶을 어떻게 알았을까?'

그러거나 말거나 당장 총알이 몸을 관통할 거라는 직감이 명치를 푹 찔렀다. 하여, 여명 직전 초병들의 교대 틈새에 몰래 막사를 나온 게 '신의 한 수'이다. 그늘만 골라 찾으면서 몸을 움직였다. 곧바로 해변가 절벽으로 치달렸으니, 초병의 눈에 걸리는 즉시 사살된다. 사생결단 각오로 나뭇가지를 잡고 서쪽 벼랑을 뛰어내리다가.

'으으흐흡.'

삭정이가 부러지면서 오른손가락 두 개가 바위에 갈리는데도 아픔을 전혀 느낄 수 없었다. 중지와 검지 두 개가 쌍둥 잘려 나가면서도 오히려 신음소리를 죽이느라 입술조차 떼지 못했다. 윗도리로 손을 싸맨 채 바다가 보이는 절벽 동굴을 찾아 엉

* 오키나와 본 섬 최서단에 위치한 곳.

금엉금 숨는 찰나 비행기 폭격이 '쾅, 쾅' 터졌다. 방금 탈출했던 막사가 불길에 활활 휩싸인 것이다. 그 절체절명을 벗어난 후에도 동굴 바깥으로는 절대로 나오지 않으면서.

칙칙한 동굴에서 깊숙이 칩거한 채 달포 넘게 혼자 살았단다. 야밤에 살금살금 나와 바다낚시로 배를 채웠고 골짜기 위쪽 가재가 사는 곳으로 엉금엉금 기어가 민물을 마셨다. 정강이 상처에서 꿈틀거리던 구더기는 널브러진 석유통을 조금씩 쏟아 죽이면서 하루하루를 연장시켰다. 그렇게 보름이 지나면서 잘려 나간 손가락 끄트머리가 뭉툭한 채 시나브로 아무는데.

그 와중에 일본의 패망 소식이 들려왔으니 놀라운 사태이다. 8월 6일 히로시마에 터진 원자폭탄으로 아비규환이 되었는데 불과 사흘 후 다시 나카사키에 투하되면서 천황의 항복선언이 나온 것이다. '황국신민 전체가 죽더라도 패전은 절대로 없다'던 그 선동을 철석같이 믿었는데, 아, 대일본제국이 미국에게 항복을 했단다. 그것도 무조건 항복을 결정했으니 더욱 놀라운 일이다. 처음에는 그게 무슨 뜻인지 알 수 없었는데.

"…… 견딜 수 없는 섯을 건디고 겪을 수 없는 깃올 겪으며……."

암호 같은 담화가 나오자마자 일본인들 모두 큰길로 우르르 나와 무르팍 꿇고 머리 조아리니 난리도 그런 난리가 없다.

그해 8월, 똑같은 시각에 내 남편도 두만강 너머 탈영을 시도 했으니 이야기가 끝나기 전에 재빨리 맞장구치는 이유이다. 남편 황구원도 기회를 잡아.

"똑같은 거쥬. 저두 식민지 명령대로 몸 바칠 뻔한 멀쩡한 짓거리에서 아버님의 계시로 탈출했으니, 조상님 은덕이 확실하네유. 게다가 저는 일본 군인이 모두 나쁜 놈이 아니라 착한 사람도 하나 정도는 있다는 걸 처음 알았고요."

그러니까 같은 해 1945년 2월에,

옛 백제의 도읍에서 5년제 공주고보를 마치자마자 전선에 끌려간 남편 황구원 청년의 사연이다. 학도병으로 개마고원까지 끌려갔다가 두만강 건너 블라디보스토크까지 천리 행군의 공간이 바뀌면서 새로운 이야기가 조근조근 문을 연다.

"망자 아버지와 그리고…… 이노키 일등병이 날 살렸다구요."

황군(皇軍)의 전멸 직전 꿈속에서 부친을 만난 것까지 당숙의 사연과 일치하는 것이다. 탈영의 이력에서 다른 점이 있다면 당숙은 혼자 탈영을 감행했는데 남편은 동료 학도병 몇몇과 함께 도발했다는 사연의 차이점이다. 또 하나, 남편에겐 함께 초병 근무를 하던 이노키라는 선량한 일본 군인 하나가 우연히 더 추가된 점이 특별하다. 그 악랄한 침략자 부대에도 선하고 명석한 일군(日軍)을 발견된 점도 놀라운 사태인데.

남녘보다 달포 이상 진달래가 늦게 피어오르는 아르톰 언덕
의 봄.

조선인 황구원과 일본인 이노키 일병이 함께 매복을 서는 망
망 벌판 '초병의 밤'이었다. 대학 출신 지식인인 그의 학벌과 전
쟁통 상황이 연결되면서 부아가 나서였을까, 토론 따위는 엄두
조차 내지도 못했는데 한번 터진 말문이 점입가경으로 오르고
또 오른 것이다. 황구원 학도병이 먼저.

"너는 목숨 바칠 조국이 있지 않느냐? 그게 군인들에겐 전쟁
의 의미요, 네 나라에겐 정의가 되지만 나는 아니다. 그 정도는
알 것 아니냐?"

시비를 걸었는데, 그가 돌연 정색으로.

"정의로운 전쟁은 절대 없으며 목숨 바칠 전쟁의 의미도 없
다."

깜짝 놀라 고개를 들자 이방의 산등성이 너머로 여명이 몰려
온다. 지금까지 들었던 전쟁터 구호는 모두 '정의로운 전쟁'뿐
이었는데 돌연 제국주의 초병의 입에서 뒤집는 문장이 나오더
니, 다시 목소리를 낮춰.

"천황이 곧 신이라는 선동은 새빨간 거짓이다. 일본이건 적
국의 제국주의 지배자이건 그들 통치자 몇몇을 위해 보위하는
주구(走狗)들에 의해 수백만 민초가 죽는 게 바로 그 '전쟁의 의
미'란 올가미이다. 의미 없는 선동 아래 개죽음 당하는 군인들

을 세뇌시키기 위한 더러운 구호가 바로 '정의로운 전쟁'이다. 식민지 백성이 일본을 욕할 수는 있지만, 그러나 일본만 콕 집어서 나쁘다고 하는 건 많이 어렵다. 지구상의 제국주의 침략자가 모두 똑같이 우상의 돌격대일 뿐이다."

이상하다. 일본군은 모두 똑같이 악랄한 줄 알았는데, 어럽쇼, 전쟁을 증오하는 일본인도 존재한다는 사실을 처음 알게 한 군인이다.

그해 여름, 루스키섬의 진격 명령을 받은 소련군과의 마지막 전투 이틀 전이란다. 일본 장교들은 패전이나 죽음보다 후퇴를 더 치욕스러워했으므로 무조건 '도스께끼' 고함만 쏟아내었고 아무도 그 명령을 거부할 엄두를 내지 못했다. 그날 밤 황구원 학도병의 꿈속에 불쑥 나타난 훈장 출신 부친께서 왈.

'내일이면 전멸한다. 무조건 피해라.'

그 경고가 너무 생생해서 깨어나서도 한동안 긴가민가했단다. 우연의 일치랄까, 이튿날 아침 창자가 뒤집히는 배탈이 실제로 터졌으니, 그 느닷없는 복통이 목숨을 살린 천우신조가 되었다. 일본군 대좌 다이시가 일본도를 들이밀 때.

"엄살이면 지금 찌른다."

노려보는 눈빛에 날 선 살상이 예고되었으니 피할 길이 없다. 식민지 백성들의 목을 보리 이삭 치듯 베어내던 다이시 대좌의 칼끝을 피한다는 건 절대 불가능하다. 그 일본도 끄트머리가 뱃가죽에 살짝 닿자마자 어느새 핏방울이 송글송글 맺히는 것이다. 죽었다. 이제 놈의 손목이 아래로 그어지는 찰나 뱃살이 좌악 갈라지면서 내장이 튀어나오면 군화 밑창으로 잘근잘근 짓밟을 판이다. 그러거나 말거나 황구원은 이래저래 죽기는 마찬가지라며 데굴데굴 뒹굴며 생을 포기하려는 찰나, 지켜보던 이노키 일등병이.

"부상병 하나라도…… 제대로 살리시면 적을 사살하는 병기가 됩니다. 대장의 자비와 지혜로."

불쑥 가로막았으니 예상치 못한 구원 사태이다. 이노키는 긴장감으로 위아래 두 입술을 여전히 파들파들 떨면서.

"황군 하나 제대로 살리면 소련군 열 명도 사살할 수 있습니다. 대장께서 병사 하나하나를 전투 물자처럼 포용해야 합니다."

그는 와세다 대학 문과 출신으로 평소에도 눈빛에서 보석처럼 빛이 났었단다. 하여, 장교들까지 아무도 함부로 대하지는 못했던 터라 부하의 다급한 제지가 먹혔을 것이다. 그 절체절명의 찰나에도 황구원의 뇌리에 그와 초병을 서던 기억이 번쩍 떠올랐으니, 오싹하고도 신기한 일이다.

학사 출신 지식인 부하인 그의 만류에 설득이 된 다이시 대좌가.

"분류시켯! 부상병 대기조로. 칙쇼."

바닥에 칼날을 갱강 내리면서 환자병으로 갈라놓았으니 하늘이 도운 기사회생이다. '부상자도 나중엔 전투 물자가 될 수 있다'고 판단하며 일단 검을 칼집에 넣었을 것이다. 저 포악한 침략자 속에도 '사람이 있다'라는 생각이 처음으로 드는 순간이었고.

그렇게 막사에 남아 상처를 치료하던 이튿날, 부상병끼리 프룬제스키 언덕 아래에서 펼쳐진 규환지옥(叫喚地獄)을 만나며 입을 다물지 못했다. 전투기 그림자가 음험하게 스치는가 싶었는데 돌진하던 일본군들 대열 위로 '타타타!' 기총소사 굉음이 터지는 것이다.

"반자이. 반자이."

화롯불 위로 주전자 떨어지듯 불길과 연기가 화릉화릉 타오르며 죽음의 비명이 사방천지로 퍼졌다. 골짜기로 도망치던 일본군 잔당들의 모가지가 호박덩이처럼 댕강댕강 떨어졌고 팔다리가 시뻘건 고기처럼 찢겨져 날아가는데.

"도스께끼! 돌격하란 말이닷!"

닦달하던 사쿠겐 중좌의 양쪽 팔뚝이 순간적으로 일본도와 함께 쨍강쨍강 잘라지면서 병사들의 대오가 깡그리 흐트러졌다. 지상을 초토화시킨 폭격기가 그렇게 산 너머로 사라지고 한

동안 늪 같은 고요가 지속되었다. 그날 밤 잔당들이 돌아온 막사는 부상병들의 신음소리와 울부짖음으로 지옥이 되었는데, 문득 천막 뒤에서.

"일본이 패배할 것이다. 확실하다."

간부들끼리 속삭이는 기밀 누설을 훔쳐 들은 후 황구원 학도병의 결의가 확고해졌단다. 탈영을 해야 한다. 어차피 식민지 전쟁의 소모품으로 죽을 바에야 생사의 모험을 택하자며.

자정 지나 사발통으로 기회를 노린 후 조선인 일곱 명이 서로의 옷깃을 조마조마 당겼다. 진도 출신 김동만이 맨 앞 정찰을 맡았고 공주고보 출신 황구원이 후미를 살피며 마름모꼴 대열로 조심조심 움직이는 것이다. 임시 천막 막사를 이탈하는 순간.

"정지!"

'들켰다. 이제 죽었다.'

몸이 빳빳하게 굳었는데, 이상하다, 목소리가 유난히 작고 가느다랗게 가라앉는 느낌이 든 것이다. 이, 이노키 일등병이다. 그 순간 평택 출신 신기호가 허리춤에서 대검을 뽑아 들고 당장이라도 달려들 기세를 취했다. 이노키의 총과 신기호의 대검이 서로의 목을 겨누게 되는 찰나.

"멈춰."

황구원이 다급하게 신기호의 몸을 막아섰다. 이노키도 몸을 뒤로 빼며 긴장의 표정을 보이기는 했으나 최대한 차분한 표정으로.

"내려놔라. 너희들에게 총을 쏘고 싶은 마음이 추호도 없으니."

그 소리에 간신히 적대감을 누그러뜨리면서 절호의 위기 모면이 되었다. 그렇게 대좌의 칼날에서 구해준 이노키가 다시 구원의 초병으로 나타났으니 인연이란 게 그렇게 끊어질 듯하다가도 질기게 이어지는 중이다. 아주 잠깐 섬찟한 침묵도 있긴 했으나, 그가 먼저 목소리를 낮추며.

"잘가라. 조선 청년이여."

총구를 내리더니 작별 인사를 던지는 것이다. 그도 입술을 조금 떨긴 했지만, 또렷한 음성으로.

"원한이 전혀 없는 젊은이끼리 단지 국적이 다르다고 해서 서로의 몸에 총알을 박아야 할 하등의 이유가 없다. 천황의 명령에 따라 원수가 되는 건 군인의 사명도 아니고 인간 도리의 섭리도 절대 아니다."

입장을 명징하게 밝히니 마음이 완전히 편안해졌다. 황구원 학도병도 90도 엎드리며 작별의 인사로.

"이노키, 무운을 빈다. 무사히…… 제발 무사히."

더 이상 말이 나오지 않는데, 먼저.

"5분 후에 허공에 총을 쏠 수밖에 없다. 그때 너희들이 산 정상 너머 안전하게 피해 있길 바란다. 지금 일본군은 더 이상 잔당들을 추격할 여력이 없기는 하지만 그래도 나로서는 탈영을 저지하는 흉내 정도는 내줘야 문책을 당하지 않는다. 빨리, 더 멀리 도망쳐라."

실제로 언덕 너머 골짜기로 몸을 숨겼을 즈음 총소리 몇 방이 허공을 갈랐다. 그러나 이노키의 예상대로 일본군의 추격도 없었으니 그게 패전의 예감일 수도 있다.

'적국의 병사에게 총을 쏘는 것도 과연 부당한 살육 행위일까?'

그렇게 갸웃갸웃 함경북도 온성군과 블라디보스토크의 경계까지 도착해서도 일주일 넘게 사태를 관망했다는 게 전쟁터 사연의 마감이다. '온성 시내로 내려가 봐야 하나? 말아야 하나?' 공론을 벌였으나 결말이 나지 않다가, '에잇, 죽기 아니면 살기닷!' 사생결단으로 두만강 물길을 건너 움직이는데.

"아, 해방이 사흘이나 지났다는 거유."

온성 골짜기 주민들까지 까맣게 모른 채 약초 캐기에만 정신이 빠졌으니 탈영병들로서는 해방 소식을 모르는 게 당연할 수도 있다. 또 하나, 남편에게서 기억나는 말은.

"일본군 졸병들은 무조건 행복한 표정이 맞는 거유. 패전이건 뭐건 자기네 본국의 보금자리로 살아서 돌아가니까 좋지 않겠습니까? 더 이상 목숨 걸 염려도 없으니…… 그렇지요, 적군을 죽이는 게 승리가 아니라 내 목숨 사는 게 승리잖아요?"

열한 시가 되도록 늙은 죽마고우의 술상이 끝나지 않았다. 동병상련의 회상은 비슷하면서 다르고 또 다르면서도 같은 맥으로 흘러가는데.

"누구를 위해 목숨을 바치냐고요?"

징병은 치욕스러웠으나 탈영 결정만큼은 자부심의 표현일 수도 있다. 성구 당숙이 한숨을 길게 내쉬며.

"더러는 황국신민으로 신분을 바꾸려는 사람들도 있었으나 나는 그냥 얼떨결에."

그 바람에 남편이 재빨리.

"탈영으로 목숨 바치지는 않은 것만으로도 애국인 거유. 김좌진이나 홍범도 장군처럼 목숨 건 애국자는 아니었지만 왜놈들 전쟁 소모품 신세는 피했으니."

"나도 혼자 목숨 건 탈영을 했으니…… 질곡의 역사를 살았습니다. 흐흐흐."

'목숨 걸고'로 꼬리를 잡으면서 또 날밤이라도 새울 판이다. 초저녁 술판이 하염없이 길어지며 초승달이 천장에 떠 있는데.

"목숨 바칠 조국도 없었는데."

"조국보다 피붙이 식솔들이 더 소중한 거지유. 저한테는 그래요."

당숙의 고개가 시나브로 더 꺾일 때까지 눈치채지 못했으니.

"조상님 음덕으로 이렇게 술도 마시는 거여. 나는 어머니가 살렸고 조카님은 부친이 살렸으니."

"그류. 부모님 음덕이네유."

자정 너머 성구 당숙이 비로소 떠날 채비를 하면.

"저렇게 카타르시스라도 거쳐야 응어리가 뻥 뚫리는 거야."

남편의 설명에 나도 '카타르시스'란 서양 문자를 안다는 듯 고개를 끄떡였다. 그렇게 해묵은 사연을 수백 번 거듭 공유하며.

"덤으로 사는 인생도 만만찮아서."

그 말이 마지막 문장이 되었다. 막걸리 한잔 더 들이키면서 '이상하다. 왼쪽 팔다리 모두 힘이 조르르 빠지네' 하며 몸의 경고성 현상을 내비치기도 했다. 그렇긴 하더라도 개울 건너 겨우 10분 걸음이니 걱정할 일은 전혀 아니었다. 그런데 바로 그 징검다리 세 번째 돌멩이에서 미끄러진 것이다. 다시는 일어나지 못한 채 80세 4월에 입원을 했고, 여든일곱 살 죽는 날까지 영원히 바깥 출타를 못 했다.

그 후로는 요양병원에서 나머지 기나긴 7년 인생을 바깥세상과 차단된 것이다. 그래서일까, 멀쩡하게 숨 쉬는 사람을 무심히 망자 취급하며 언급하기도 했다.

"성구 당숙이 살았을 때……."

뻔히 살아 있는 사람을 가리키며 '살았을 때'라는 말이 불쑥 튀어나와도 아무렇지도 않았다. 그랬다. 삶과 죽음의 경계로 누워 있던 그 요양병원 장기 사태가 남의 일인 줄만 알았다. 몸이 급속히 가라앉더니 금세 한마디 말도 꺼내지 못하면서, 저 모습이 왕년의 식민지 조종사 신체가 맞나, 하며 갸웃대기도 했다. 그렇게 일곱 해를 버티다가 87세에 숨을 거두었으니 곡절 많은 식민지 가미카제 출신의 인생 하나가 마감된 것이다. 장례식장을 나오면서 내가 먼저.

"천수를 누린 거지."

그 소리에 남편이 설레설레 도리질치면서.

"무슨 소리? 젊은 나이에 간 거여."

그러나 장수 욕심이 많던 남편도 당숙의 병상 7년이란 세월이 너무 지난했다는 것엔 이견이 없었다. 초상집 문상객들도 '얼마나 비통하냐?'고 애달파하지 않았다. 그저 상주의 손등에 체온을 얹어주며 '고생 많았다'라며 가벼운 위로나 건넸을 뿐이다. 그렇게 황성구 당숙의 지난했던 생애가 마감되었는데, 상주 병조 씨가 문득.

"마음이 편안합니다."

아픈 짐 하나가 덜어졌다는 그 말도 충분히 이해가 되었다.

5년 후 남편도 똑같은 사태로 병원에서 세상을 떠났고 다시 3년 후 나에게 고스란히 떨어질 줄은 진짜 까맣게 몰랐던 시점이다. 문득 그런 생각이 드는 것이다. 사내들이 겪었던 전쟁터의 무시무시한 사선보다 지금 나처럼 침대에 조르르 눕혀진 채 기나긴 죽음을 기다리는 요양병원 사태가 훨씬 더 지난하다는 생각이다.

목마른 화분처럼 나날이 야위어 가는 육신, 지금은 아, 내 병상 701일째의 모습이다. 그리고 아들딸 셋이 오그르르 모여 이야기를 나누던 엊그제 사연도 진하게 떠오른다. 둘째 아들은 내가 전혀 듣지 못하는 줄 알고.

"수술을 시킨 내가 잘못이었어. 빨리 보내드리면 불효인 줄 안 게 판단 미스야."

그 옛날, 병조 씨와 나눈 이야기가 내 아들 입에서도 똑같이 나오는 중이다. 그러니까 떠날 사람은 빨리 떠나야 품격을 지키는 것이고 남은 사람들도 편안하게 정리할 수 있는 것이다. 그래서일까, 만약 다음 생에 다시 태어나면 딱 한 번이라도 '여자의 일생'이 아닌 '나 자신을 위해 살아야겠다'는 생각이다. 목욕탕에서 때도 뽀송뽀송 벗기고 봄날의 따스한 햇볕 쏟아지는 거리로 편안하게 걷고 싶다. 어느 날 정처 없이 떠돌다가 아름다운 초원에서 '나 잡아 봐라' 치맛자락 날리며 달음박질하는 황홀한 연애도 하고 싶다. 낙조의 해변에서 잘생긴 사내의 품에 푹신 안기는 풍경도 몰래 떠올려 보는 춘삼월이다.

요양보호사

스산의료원에서 퇴원한 85세 이후 요양보호사 제도를 처음 만났으니, 나로서는 그게 한때 새로운 변화였다. 자식들이 처음 그 정보를 솔솔 흘리기 시작했을 때 설레설레 흔들었던 건 자존심의 차원이다. 치매 평가라는 용어부터 너무 구접스러운 데다가 나에게 모자란 노인 흉내를 내라는 종용이 너무 수모스러운 것이다.

"앓느니 죽지."

그러나 자꾸 '바보 흉내'를 재촉하는 여섯째 성순이의 귀엣말 훈수에 밀리고 밀리면서 어쩔 수 없이 일단 면담까지는 수긍하는 표정을 짓자.

"연기를 잘해야 해요. 우리 엄마 머리가 좋으시니까 멍청한 척 잘하시겠지. 그래야 요양 복지 혜택을 받는다니까. 알겠죠? 똑똑하면 안 돼요."

멀쩡한 나에게 '바보 흉내를 내라'며 계속 밀고 들어온다. 삭은 장작 같은 내 몸을 의탁하기 위해 '똑부러지는 멍충이'로 변신하란다. 게다가.

'머리가 좋으시니까 멍청한 흉내도 잘 내시겠지'

그런 어이없는 요청에서 울컥이 또 터질 뻔했다. 가당찮은 소리다. 나는 일제강점기 때부터 똑순이 여자의 이력이 배어 있던 몸이다. 젊은 날, 신여성 스타일의 군청 서기 펜대쟁이 출신이고 소도시에서 파마머리도 가장 먼저 시도한 멋쟁이 출신이다. 7남매 식솔 중 여섯 자식이 대학을 나왔고 남편도 학교 훈장이었다. 그런데 몸이 쇠하는 것도 서러운 노모에게 얼간이 흉내를 내라니, 안 된다. 그건 안 된다.

닷새가 지났던가, 치매 판정을 담당하는 여자가 실제로 나타나면서 내 각오가 더욱 분명해졌다. 품격을 지키기 위해 윗입술을 깨문 채 초꼬슴*의 결심 그대로 움직인 것이다. 금테 안경에 부엉이 눈동자의 여자 하나가 바닥에 서류를 펼치면서.

* 고유어. 일의 맨 처음.

"어머니, 4 곱하기 6은 얼마예요."

어이없는 질문이 터지자마자.

"스물넷이지. 테스트하려면 어려운 걸 물어봐야지."

"어머, 어머니 테스트도 아세요? 와— 대박, 그래도 하나만 더요. 1년이 며칠인지 대답해보세요."

"365일인데 4년에 한 번씩 2월 윤달에 29일로 바뀌니 그땐 366일이여. 그래야 책력의 수치가 맞아 돌아가거덩."

여자가 동그랗게 떴던 눈을 내리며 살며시 미소를 지으며.

"수학자를 하셔도 되겠네요. 원래 머리가 좋으셨나요? 아휴."

"소학교 때 주산도 잘해서 군청 서기로 뽑혔던 몸이라우. 그래서 내 아들 하나는 수학 선생도 했지. 흐흐."

수학 선생이던 셋째 아들이 학교를 쫓겨났던 사태는 쏘옥 오려내고. 나의 군청 서기 경력만 달랑 꺼낸 다음.

"주산뿐만 아니라 암산으로도 술술 풀었어요. 새각시 때에 남편 교실 학생들 성적 처리하면서 곱하기, 나누기, 더하고 빼기도 내가 머리 하나로 척척 해결해줬징."

금테 안경 여자가 서류에 몇 자를 적더니 살포시 일어서며.

"건강하세요. 어머니. 아직은 안심이네요."

머리를 끄떡이며 실제로 '안심이 되는 표정'만 남기고 홀라당 돌아갔다. 그때까지 의기양양하던 나에게 특히 딸자식들이 동동 구르며 안타까워하며.

"엄마, 내가 모르는 척하라고 했잖아. 했지? 치매 흉내를 안 내니까 불합격 판정을 받았잖아. 이제 어쩔 거여?"

그러나 나는 더욱 펄펄 뛰며.

"그 여자도 안심이라고 했는데…… 날 보고 무슨 멍충이 흉 내로 살라는 얘기냐? 너도 못 하는 일을 왜 나보고 하라는 거 냐? 나는 죽어도 못 하니 넌 그냥 가라. 아직 몇 년은 끄떡없어."

일단 큰소리는 쳤으나, 그 '아직 몇 년'이란 게 순식간에 닥칠 줄은 차마 몰랐던 때였고.

두어 달이 지난 어느 날, 턱이 달걀처럼 갸름한 여자를 데려 오면서 또 테스트를 받으라니 진짜 죽을 맛이다. 지난번보다는 압박감이 덜하긴 했지만 여전히 내키지 않는 요구여서.

"어머니 몇 년 생이세요?"

"28년인데 음력 12월이니 양력으로 1929년 1월이여."

"와— 음력과 양력을 구분하시니 너무 똑똑하세요."

"음력 12월은 원래 양력 1월이라 한 살 차이가 나니 늦추면 올차게 먹는 거고 빨리 올리면 억울한 나이 먹는 거여."

그렇게 두 번째 건강 두뇌 점검에서도 묻지도 않은 질문에 덧붙임까지 조근조근 답변을 해서 간신히 돌려보내긴 했으나, 딱 거기까지였다. 그 후 자식들의 성화 농도가 우격다짐으로 극심해지면서.

"엄마. 요양보호사가 들어오면 훨 편한 거야. 왜 거부하냐구
요?"

"혼자 산다닝까."

스스로 살겠다고 수없이 공언했지만, 자식들이 더 끈질기게.

"굴러온 호박을 넝쿨째 차버리네. 비서 한 명 무료로 채용하
는 거랑 똑같다니까요."

"아직 끄떡 없다구."

"노인네 건강은 어제 다르고 오늘 다르고…… 내일의 몸이
또 달라져요. 폭삭 저문다닝까. 제발."

그러다가 잠시 말을 끊더니.

"아니면 우리 집에서 사시덩가."

그 '폭삭 저문다'는 말까지는 버틸 수 있겠는데 '우리 집에서
사시라'는 말에서 기가 폭삭 꺾인 것이다. 실제로 요즘 그런 느
낌이 들었다. 몸과 마음이 확실히 쇠해졌으며 말할 때마다 자
꾸 단어를 잊는다. 때로는 말하는 도중에 '내가 지금 무슨 이야
기를 하려고 했지?' 하며 머리가 헷갈릴 때가 많다. 그러나 자
식들의 집에 얹혀 살자마자 '방 한 칸에서 거실조차 제대로 나
오기 힘들다'고, 늙은 할매들한테 수도 없이 들었으니, 진퇴양
난이다.

달포 뒤 또 센터에서 나온 새 감정사를 다시 만났을 때는 이미 나의 기가 완전히 꺾인 상태였다. 하여, 세 번째 테스트에서는 자식들이 원하는 대로 멍충이 흉내를 내주면서 죽을 맛으로 통과가 되긴 했고.

"월, 화, 수요일 다음에 무슨 요일일까요?"

센터 여자의 질문에도 10분 내내 멀뚱멀뚱 하늘만 바라보는 시늉만 내자 옆에 있던 여섯째 딸 성순이가.

"우리 엄마는 재작년부터 대꾸할 능력이 상실되었어요. 청각도 막힌 상태이지만 뇌 자체에 이상이 있어요."

딸내미의 대리 대답도 멀뚱멀뚱 못 들은 척했으나, 속으로 부글부글 끓으면서.

'나, 멀쩡해. 청각이 왜 막혀. 죄다 들린다굿!'

냅다 소리치고 싶은 마음을 꾹꾹 누른 채 딸내미만 흘겨보았다. 얼떨결에 주먹을 꽉 쥐었는데, 딸내미는.

"보세요. 섬망(譫妄) 증세도 있어요. 누가 자신을 공격한다는 피해의식으로 주먹을 불끈 쥐는 거지요. 여차하면 확 날릴 수도 있구요."

어이없는 소리에도 더 이상 대꾸를 하지 않은 덕분에 마침내 요양보호사가 배치되었다. 90 평생에 드디어 남이 차려주는 밥상을 먹게 된 것이다. 실제로 2년 이상 도움도 받아보니 무난하면서도 실용적인 제도였던 게 확실하다.

다른 노인들의 경우 요양보호에 치르는 비용이 월 5만 원이니 거저먹는 수준이다. 그 소소한 금액으로 누군가가 주 5일 내내 방문한다는 시스템은 실로 엄청난 혜택이지만, 나의 경우에는 지출 금액이 조금 다르다. 나만 월 20만 원씩 내는 이유는 구천으로 떠난 남편의 연금 때문이다. 그러니까 남보다 내 통장에 찍히는 돈이 많은 만큼 더 내라는 제도 자체에는 추호의 불만도 없다.

어쨌든 남편 연금의 60프로, 그러니까 달마다 월 200만 원씩 통장에 찍힌다는 게 얼마나 크나큰 혜택인가? 남자의 수발로 평생을 바친 건 억울한 이력이지만 노후 내내 돈 걱정 없이 편안하게 지낼 수 있는 것도 순전히 지아비의 덕분이니 그것만으로도 감사한 일이다. '많이 받는 만큼 많이 내는' 그런 제도에 대한 불만이 1도 없었으며.

그 후 해마다 호출되는 치매 재판정 연락이 오면 연례행사처럼 의사 앞에서 다소곳하게 응했다. 아들 부부를 따라 보건소도 가고 의료원도 다니며 그 바보 흉내 내는 연기에 익숙해지면서 나머지 의탁도 그리 어렵지는 않을 것 같았다.

그런데 어느새 노인들 사이에 요양보호사 소문이 좌악 퍼졌나 보다. 신청자 숫자가 늘어났는지 매일 4시간씩이던 요양보호사 시스템이 하루 3시간으로 줄어들면서 뭔가 불안한 조짐이 들긴 했다. '노인 인구 증가'가 장차 사회문제가 될 거라는 뉴스도 불안했지만, 더 큰 문제는 내 정신이 오락가락하는 점이다. 이제껏 거의 완벽한 수준으로 살았는데 언제부터였나, 느낌이 달라진 것이다. 주걱을 손에 든 채 찬장 여기저기를 여닫았고 밥을 먹다가 놓친 숟가락을 찾느라 30분 이상 헤매기도 했으니.

문제는 코로나이다. 재작년 봄부터인가, TV 뉴스 여기저기에서 터지기 이전에 이미 둘째 아들에게 들었던 말이 떠올랐다. 중국 후베이성의 우한시(市)에 소재한 박쥐 실험실에서 전염병 세균 딱 하나가 침투하는 걸 막지 못하는 바람에 엄청난 사태로 확산되었다는 소식이다. 그 코로나 위기설이 터지면서 처음에는 듬성듬성 나타나던 마스크들이 순식간에 나라 전체 시민의 얼굴을 싸그리 덮어버린 것이다. 언제부터였나, 맨얼굴로는 서로 마주 보지 못하는 세상으로 바뀌었다. 특히 초창기에는 격리 조치가 비상계엄만큼 심했던 시국이라 사람들이 더 진한 강박증에 시달렸던 것 같다.

마스크 없이는 버스도 탈 수 없고 엘리베이터에서 만나는 사람들도 서로 등을 돌린 채 인사도 나누지 않았다. 마트에서도 기침 소리만 들리면 재빨리 물건을 놓고 코를 막으며 납죽 엎드린다. 노래방이나 피시방은 물론 카페나 술집까지 문을 닫은 곳투성이란다. 그러면서 자식들의 방문 횟수도 줄어들기 시작했으니 그게 외로움의 시작이다.

뉴스 때마다 코로나 환자 숫자를 조마조마 헤아려 보는 버릇이 생기던 즈음이다. 질병관리청장인 정은경이란 여자 하나가 TV에 나와 진지한 표정으로 감염자 수를 발표하는데, 어럽쇼, 시간이 지날 때마다 그미의 흰 머리카락이 늘어나는 걸 보며.

'저 여자는 정말 열심히 일하는 느낌이 든다.'

감탄하다가도.

'코로나 따위는 관심이 없어. 이 나이에 무슨 미련이 있겠나?'

훌훌 털어내려 했다. 그러면서도 그 신종 전염병에 대한 근심이 시도 때도 없이 커지기 시작하니 내 마음의 결을 잡을 수 없다. 날마다 늘어나는 감염자 숫자를 만나면서 나 혼자 한숨을 푹푹 쉬는 습관도 생긴 것이다.

그런데도 대한민국의 감염자 전파 숫자가 전 세계에서 가장 적다는 게 특이했다. 코로나 종주국인 중국의 확진자 숫자가 수천, 수만 명을 훨씬 넘기면서 가난한 나라 인도나 부탄은 말할 것도 없고 최상급 복지국가라는 북유럽 핀란드나 노르웨이까지 무시무시한 환자 폭발 현상이 나타난 것이다. 그런데도 대한민국은 겨우 스무 명 남짓이라니 엄청난 절제력이요, 모범 국민들인 게 맞다. 그래도 방심하는 순간 유럽이나 인도, 일본처럼 며칠 사이에 수십만, 수백만 명으로 폭발적 확산의 우려가 있다니 무시무시한 경고이고.

나 혼자 사는 날짜가 대폭 늘어난 점도 근심이 되었다. 코로나 뉴스가 늘어나면서 주말마다 번갈아 찾아오던 자식들까지 듬성듬성 펑크를 내면서 점차 불안감이 엄습하는데, 전화 통화로 찾아오지 못하는 이유를 댄다는 게 겨우.

"흑석동에 코로나 확진자 한 명이 나타나서요. 승용차 바퀴 구석에 바이러스가 묻어 있다가 툭 튀어나와 순식간에 콧구멍을 뚫고 튀어나올까 봐 불안해요."

둘째 아들 성연이도 똑같은 날짜에.

"아들네 학교 담벼락 너머 편의점에 코로나 환자가 다녀갔다는 소문이 퍼져서요. 병균이 승용차 뒷좌석에 숨었다가 어머니네 아파트 실내 공기를 타고 노인네 폐에 스멀스멀 파고들면 완죠니 치명적이라서…… 하마터면 다 죽는다니까요."

여섯째 딸도 떨리는 목소리로.

"시내버스에서 마스크 안 쓴 사람이 옆에 탔다가 기침을 두 번이나 캑캑 터뜨렸을 때 고개를 재빨리 돌리고 소매로 콧구멍을 가렸어야 하는데…… 깜빡 놓친 게 영 꺼림칙하네."

그런 미주알고주알 사정을 털어놓기에 나는 즉각.

"오지 마. 끄떡없어."

딱 자르면서 일단은 통쾌했지만, 솔직히 옆구리 시린 허탈함을 견디기가 힘이 들었다. 늙는다는 게 그랬다. 함께 살면 불편하고 혼자 살아도 불안했으나.

가장 무서운 건 건망증이다. 분명히 챙긴 것 같은데 자꾸 물건을 잃어버리는 것이다. 85세까지는 돋보기 쓴 채 30분 이상씩 독서에 집중도 했는데 지금은 신문이건 책이건 모두 귀찮아진다. 날마다 보던 TV 연속극도 지난주의 마지막 사연과 연결이 전혀 되지 않는다. 주말 드라마가 기억나지 않으니 다음 내용도 흥미가 생기지 않았다. 마지막 장면을 떠올리며 다음 시간대를 기다리던 그 몇 년 전과 사뭇 딴판인데.

그렇게 기가 소진되는 와중에도 가장 만만한 게 요양보호사였으니 민망하고 미안한 기억이다. 이상하다. 새벽부터 기가 빠져있다가도 요양보호사가 등장하는 시간마다 힘이 퍽퍽 솟는 느낌이 드는 것이다. 뭐를 시킬까, 하는 고민도 있었지만 그보다는 뭔가 꼬투리를 잡아 티격태격할 때마다 힘이 쑥쑥 넘치는 걸 어떻게 이해해야 하나. 그렇게 기싸움 대결도 힘이 되었는데.

요양보호사 박계숙(53세) 씨는 체격이 좋았다. 중학교 때 배구 선수 출신이라는 자기소개에 고개가 끄떡여질 정도로 어깨가 딱 벌어지고 관상도 튼튼하다. 두상도 크고 팔뚝 둘레도 웬만한 남자만큼 두꺼워서 소매를 걷을 때마다 알통까지 울퉁불퉁 드러났다.

그 체격처럼 일 처리도 시원시원했다. 오자마자 화초에 물을 준 다음 장롱 밑 묵은 신문지를 꺼내 재활용으로 분류하는 동작이 일사천리인 것이다. 쓰레기봉투도 꽉꽉 채워 대가리 꽁꽁 묶은 다음 퇴근할 때 들고 나갔고 음식물 찌꺼기는 깔끔하게 분리해서 버리고 용기 바닥까지 퐁퐁으로 싹싹 닦아내었다. 세탁기를 돌려 건조대에 주르르 널어놓은 다음 점심 밥상까지 순식간에 차렸으니 그 빠른 동작 하나만으로도 부러운 젊음의 에너지이다.

그러나 거기까지였다. 청소기를 냉장고 옆에 세워놓더니 소파에 앉아 TV 시청 자세를 취하는 것이다. 자기가 맡은 일이 끝났으니 쉬었다가 퇴근한다는 당연한 신호인데, 그걸 참지 못한 내가 베란다를 가리키며.

"유리창 좀 닦아."

지시했더니, 어럽쇼, 여자가 설레설레 도리질 치며.

"우리 업무가 아니에요. 요양보호사는 파출부랑 다른 거라고 교육받았거든요. 세탁기 돌리는 것도 제가 특별 서비스로 해드리는 거예요."

쌍둥 자르는 바람에 그만 내 입술이 딱 붙어버렸다 원래 거실 구석의 먼지 한 점 견디지 못하는 나의 결벽성 체질 탓도 있긴 하다. 또 하나, 그 여자를 예전의 식모처럼 부려 먹을 생각을 했으니, 지금 생각하면 많이 미안한 노릇이다. 남의 집에서 일하는 여자가 놀기 시작하면 버릇이 된다는 조급증 탓이었는데.

우선 참기로 했다. 혼자 사는 노파의 집에 누군가가 날마다 방문한다는 것 자체만으로도 얼마나 호사스러운 혜택이냐며 노여움을 다독다독 다스리는 중이었다. 아무렴, 매일 전기밥솥 해결해주고 쓰레기만 치워줘도 그게 어디인가? 그런데.

언제부터였나. 소소한 물건이 하나씩 사라지니 묘한 일이다. 냉장고 아래 칸에 비닐봉지로 꽁꽁 묶은 사과 여섯 개를 넣어둔 걸 분명히 확인했는데 박 보호사가 퇴근하면서 두 개가 없어진 것이다. 자루에 가득 찬 쥐눈이콩 한 주먹이 사라졌고 계란 한 판에서 마지막 한 줄의 다섯 개가 조르르 보이지 않기도 했다. 분명히 없다. 그래도 일단 넘어가면서 며칠을 보냈는데 점차 그 노여움을 견디기 힘든 것이다. 이번에는 갈치 토막이다. 마트에서 산 그대로 냉장고 둘째 칸에 정돈했다가 내일 아침 프라이팬에 데쳐서 먹으려 했는데 그게 보이지 않으니 아차, 수상한 사태이다.

그때부터 사과 두 알이나 두유 몇 개까지 다용도실 안창에 숨기는 버릇이 생겼다. 그 예방책으로 숨겨둔 사실마저 내가 먼저 까맣게 잊었으니 새로운 골칫거리이다. 장판 밑에서 만 원짜리 석 장이 툭 튀어나오거나 더러는 숨겨놓은 사과가 쪼글쪼글 쇠하다가 흐물흐물 썩은 후에 발견되기도 했다. 급기야 주말 방문 차 다니러 온 둘째 아들 부부 앞에서 작심을 하고.

"갈치 두 토막이…… 사라졌…… 이 여자가 빼돌린 거야. 틀림없어."

불안을 호소하자 아들이 어리둥절하며.

"그분들이 케어하는 노인들 숙소의 물건을 함부로 가져가지 않아요. 조선시대 초근목피 시국도 아니고 요새 세상에 누가 갈치 두 토막을 훔쳐갑니까? 요양보호사들 모두 연수도 받고 공부도 한 인텔리라고요. 우리 어머니가 혹시, 치……?"

내 정신 상태를 의심하는 조짐이어서.

'늙으니까 아들내미까지 나를 깔보는구나. 인텔리라는 말까지 쓰면서…… '혹시' 다음에 '치매'라는 말을 쓸까 말까 망설이는구나.'

요양보호사의 도벽을 반드시 잡아내어 나의 멀쩡한 정신을 증명해야겠다는 생각이 드는 것이다. 그러면서 겁이 더럭 나기도 했다. 아무도 없는 빈집에서 덩치 큰 젊은 여자와 일대일로 맞짱 뜬다는 게 솔직히 얼마나 무서운 사태인가. 별의별 상상으로 꼬리를 물면서 머리가 복잡해지는데.

배구 선수 출신 근육질 여자에게 머리끄덩이 잡힌 채 구석에 처박히기라도 하면 어떻게 해결하나? 싸대기를 너덜너덜 맞은 다음 13층 베란다 너머 화분처럼 쉥 던져버릴지도 모른다. 급기야 몽둥이를 들고 돌진하는 여자의 환상으로 부르르 떨다가 혼자서 '악' 소리를 지르기도 했다. 그렇게 차일피일 미루다가,

문득 갈치 두 토막이 거실 중앙에 풍선처럼 둥둥 떠다니던 날, 어금니 깨물며.

'한판 붙자.'

어차피 '넘어야 할 산'이라며, 에잇, 정면 대결을 각오한 것이다. 아침이 오기까지 뒤숭숭 시달리다가 아예 현관 안쪽에 바싹 쪼그려 앉았는데 하필 그날따라 초인종 소리가 기차 화통처럼 커서 가슴까지 벌렁벌렁한다.

딩동, 딩동.

요양보호사에게 아파트 비밀번호를 가르쳐주지 않는 것도 남편에게 배운 철저한 조심성이다. 시간이 흐르면 언젠가 다시 다른 사람으로 바뀔 게 확실한데 노파 혼자 사는 집 현관 비밀번호를 함부로 알리는 건 아주 위험한 일이며 그 판단이 분명히 맞다. 그러거나 말거나 오늘은 일부러 현관문부터 활짝 열어주었다. 문이 너무 빨리 벌컥 열리자 어리둥절 바라보던 박 보호사에게 단도직입.

"내놧!"

소리치며 손바닥을 내밀었다. 여자가 눈을 동그랗게 뜨며 현관 안으로 들어오지도 못한 채 우물쭈물하는데.

'아차, 목소리가 너무 컸나?'

그런 생각이 들기도 했지만 기왕지사 내친걸음이니 더욱 강하게 나갈 수밖에 없다. 다시 짧고 단호하게.

"두 마리 내놔."

"엥? 무슨 소리예요. 어머니."

"꽁치…… 아니, 갈치…… 두 토막."

손가락 두 개를 펼쳐 표시하는 찰나 '꽁치와 갈치'까지 헷갈리면서 갑자기 마음이 불안해진다. 배구공을 팡팡 때리던 저 두꺼운 솥뚜껑 손바닥이 늙은 노파의 멱살을 잡고 불쑥 치켜올리면 내 모가지가 거미줄에 걸린 잠자리처럼 대롱대롱 매달린 채 숨만 '캑캑' 뱉을 것만 같다. 그래서 재빨리.

"그걸로 딱 끝낼 거야. 돌려주기만 하면 화끈하게 끝."

박 보호사는 어이없다는 표정을 짓다가 무슨 말인지 알았다는 듯 안으로 실룩실룩 들어온다. 아무 말 없이 다용도실이나 냉장고 여기저기를 열고 짯짯하게 살피는 게 기분 나쁜 표정이 역력하다. 그러다가 야채 박스를 갸우뚱갸우뚱 뒤적거리다가 그 아래 양파 자루를 걷어내더니.

"여기 있네요. 보세욧!"

비닐봉지에 몇 겹으로 싸인 갈치 두 토막을 꺼내더니 내 얼굴에 바싹 들이미는 눈빛이 싸늘하다.

"어머니. 혹시…… 치?"

'혹시' 뒤에 내가 가장 싫어하는 '치'까지 나왔지만 말의 끝은 우물쭈물 흐리고 만다. 가만히 생각을 되짚어보니 어제 야채 박스의 양파 자루 아래에 갈치 토막을 숨겨두었던 내 모습이 섬광처럼 스치는 것도 같다. 당황한 내가.

"늙은이 정신이 그렇지. 뭐. 90이 넘으면 모두 오락가락하는 나이여. 물론 치매는 절대 아니지만."

두루뭉술 수습하며 내 나름으로 위기를 벗어나려는 순발력이긴 했는데.

"함부로 의심하면 안 된다구요. 네? 어머니."

뻘쭘한 채 서 있을 수밖에 없었는데, 다행이랄까, 더 이상 추궁하지는 않는다.

"이런 경우가 많다고 연수 때 배우기는 했는데······그것 참, 실제로 당해보니 기분이 묘하네요."

갸우뚱거렸지만 더 이상 대들지는 않아서 그나마 다행이다. 청소기를 돌리고 점심을 차린 다음 TV를 보면서도 피차에 오가는 말이 묵묵부답 완전히 사라졌다. 나 혼자 괜히 냄비 뚜껑도 열었다가 닫고 창틀도 문지르며.

'당하다니, 뭘 당해······.'

궁시렁거리기는 해도 마음이 좌불안석이다. 다시 소파에서 TV를 보는 척 태연한 표정을 짓는데, 박 보호사가 더 이상 입술을 떼지 않으면서 오랫동안 냉랭하게 견디는 시간이 참으로 오래 걸린 것 같다. 그러더니 돌아가기 직전에 나를 빠드름하게 쳐다보는 찰나, 가슴이 철렁 내려앉았지만 태연한 표정으로.

"내일 또 만나······ 요."

헤어지는 인사로 끄트머리에 내가 먼저 '요' 자를 붙이며 문을 닫으려다가.

"의심하면 절대 안 돼요. 그런 노인네 많다고 연수 때 배우긴 했지만 직접 지목당하긴 처음이네. 알았죠? 혹시?"

차마 '치매'라는 말은 하지 못하고 거기에서 딱 멈췄으니 운동선수 출신답게 화끈한 성격이 맞긴 하다. 그 후 내가 일주일 내내 입술을 딱 붙였으므로 더 이상 뒤끝이나 티격태격도 없이 그럭저럭 지낸 것 같은데,

어느 날 돌연 코로나 비상이 진짜로 훅 들어온 것이다. 내가 코로나에 걸린 건 절대 아니고 박 보호사도 아니고 그미의 남편도 더더욱 아니다. 단지 그녀의 남편네 회사의 직원 하나가 출장을 간 영등포 회의실에서 확진자와 15분 동안 접촉했던 사태가 발생하면서 그와 연결된 모든 사람들에게 즉각 격리 비상이 걸린 것이다. 그 사소하면서도 철저한 예방책이 '엎친 데 덮친' 사대로 나에게 불똥이 튀었으니.

요양보호사 남편의 직장은 생길포에 있는데 대한민국에서 두 번째로 큰 재벌급 반도체 회사이다. 그 회사의 직원 3,000명 중 딱 한 명이 코로나 확진자와 접촉으로 의심된 게 엄청난 야단법석 파장을 터뜨리는 것이다. 그가 속한 부서원 모두 출근

금지를 시키고 날마다 정문 입구에서 전체 직원의 체온을 측정한단다. 2020년 3월, TV에 등장하는 정은경 청장 입에서 코로나 확진자가 두 자리 숫자인 13명으로 발표되던 날이었다. 남편 회사의 비상조치 소식을 들은 박 보호사도 나를 안심시키려고.

"제가 내일부터 보름 동안 못 나오지만 걱정은 마세요."

내가 입을 다문 채 멍하니 쳐다보자.

"다른 사람을 대타로 보내드릴게요. 얼굴도 예쁘고 마음도 참해요. 진짜예요."

그 말을 즉각 거절한 것도 나의 오래된 방어 본능이다. 혼자 견뎌야 한다는 사태가 외롭고 힘들긴 하겠지만 다른 요양보호사를 대신 보낸다는 게 싫어서.

"나 혼자서도 충분해."

독거 노파의 집 현관은 아무나 함부로 열 수 있으면 안 된다는 게 정확한 심정이며 그게 맞다. 한편으론 '아직은 혼자서도' 하는 자존감도 쬐끔은 있긴 했다. 그렇게 보름 동안 혼자 살아보기로 작심했으니, 어쩌면 스스로를 벼랑에 떠민 셈이다.

그런데 생각보다 힘들었다. 겨우 몇 달 동안 손을 놓은 밥상 차리기도 귀찮았지만 혼자 먹는 입맛도 모래알처럼 서걱거렸다. 주말을 바라보며 평일 닷새를 견디는 것도 힘이 들지만 '내색하지 말자'며 입술을 꾹꾹 눌렀다. 자식들에게 찾아오라고 조른다는 것도 도대체 내키지 않는 것이다. 징징대고 싶은 마음은 애당초 없었지만 한편으론 '앞으로 이렇게 영원히 혼자 사는 건가?' 하는 불안감으로 가슴이 덜컥 내려앉기도 했다. 그래도 지금 생각하면 엉덩이뼈 버걱거리며 세 끼니를 돌리던 그 시절이 아련하게 좋은 시절이었고,

　지금은 병상 783일째,

　언제부터였나, 간병인이 식판을 가져오지 않고 콧구멍에 호스를 끼워 영양제만 투입시키는 그 일상이 몸에 배인 참담한 저물녘이다.

지아비

소학교를 졸업 후 군청 서기로 뽑힌 배경에는 뛰어난 주산
실력과 정갈한 글씨체가 크게 도움이 되었다. 갸름한 턱과 하
얀 얼굴 탓도 있었으리라. 그랬던 것 같다. 식민지 시대 소재지
에서 나 혼자만 파마머리로 다녔으니 외모만으로도 일단 차별
성이 돋보였다. 커다란 부엉이 눈에 눈송이처럼 새하얀 피부만
으로도 사람들의 눈길을 모을 만했다. 게다가 발바닥에서 15센
티 올라가는 주름치마 옷차림도 멋쟁이 와꾸이니 소재지 전체
에 소문이 날 만도 했다. 발목이 드러나는 그 치마의 시도로 신
작로 걸을 때마다 남정네들이 걸음을 멈추고 잠깐씩 눈길을 던
지기도 했으니.

동갑내기 시골 동무들은 댕기 머리 소녀로 내내 지내다가 열

일곱 나이쯤에 시집을 가면서 뒷머리에 비녀를 꽂았는데 나 혼자 고대기로 머리를 지지고 볶은 것이다. 그래서일까, 조금 늦게 둥지를 튼 스물셋 이후로도 한동안 소재지 전체에서 파마머리는 나 혼자밖에 없었다.

그러나 사내들은 먼발치에서 쳐다만 볼 뿐 감히 다가올 엄두를 내지 못했다. '샛별 미인'이라 부르던 동네 청년들도 뒷모습 그림자나 훔쳐보며 '아, 예쁘다' 곁눈질만 흘리다가 슬그머니 지나쳤을 뿐이다. 그 후 세월이 지나면서 여자들의 머리 스타일이 화사하게 변화하거나 말거나 나는 70년 넘도록 옛날 그 머릿결 그대로 시장도 다니고 완행버스도 탔는데.

아무튼 나이보다 젊어 보였던 것만은 확실하다. 60대에는 50대 소리를 들었고 70대에는 60대 소리를 들었으며 80대에도 10년 이상 젊어 보인다는 소리를 귓바퀴에 매달고 살았다. 그게 좋아서 내가 먼저 공격적으로 묻기도 했으니 조금은 철없는 행동이었다. 그해 정초에도 혼자 사거리 약국에 갔다가 일부러.

"몇 살이나 된 것 같수?"

천시표 표정의 절름발이 약사가.

"예? 누굴 말씀하시는지?"

"여기 나밖에 없는디."

그제야 눈치채더니 고개를 끄떡이며.

"80이 넘도록 혼자 다니시다니 정말 근력이 대단하세요. 택시도 혼자 타시구요이. 우리 미래의 최고 롤 모델입니다."

그 소리 듣자마자 나는 신바람이 나서 대뜸.

"9학년 3반이라우. 호호."

나는 10년 이상 젊게 보이는 동안만으로도 타고난 복이라며 쾌재를 부르는데 그가 내 눈치를 알아채고.

"진짜요? 93세?"

깜짝 놀라는 척 되묻는 건 일부러 추켜세우려는 제스처도 있긴 했다. 그러거나 말거나 나 혼자 그 초로의 약사 눈빛을 떠올리며 자다가도 흐뭇하게 웃기도 했으나.

아무리 느리게 쇠하더라도 세월은 피도 눈물도 없이 변신했으니, 몸과 마음 모두가 쪼그라들면서 급격히 잦아지는 것이다. 언제부터였나, 건망증에 빠지기 시작했다. 전기장판까지는 넘어간다 치더라도 가스 불 켜놓은 채 외출하는 건 진짜 심각한 사달이다.

동부시장에 거의 다 와서야 '가스 불 끄고 왔나?' 그런 불안한 생각이 퍼뜩 떠오르면 '껐지. 암, 껐어.' 확신하다가도 '아차,' 소스라치며 혼자 사는 아파트로 절룩절룩 되돌아가기도 했다. 까맣게 탄 냄비를 철수세미로 박박 닦은 후부터 불길한 조짐의 횟수가 더 늘어났다. 어떤 날은 열쇠를 따고 들어오자마자 냄비로 타오르는 불길을 후다닥 달려들어 중간 스위치를 내리기도 했다. 그러니까 늙은이 혼자 사는 게 위험한 것이다.

함께 살자는 자식들이 있긴 했으니 말이나마 다행스럽고 바깥에서 체면도 서긴 했다. 일단 완강하게 거부했다. 다섯째 딸내미와 셋째 아들 부부가 차례로 한 번씩.

"강도라도 들어오면 노인네 혼자 어쩐대요?"

함께 살자며 살짝 건네면 내가 먼저.

"문고리 꽉 잠글 거야."

딱 잘라 거절하는 것도 노인네의 기품이라고 생각했다. 자존감도 있었겠지만 실제로 싫은 마음이 들었던 건 바뀐 세상 풍토를 지레 익힌 탓이다. 언제부터였나, 대가족 제도가 사라지면서 마지막까지 혼자 용을 쓰며 살아가는 노인이 많아진 것이다. 주변 친구들도 하나씩 새로운 풍토에 적응하는 모습이 보이던 즈음이다.

자식들에게 얹혀사는 노인들이 거실 출입조차 손주 눈치가 보인다며 하소연하는 걸 보면, 이제는 '독거노인 시대'의 대세가 확실했다. 혼자 살면 아파트 전체를 내 집처럼 쓸 수 있지만 함께 살면 구석 방 한 칸으로 내몰리게 되니 막판까지 버텨야 한다.

대산 사는 김 약사 부인이나 양조장 송 씨 할머니까지 소위 잘나가는 부잣집에서부터 혼자 사는 집이 하나씩 늘어난 것이다. 광천 새우젓 가게 단골인 94세 김 노파도 혼자였다. 심심해서일까, 몇몇 독거 할매들은 뒤늦게 교회에 불이 붙어 마주치는 사람마다 '교회 다니시라, 손잡고 하느님 품으로 가자'고 소매 끝동 붙잡아 당기는 골수 신도로 변신도 했다.

아니, 가난하게 살아온 사람들도 마찬가지이긴 했다. 농투성이 노파들도 대개 시골집에서 혼자 남아 있었다. 새벽부터 밭고랑에 엎드려 호미질하는 건 죄다 꼬부랑 할매들이다. 그랬다. 노부부 중 대개 남자들이 먼저 하늘로 떠났으니 노파 혼자 잡풀이나 뽑을 수밖에 없다. 나는 텃밭에 손 놓은 지 오래되긴 했지만 그래도 풀을 뽑고 고랑을 만들 수 있다는 것만으로도 다행인 거고.

남편은 초로 이후 더욱 철저한 실용주의자로 변신했다. 매달 받는 연금 내에서 50만 원씩 꽁꽁 묶어 저축하는 걸 보고 자식들이 '왜 늙어서까지 저축을 하냐?'고 어이없는 표정이었지만 그건 말이 되지 않는 소리이다. 남편이 돈을 움켜쥔 만큼 집안의 구심점으로 유지되었으니 그게 철저한 자기 관리 성품이 맞다. 식단표와 운동량을 조절하는 건강 노인 체질로 긴 세월 잘도 보낸 셈이다. 경제적으로도 짭짤한 노후였으니 가끔 EBS를 틀어놓고 영어 회화도 공부를 했고.

퇴임 직후에는 날마다 새벽 등산으로 하루를 열었으니, 건강관리 욕망이 가장 왕성하던 시절이었다. 옥녀봉 언덕길 등반을 마친 다음에 현관에 들어오자마자 또 스트레칭으로 허리와 어깨를 비틀었다. 밥상도 식물성과 동물성 비율을 짯짯이 따지면서 받았으니 그것도 건강관리 코스의 습관이었던 것 같다.

매일 7시간 자는 걸 원칙으로 했다. 수면 부족은 당뇨와 체중 증가에 연관되어 심장 건강에 나쁘기 때문이란다. 일흔 직전에 담배도 끊었다. 흡연은 혈관을 손상하고 경화증을 형성하여 심부전을 유발하기 때문이다. 소변을 오래 참으면 요로 압력이 증가하여 방광과 신장에 나쁜 영향을 주는 바람에 오줌도 자주 누게 된다. 커피는 집중력을 향상시키지만 많이 마시면 숙면을 방해하고 자다가 오줌이 마려우므로 조절이 필요하다.

아침에 눈 뜨자마자 기지개를 '핫, 얏, 학' 소리로 펴면서 근육과 인대의 신경을 풀어주었다. 그다음에 소변을 배출하고 물로 입안을 행군 후 공복 상태에서 물 한 잔을 마셨다. 그리고 밥 한 그릇을 비울 때마다 물 한 컵을 따로 마셨다. 양치질은 혓바닥까지 닦은 후 다시 그 혓바닥으로 입안 구석구석을 닦아주는 것이다.

일흔이 지나면서 새벽 등반 코스의 거리를 대폭 줄였다. 시나브로 몸이 쇠했다는 자가 진단으로 산 중턱에서 야수 한 주전자만 받아오는 걸로 조절한 것이다, 어쩔 수 없다. 세월의 흐름에 몸을 맞추려면 체력의 소모를 쬐끔씩 축소해야 한다. 그러나 운동 수준을 한 단계 낮추긴 했지만 여전히 부지런하고 철저했다. 명절 때만 되면 며느리를 모아놓고 큰소리도 쳤으니.

"술 담배 끊고 운동에 충실했으니 여든이 넘어도 끄떡없지."

그러나 아들딸들은 아예 집중을 하지 않으므로 제대로 그의 건강 성공담을 듣는 사람은 명절 노동이 끝난 며느리들뿐이었다.

"걷는 게 남는 거야,라는 신조로 몸을 달렸어. 그걸 잊으면 당장 종아리가 회초리처럼 가늘고 말랑말랑해지면서 힘이 급격히 빠지거든. 천천히 걷는 건 그냥 산보이니 조금 빨리 걷는 게 진짜 운동이야. 너무 빨리 걸으면 관절이 마모되어 위험하니 적절한 조절이 필요하고."

걷기에 대한 설파를 시작했다. 우선 발바닥을 질질 끌지 말아야 한단다. 머리는 땅과 수직이 되어야 하며 45도 각도로 앞을 본다. 팔꿈치는 가볍게 굽히고 앞뒤로 흔들며 걸어야 한다. 앞발은 뒤꿈치로 착지하고 뒷발은 발끝으로 차며 걷는다. 보폭은 자기 키의 45%가 적당하며 신발은 체중의 1프로 무게가 정답이라며, 설파를 했다. 때때로 아들딸들이 안타까운 표정으로.

'아버지, 며느리들 고단할 텐데요.'

안타까운 표정을 짓기도 했으나 남편의 건강관리 연설은 차례상이건 생일상이건 틈새마다 파고들었다. 때로는 프린트까지 출력해서 식사 전에 나눠준 다음 10분가량 건강론을 펼치기도 했다. 실제로 중년 이후 술과 담배를 끊는 등 몸 관리를 워낙 잘해서인지 또래 친구들보다 훨씬 안정적인 몸으로 노후를 보냈으니 마지막까지 다행한 일이다. 남편은 수시로.

"늙으면 두 가지를 조심해야 해. 첫째, 넘어지지 말 것. 둘째로는 감기 예방이야. 노인이 넘어져 뼈가 부러지면 폐암과 직통으로 연결되거든. 어린아이들 말랑말랑 연골은 부러져도 금세 붙어서 척추가 회복되지만 40세 이후 해마다 쬐끔씩 줄어들어 결국 석회질만 남으니 부러지면 끝장이지. 감기도 엄청이 무서워. 늙은이들에겐 즉시 독감으로 전이되자마자 죽을 수 있고."

틈만 나면 건강 설법에 빠지는 건 현직 교장 시절 단상에서 조무래기들을 세워놓고 일장 훈시 마이크 습성의 연장일 수도 있다. 그러거나 말거나 시간이 또 흐르면서 쇠해지는 몸의 수준에 맞게 운동량을 다시 조절할 수밖에 없었다. 여든이 가까워지면서도 아침마다 아파트 603동을 다섯 바퀴쯤 돌아온 다음 욕조에 기댄 채 근육을 풀었으니 여전히 착실한 몸 관리 도정이었다.

그래봤자 80대 중반 이후 종아리 근력이 눈에 띄게 줄었으니 세월의 비정한 순리이다. 새벽 아파트 돌기를 세 바퀴로 줄였다가 다시 또 한 바퀴로 줄이면서도 힘이 부치기 시작했으니 안타깝지만 방법이 없다. 아흔이 넘으면서부터는 바깥 운동을 모두 포기한 채 소파에서 '앉았다가 일어서기'를 반복하거나 거실 복판에 서서 손바닥 치기를 했다. 막판에 뒤꿈치만 살짝 든 채 제자리뛰기로 손바닥을 쳤는데 그게 위험한 시도였다. 그렇게 몸을 열심히 달래다가 나보다 3년 먼저 입원을 했으니.

사실은 다섯 해 전 겨울에 터미널 앞 서점에서 구입한 국어사전을 옆구리에 끼고 걷다가 넘어진 적이 있으니 그게 첫 위기였던 것 같다. 새마을금고 골목에서 미끄러지면서 하마터면 그때 세상을 떠날 뻔도 했다. 눈이 내리며 경사진 미끄럼판이 감춰졌는데 두꺼운 국어사전을 드느라 정신줄을 깜빡 놓친 탓이다. 골목에서 5분 이상 쓰러진 채 '아야, 아야' 숨을 헐떡였으니 지나가는 사람이 없었더라면 그 사고 때 동사(凍死)로 세상을 마감했을 수도 있다. 오토바이 탄 중국집 배달원이 부축했으니 생명의 은인이다. 다행히 목숨을 건졌으나 골목길 후미진 구석으로 날아간 책을 찾지 못한 걸 너무 아쉬워해서.

'국어사전 찾으러 가야 하는데.'

보채는 소리를 냈다가 하마터면 나와 한바탕 싸울 뻔도 했다. 목숨의 위기에서도 소소한 손해조차 보지 않으려는 심보가 얄미운 것이고.

아무튼 그 후 실내 체조로 운동 방식을 바꾼 게 나름 단계를 낮춘 몸 관리의 도정이 맞긴 하다. 거실에서 제자리 손바닥 치기를 해도 위험 요소가 전혀 없다고 생각했으므로 맞춤형 체력 관리가 될 뻔도 했다. '손뼉치기'는 혈액순환에 좋고 '제자리뛰기'는 종아리 근육 보존에 도움이 된단다. 그러다가 3년째 되던 어느 날 갑자기 다리가 휘청 꺾이면서.

쿠쿠쾅.

냉장고와 서랍장 틈새에 머리가 꽉, 박힌 것이다. 내가 깜짝놀라 달려갔을 때 남편은 냉장고 옆구리에 머리만 박은 채 '사냥꾼에게 걸린 꿩'처럼 바깥으로 엉덩이와 두 다리만 파닥이는 중이었다. 하마터면 웃음이 터질 뻔하다가, 겁이 확 나면서

'끝났구나'

그런 직감으로 부르르 떨렸으나 내색하지 않으려 노력을 했다. 원래 엄살이 많았던 남편은 119구조대들이 몸을 들것 위로옮길 때에도 '아포폿!' 비명을 지르며 데굴데굴 뒹구는 바람에안쓰러우면서도 민망했었고.

노인들이 병원에 오면 당장 대소변 가리는 게 가장 문제가된다. 그리고 환자복 아랫도리를 내린 다음 성기에 오줌 호스를 끼운 게 이승의 마지막 작업이 될 줄도 전혀 몰랐다. 그때까지 나는 남자 환자의 성기 위에 호스를 덮어씌우는 줄 알았는데 그게 아니었다. 그런 경우 호스 안에 갇힌 성기 부위로 남은오줌 찌꺼기와 범벅이 되면서 표피가 너덜너덜 썩는단다.

아무튼 요도의 오줌 구멍에 얇은 호스를 꽂아 끼우는 식이니얼마나 고통스러울 것인가? 설핏 일제강점기의 고문인 '남자성기 구멍에 바늘 찌르기' 장면이 겹쳐지면서 아예 입술을 꽉

틀어막았다. 그렇게 간병인과 간호사가 호스를 성기의 오줌 구멍에 겨냥해 꽂을 자세를 취하자 남편이 먼저 '으아아악' 괴성을 질렀다. 넷째 아들이 재빨리 아비의 물건을 꽉 잡으며 간신히 제압을 했다. 내 몸을 통해 7남매를 세상에 나오게 만든 늙은 성기가 그 생산물이었던 넷째 아들의 손아귀에 꽉 잡히는 초라한 찰나.

"아아악."

비명 소리가 너무 커서 병실의 모든 침대가 뒤집어질 판이었다. 그래도 우격다짐처럼 호스 삽입이 끝났으니 잠시 후 여유를 찾은 남편이 간병인 여자에게.

"너어무 고마워요."

지극한 감사를 표할 때는 부아가 치밀기도 했다. '너무'도 아니고 '너어무'라고 어리광처럼 인사를 표하는 순간 '저 인간이 진짜' 하면서 가슴이 뒤집힐 듯 화가 난 것이다. 그때까지 남편은 두어 달 후 퇴원 기대에만 부풀었을 뿐 요양병원에 묶인 몸이 영원히 옮겨지지 못할 줄은 전혀 예상치 못했던 것 같다.

"좋은 세상이다."

만족한 표정으로 몸의 쾌유를 기다리는 게 얄밉고도 왠지 불안했는데.

입원 1주일 만에 병실 옆방의 환자에게 주먹으로 얼굴을 맞앉으니 어이없는 사태이다. 화장실 출입을 혼자 하려는 무리수를 두었으니, '걷기 연습'이라며 일부러 복도 끝 장소를 찾은 것이다. 병원에서 '일어서면 안 된다'고 엄정하게 주의를 줬는데도.

'게으름 피우면 안 되지. 운동을 해야 회복되는 거여.'

간병인이 한눈파는 사이에 워커를 짚고 스스로 복도 화장실까지 진출하며.

'젊은 의사보다 오래된 환자가 더 잘 아는 법.'

한두 발자국씩 비틀비틀 옮겼으니 의지만큼은 가상한 수준이다. 그렇게 워커를 짚고 복도에 진출했다가 하필 501호 휠체어 할아버지와 정면으로 맞닿은 것이다. 마주 오는 두 노인네의 휠체어와 워커가 같은 방향으로 서로 몸을 피하다가 순간적으로 머리와 머리끼리 박치기가 된 것이다. 남편은 벽으로 밀리며 허리가 꺾였고 501호 사내는 휠체어 바퀴가 또르르 구르며 벽에 부딪혔다. 남편이 간신히 워커를 짚은 와중에도 노인의 휠체어 바퀴까지 세워주려고 몸을 구부리는 찰나 그가 먼저.

"뭐여? 당신."

남편에게 눈을 부라리자.

"머?"

어리둥절한 표정으로 휠체어를 내려다보았을 뿐이다. 그 순간.

"샤발."

사내의 주먹이 쑝, 날아왔으니 황당하면서도 무서운 사태이다. 간병인이 헐레벌떡 뛰어오지 않았으면 휠체어에 몸이 깔려 인대나 뼈가 부러졌을 것이다. 그 봉변 사건을 들은 나는 노여워하면서도.

"그렇께 바깥에 나가지 말라구요."

남편의 터진 입술에 후시딘 연고를 발라주었다. 열흘 이상 바르며 찰과상을 살살 달래며 상처가 아물었으니 불행 중 다행이다. 그 후로는 절대로 복도 출입을 하는 일이 없었으니 역시 모범 환자였고.

젊은 날의 남편은 체격이 좋은 만큼 완력도 좋은 편이었다. 공주고보에 다닐 때에는 스케이트까지 탔으니 척박한 식민지 시국에서 놀라울 정도로 호사스러운 생활이다. 목검(木劍)으로 '머리와 어깨 연달아 내려치기' 전공이었으며 유도에서는 '업어치기' 달인으로 유단자 단증까지 따면서 만만치 않은 청춘을 보냈다.

또래들과 함부로 주먹을 휘두르진 않았으나 싸움판의 증인으로 몇 차례 지켜보기도 했단다. 일본 학생들과 알력이 심하던 식민지 시국 탓이리라. 양쪽 대표 두 명이 다이다이 붙을 때는 떼거리로 덤비지 않고 조용히 지켜보기만 하는 게 사나이다운 정신이란다. 공주 중동 제민천에 서서 구경하는 학생들은 흥기를 들거나 낭심 차기 같은 비겁한 행위만 제지하는 증인의 역할이란다. 아무튼 그 이후 60년 이상 주먹다짐을 모르고 살았으니, 아흔 넘어 맞은 그 주먹이 마지막 매가 되었고.

죽기 전날까지 남편의 정신이 너무 성성해서 오히려 안타깝기도 했다. 도립의료원 병설 요양병원으로 옮기고 나서도 수첩에 꼬박꼬박 독서 목록을 작성해서 침대 머리에 대여섯 권씩 쟁여놓았다. 대산읍에서 고등학교 교사로 있던 둘째 아들이 면회 때마다 국어사전이나 자전(字典), 영어사전 같은 것을 주문해서 침대까지 배달시킨 것이다. 조간신문을 조근조근 읽어가면서 시국의 정세를 걱정했으니.

"왜 이런다니? 대통령이 감옥에 가다니."

국회에서 탄핵당한 대통령 박근혜가 헌재에서 파면당하는 장면을 보며 잠시 말을 잇지 못했다. 그러면서.

'대통령 탄핵 당함.'

시국사건까지 일기장에 적어놓는 품격을 보이기는 했다. 그러면서 대통령 선거 투표에 참여하지 못함을 괴로워했다. 도립의료원의 환자 전체에서 20명 이상이 되면 선거관리위원회에서 파견을 나와 투표를 시킬 계획이었으나 희망자가 달랑 다섯 명만 나오면서 불발된 것이다.

"투표를 안 하면 대한민국 국민이 아닌데."

그렇게 불참을 슬퍼하면서, 이번에는 가족들에게 매달리기 시작했다. 안타까운 건 일기장마다 자꾸.

'집에서 아무도 오지 않음.'

이 내용이 가장 많았던 게 가슴 아프다. 솔직히 말하면 나는 주당 4일 이상 병원에 출타했고 아들딸 역시 당번을 정하듯 주말마다 번갈아 가며 면회를 왔으니 나름대로 차선을 다한 셈이다. 어느 날 내가 짜증이 나서, 냅다.

"이런 거 쓰지······."

까지 나오다가 목구멍에서 딱 걸린 게 다행이다.

'쓰지 말라구요. 청승 맞다구.'

말이 끝까지 튀어나왔으면 오래도록 서운했을 성품이다. 그래도 마지막까지 정신이 멀쩡하고 식자층 풍모가 남아 있었으므로 간병인 사내까지 함부로 대하지 않고 품격을 지켜준 게 맞긴 하다.

옆자리 사내의 이름을 외운 건 '김두한'이라는 식민지 시대 주먹 왕초 이름과 동명이인이라서 그랬던 것 같다. 그는 70이 겨우 넘었을 뿐인데 뇌졸중에 척추 비틀림 증세까지 있었다. 몸은 팔 한 짝만 간신히 들 수 있을 뿐 아무 움직임도 하지 못했다. 남편에게 주려고 바나나 껍질을 벗길 때마다 나를 바라보는 표정이 너무 애처로워서.

"하나 드시우."

손을 건네자 그가 깡마른 팔뚝을 간신히 내밀며.

"고맙…… 습니다."

받으려 하는 찰나 간병인 사내가 다가와.

"안 돼훗! 주지 마세요. 당뇨 환자요."

제지하는 바람에 내가 짐짓 멈췄을 때, 그 환자의 절망적 눈빛이 그리도 처연해 보였다. 그 남자 간병인이 김두한의 기저귀를 갈아주다가 옥신각신하는 장면도 너무 안타까웠다. 다리에 힘을 빼줘야 기저귀를 갈아줄 수 있는데 사내가 허벅지에 힘을 주면서 번번이 빗나가자, 간병인이 환자 사내의 엉덩이를 찰싹 때리며.

"힘을 빼라니깐. 엥."

야단치는 것이다. 그렇게 볼기짝을 맞으면서도 전혀 반항하지 못하는 걸 보며.

'아, 몸이 쇠해지면 천하의 김두한까지 맨살 볼기를 맞는구나.'

마음이 짠하다가 금세 잊어버렸던 것 같다. 세월이 흘러 그보다 훨씬 심한 모욕이 l 나에게까지 올 줄은 진허 몰랐던 시절이고.

남편은 마지막 날까지 재활에 최선으로 몰입했다. 간병인이 받쳐주긴 했지만 날마다 제자리 자전거 운동에 몰입했고, 단것도 일체 입에 대지 않으면서 몸 관리 규칙에 충실했다. 그렇게 3년을 견디다가 내가 면회를 끝내고 돌아간 바로 그다음 날 숨이 끊어졌으니 허망한 인생이다. 그 전날 간병인이 쌀밥이 든 식기를 가져오자.

"흰쌀밥은 위험해. 내가 당뇨 환자거든."

간병인 사내가 남편의 원칙을 받아들여 잡곡밥으로 바꾼 바로 그다음 날 망자가 되었단다. 바뀐 식판을 보며 안도의 표정으로 밥 한 그릇 죄다 비우고 냉수도 한 사발 마시더니 이튿날 새벽 다섯 시에 세상을 영원히 떠난 것이다. 그랬다. 가장 멀쩡한 정신으로 마지막 순간까지 몸을 챙기다가 저승길을 건넌 것도 마음이 아프다. 92세의 남편은 마지막 밤 오후 아홉 시부터 새벽녘까지 혼자 외롭게 임종과 싸우다가 숨을 거뒀을 것이다.

더 묘한 풍경은 출입문 바로 앞 1호 침대 박봉식 환자이다. 내가 면회를 갈 때마다 나무토막처럼 움직이지 않던 그 콧줄 환자 사내의 모습이다. 그랬다. 남편이 입원할 때부터 콧줄 상태였다가 3년 후 세상을 뜨던 그 날까지 옆자리에서 콧줄 고무호스 그대로 목숨만 겨우 부지하는 모습이란 게 참으로 안쓰러운 것이다. 석고 같은 자세 그대로 7년째 연명 중이라는 얘기를 듣는 순간 정말 기절하는 줄 알았다. 이름 '박봉한 식(食)'처럼 콧줄 식사로 일곱 해를 넘기다니…… 솔직히 믿어지지도 않았지만, '불쌍하다'는 상념보다 '사는 게 참 묘하다'는 생각이 더 앞서면서.

'저런 식으로 목숨을 이어간다는 게 말이나 되나?'

곁눈질하며 혀를 내두르다가.

'식물인간의 생명 연장이구나. 위와 창자가 살아 있으니까 목숨을 끊지도 못한 채 추레한 말년을 보내는 거야. 때가 되면 하늘의 이치를 받아들여야지…… 억지로 연명하면 천운을 어기는 거지.'

그의 자식들이 사나흘에 한차례 꼴로 번갈아 찾아오는 모습이 이따금 내 면회와 겹치기도 했다. 자식들은 의식이 없는 부친의 손바닥이나 허벅지를 새록새록 쓰다듬으며 농담을 건네거나 히죽히죽 웃다가 돌아가곤 했으니 생뚱한 일이다. 나로서는 마땅한 표정도 지을 수 없었지만, 나중에 남편의 사망 직후.

'하루 만에 세상을 뜬 황구원 선생이 차라리 행운인가?'

나 혼자 독백으로 나지막이 읊조렸으니,

그 기시감이 바로 지금 병원에서의 내 표정이다. 그리고 안다. 본인이나 병원의 의사, 간호사 그리고 자식들끼지 모두 하염없이 이어지는 가여운 목숨의 운명을 알고는 있다. 그게 조물주가 만든 잔혹한 '섭리의 모순'이라는 것도 안다. 그러거나 말거나 옆자리 그 콧줄 환자보다 남편이 먼저 죽었으니 망자의 순서라는 게 몸의 상태와 다르게 헝클어질 때도 있다. 그래도 내 남편은 막판에 조금 쓸쓸했지만 복되게 살다가 떠난 것이니.

솔직히 지아비 인생은 모두 나의 희생이 바탕이 되었다. 그
랬다. 나는 한평생 남편과 가족 수발을 위해서 모든 걸 집중했
었다. 양복쟁이 남편의 수준에 맞도록 날마다 바지를 다려 각
을 세웠고 늙을 때까지 구두코도 반질반질 닦아주었다. 외출할
때는 항상 넥타이를 매주었고 식민지 시대 식자층들이 사용하
던 맥고 모자를 씌워줬으니, 늙어서도 신사의 품격을 유지한 셈
이다.

남편은 좋은 음식과 나쁜 음식을 철저하게 가렸으니 까다로
운 게 아니다. 포도 껍질은 콜레스테롤 예방용이고 사과는 껍
질째 먹어야 수면에 좋다고 설명했다. 다시마는 신진대사를 향
상시키고 생율은 위장과 비장을 보존한단다. 등푸른생선 고등
어는 뇌기능 발달에 도움을 주고 블루베리는 기억력 감퇴를 막
는단다. 시금치나 케일은 혈액순환을 원활하게 해주므로 날짜
를 체크하며 수시로 찾았다.

라면 같은 짠음식이나 염장 식품을 피한 건 위암 방지를 위
해서란다. 번데기는 징그럽다며 피했고 생선회는 기생충 감염
의 위험이 있다며 먹지 않았고 땅콩은 이빨이 상한다며 피했다.
나 역시 원래 먹고 싶은 생각도 없었지만 솔직히 남편의 선택
에 맞추려 함이 더 컸던 게 맞다. 나까지 번데기가 징그러워졌

고 생선회를 먹으면 기생충 무더기가 내장에 오글오글 달라붙는 느낌이었다. 그 식습관이 맞는 줄만 알았는데.

70년 동반자 남편이 먼저 떠나면서 한바탕 눈물을 뺀 다음 날부터 놀랍도록 빨리 잊었다. 그리고 '새로 만난 자유'라는 사태를 만났으니 예상치 못한 변신이다. 셋째 아들의 승용차로 '회'에 도전했던 건 대산에서 가로림만 쪽으로 더 내려가는 생길포 항구에서이다. 놀라웠다. 그 많은 인파가 바닷바람을 쐬면서 깔깔대는 풍경을 보면 마치 새로운 세상처럼 낯설었다. 나는 진짜 몰랐다. 이렇게 많은 인파들이 바닷가에 놀러 오는 사실도 신기했지만 한결같이 깔깔대며 행복한 표정을 짓는다는 것도 당최 생소한 것이다.

흔들리는 나무다리 양쪽으로 조각배가 늘어선 포구에서 펄펄 뛰는 우럭에 직접 칼질하는 노점을 만난 것이다. 징그럽긴 했다. 식칼로 목을 자른 후에도 여전히 몸통을 파닥이는 생선을 잡아 마른 수건으로 박박 닦으며 생물의 물기를 제거하는 장면이다. 그다음 껍질을 도려내듯 비늘을 털이내자마자 본격적으로 포를 뜨는 것이다. 오랜만에 만난 그 장면이 잔인하긴 했지만,

솔직히 나도 소싯적에 이것저것 생물을 잡아본 경험이 많기는 했다. 토끼는 두 귀를 잡아 올려 대롱대롱 매달린 채 망치로

머리를 내리쳤다. 딱 한 방에 숨통이 끊어지지 않으면 몸을 요동치기 때문에 첫 방의 정확한 가격이 중요했다. 그다음엔 큰 아들이 엉덩이에 칼집을 내고 대롱으로 불어서 가죽과 살을 분리하는 것이다. 가죽은 벗겨서 그늘에서 말려 겨울철 귀마개로 썼고 살코기는 부위별로 도려내며 삶아 먹었다. 장맛비 물살을 피해 또랑으로 피신해온 미꾸라지는 다라에 쏟은 다음 굵은 소금을 푹푹 뿌렸다. 소금 폭탄을 맞은 미꾸라지끼리 팔딱팔딱 비틀면서 비린내를 떨어내면 고추장에 볶았다. 살아 꿈틀거리는 산낙지를 자르는 데도 선수급이었다. 산낙지는 초장에 넣기만 하면 잘린 발끼리 꿈틀거리며 스스로의 몸을 비벼주었다.

식솔들의 생일날마다 씨암탉 한 마리씩 잡았으니 우리 식의 자급자족이다. 아들들도 어렸을 때는 재미 삼아 잡기도 하더니 커가면서 점차 '잔인해요' 하면서 하나씩 손을 떼었으므로 어쩔 수 없이 내 차지가 되었다. 이상하다. 사춘기 직전까지는 닭의 모가지를 잘도 비틀던 아이들이 커갈수록.

'살아 있는 생명을 죽일 수 없어요.'

닭에게 칼을 댈 엄두를 내지 못하니 어리둥절한 일이다. 닭고기국이나 닭죽 그리고 닭볶음이나 기름에 튀긴 치킨은 잘도 먹으면서 직접 잡는 행위만큼은 학을 떼며 물러서는 것이다. 잡는 사람과 먹는 사람이 따로 정해졌다는 자식들의 마음을 지금도 정리하기 힘들다. 어쩔 수 없이 나 혼자 처리했다.

닭장 문을 여는 순간 토종닭들이 모이를 주는 줄 알고 우르르 몰려오면 맨 앞으로 달려오는 암탉의 날갯죽지를 꽉 잡은 다음 위로 바싹 세웠다. 바깥으로 끌고 나오면 손바닥에 따끈따끈한 온기가 스며든다. 모가지를 한 바퀴 돌릴 때는 아주 잠깐 기분이 나빴지만 연속으로 몇 바퀴 더 돌리다 보면 그런 상념 자체가 사라진다. 숨이 완전히 끊어지면 펄펄 끓는 물에 넣었다가 털을 조근조근 뽑고 부리와 발톱을 잘랐다. 그런데 나도.

지금은 팔팔 뛰던 우럭의 대가리가 쌍둥 잘리는 걸 보며 벌벌 떨고 있으니 묘한 감성이다. 그러나 징그러운 시간도 순식간에 사라지면서 비닐에 담은 생선을 횟집에 맡기자마자 포만감이 서렸다. 초고추장에 범벅된 물고기가 입에서 살살 녹는 게 처음 느끼는 신선한 맛인데.

"어, 우리 엄마가 회를 좋아하시네."

접시의 절반을 비우자 아들과 손주들이 놀라는 표정을 지었다.

"다른 것도 도전해봅시다."

그다음으로 지긴과 곱창, 순대까지 히니씩 돌려가며 선택했으니 그게 마지막 화양연화 시절이다. 호텔 뷔페에서는 '스파나코피타'라는 그리스 요리도 시켰고 '베샤멜소스'라는 것도 먹었다, 우유로 묽게 만든 것으로 해물과 채소에 어울리는 최신 요리이다. 후식으로 먹었던 올리브는 아무 맛도 느낄 수 없었지만 어린 시절 동화책에서 보던 열매를 처음 만나면서 가슴이 뛰기도 했다.

그렇게 수다를 부리다가 식솔과 손주들까지 모두 떠나면 나 혼자만 저무는 아파트에 남게 되곤 했다. 혼란의 소용돌이가 한 차례 마감되면 언제나 혼자 덩그라니 남는 것이다. 외로웠다. 하지만 요즘의 바뀐 세태가 그런 거라며 견뎌내었고.

나머지 시간은 주로 재래시장을 찾아 때우곤 했다. 스산동부 시장까지는 택시를 타면 5분 거리였고 지팡이 짚은 느린 걸음으로 20분 정도 걸렸다. 분이네 가게 '광천 새우젓'이 오래도록 내 놀이터가 되었다. 그미의 아버지 장철식 주사가 생전에 남편과 같은 학교 서무과 직원 출신이었기 때문에 허물없이 편한 것이다. 분이 엄마의 성품도 원래 착했지만 그미의 아버지가 더 착했다. 장철식 씨는 학교 소사 출신인데 원래 타고난 헌신적 성품인데다가 특히 내 남편을 큰형님처럼 극진히 모셨다.

'선생님 덕분에 평생 연금을 받게 되니 노후 걱정이 없어서 감지덕지입니다.'

학교에 근무할 때부터 지금껏 은인처럼 모셨으니 감사한 일이다. 초겨울 김장독 자리도 파주었고 배식이 끝나고 미국에서 원조하는 가루우유의 남은 부분도 봉다리로 담아 꼬박꼬박 챙겨다 주었다. 그러나 장 주사가 정년퇴임 두 해째에 췌장암에 걸려 연금 혜택을 거의 받지 못한 채 세상을 떠난 게 애석하다. 그 대신 아내가 60프로를 받았으니 망자만 안타까운 셈이고.

분이도 천상 아비의 내리받이 성품이다. 지금도 내가 그 가겟방 구들장에 엉덩이 붙인 채 한나절 입담을 나눠도 가타부타 없이 편안하게 받아주니 필시 선한 핏줄 그 족보가 틀림없다. 내 마음도 편안해지는 만큼 출입이 더 잦아지면서, 만날 때마다 자랑질에 수다를 떨었으니, 민망한 기억인데.

'손주가 중학교 선생 시험에 합격했다네. 남들은 5년, 10년 걸린다는 걸 두 번밖에 안 떨어지고 세 번째에 차석으로 붙었다구. 아버지도 훈장, 둘째 아들도 선생, 손주까정 선생이 되었으니 교육자 집안이지.'

사실은 임용고시를 세 번 떨어졌는데 하나를 몰래 줄인 거고 '차석'이란 말은 그냥 얼떨결에 끼워 넣은 건데도 분이는 따지지도 않고 생글생글 받아만 주었으니 천사표 아낙네이다. 내가 자식 자랑에서 손주 자랑으로 바뀐 것은 초로를 넘은 아들딸들이 모두 정년퇴임으로 직장을 나왔기 때문이니, 그게 세대교체이다. 앞의 차가 먼저 빠져줘야 다음 차가 마음껏 운전대를 돌리는데 수명이 자꾸 늘어나니 문제라는 생각이 들 즈음이다. 그렇게 수다를 떨다가 집으로 돌아오는 저물녘에는 미원이나 새우젓 하나라도 들고 와야 한다. 온종일 늙은이와 놀아준 분이에게 미안하다는 마음의 자릿세이다.

새우젓 가게에서 들고 온 것들이 하나씩 쌓이면서 어느새 아파트 다용도실의 절반 이상을 채워버렸다. 자식들은 젓갈은 챙겨가더라도 미원만큼은 손사래 친다. 무공해 식품 어쩌구 연설을 늘어놓지만 내가 알고 있는 인공 조미료에 대한 지식과는 사뭇 다르다. 미원이나 미풍은 맛만 돋워줄 뿐 인체에 '무익무해'라고 아무리 설명해도 설레설레 도리질치니 어쩔 수 없는 노릇이다. 인공 조미료는 내장에 손상이 간다나 어쩐다나. 맞는지는 모르지만 자식을 이기는 부모는 어차피 없으므로 엄청 억울한 건 아니다. 남편이 먼저 떠나고 두 달쯤 된 어느 날.

택시 전화번호 두 개를 저장해놓으니 아파트 계단 앞에서도 언제든지 번갈아 부를 수 있다. 한쪽이 바쁘면 다른 사람을 부를 수 있으니 전화번호 두 개면 아무 때라도 호출이 가능하다. 낯이 익은 안경잡이 택시 기사가 묻지도 않고 무조건 의료원 쪽으로 방향을 틀기에.

"동부시장으루."

택시 기사가 갸우뚱하며,

"의료원은 왜 안 가시죠? 할아버지 안 보실규?"

순간 울컥 메이며.

"돌아가셨으…… 이젠 그쪽 갈 일이 없다네요."

그 순간 면회 때마다 몸을 일으키려 안간힘을 쓰던 남편의 모습이 떠올라 눈시울이 시큰했다. 기사가 내 표정을 읽었는지 더 이상 묻지 않아서 다행인데.

"동부시장은 왜요?"

"거기가 놀이터유. 의지할 만한 아낙네도 한 사람 있구유. 흐 으."

상실의 나락으로 떨어지는 내 모습을 거울 보듯 얼핏 만난 것이다. 그러면서 쓸쓸히 가슴 여미던 봄날이었다.

'나를 필요로 하는 사람이 자꾸 사라지는구나.'

세상은 어느새 초록빛 벌판이 되었다. 대보름 쥐불 놓은 논두렁 까만 벌판마다 샛노란 새싹들이 삐죽삐죽 몸을 세우더니 어느 찰나에 만상 전체를 초록으로 폭삭 덮어버린 것이다. 하늘나라 어디쯤에서 누군가 초록색 보자기를 폭삭 엎어놓거나 구름 위 구천에서 초록빛 뼁끼통을 쏟아부은 게 틀림없을 것만 같다. 먼저 간 남편도 저 초록 세상 어느 모퉁이에 새 생명으로 뿌리내렸을까? 무릇 생명이란 게 때가 되면 다시 자연으로 돌아가니 '죽음의 순간을 두려워할 필요가 없다'고 수도 없이 곱씹으며.

뇌졸중

둘째 아들 황성연 부부가 아파트에 보름 만에 찾아왔으니 나혼자 2주일 내내 힘들게 견딘 셈이다. 하루 전부터 머리가 욱신거리고 아팠지만,

'머리에서 소리가 난다. 머리뼈 움직이는 소리가 실제로 버걱버걱 느껴진다닌까.'

그 말을 누른 채 끙끙 견디다가 마침내 자리에 발라당 누운 것이다. 내색하지 않으려 했지만 며느리가 내 표정을 눈치를 채고 재빨리 소맷자락 당기며,

"병원에 가시지요."

나는 일단 참고 견디는 쪽을 택하며 도리질쳤다. 하여, 아들 부부를 보내기 직전 전기밥통을 열고 '밥풀이 묻지 않는 주걱'

으로 두어 번 헤집다가 '어, 어지럽다'며 순간적으로 머리를 짚은 것 같다. 그런데도 끝까지 내색을 하지 않은 채 헤어지기 직전.

"힘들면 얘기하세요. 언제든 달려올 테니까."

그런 당부도 건성으로 고개만 끄떡이며 일단 돌려보냈다. 그날 밤 땀을 뻑뻑 흘리며 잠을 설쳤더니 이튿날 아침까지 온몸이 젖어버린 것이다. 의정부 여섯째 딸한테 걸려 온 전화를 받는 순간이었다. 엉금엉금 기어가 스마트폰을 열다가 아차, 갑자기 어지러워져서 수화기 저쪽에서.

"엄마! 엄 — 마!"

애타게 부르는 소리를 놓친 채 쿵, 쓰러진 것이다. 핸드폰 너머 '엄마, 엄마' 외치는 소리도 쟁쟁 잦아지다가 금세 뚝 끊어진 후 그다음은 모든 기억이 끊어져 버렸다.

여섯째 딸이 원격으로 스산의 119기동대에 연락을 했고 그 소식을 받자마자 누군가 만능열쇠로 쑤셔서 현관문을 열었던 것 같다. 긴급구조대가 우르르 들어와 내 몸을 들것에 올린 다음 구급차로 아스팔트 위를 치달렸을 것이다. 사라졌던 기억이 다시 돌아오기를 반복하면서 어지러운 상황만 겹쳐 지나갔지만, 딱 하나, 나를 향해 달려오는 발자국 소리만큼은 가물가물 인지했던 것 같다.

선생을 하는 다섯째 딸 황의순이 가장 먼저 달려왔다. 멀리 서울에서 부여 낙화암까지 여중생 체험학습 현장실습 갔다가 소식을 들은 것이다. 출장에서 빠져나와 택시로 달려오기 직전 미리 119부터 불렀다니 세상의 속도가 신속하게 바뀌면서 목숨만큼은 일단 살아난 것이다. 나를 태운 구급차가 삐용삐용 질주할 때마다 아스팔트의 모든 차량들이 '모세의 기적'처럼 양쪽으로 좌악 갈라졌다. 그런데 도립의료원 의사가 여섯째 딸 황성순에게 묻는 소리를 커튼 너머로 죄다 들었더니.

"두 가지 방법이 있습니다. 대도시 종합병원에서 수술하는 방법과 그냥 여기서 약물치료로 견디는 것, 둘 중에서 하나를 선택하십시오. 워낙 연로하셔서 여기서는 수술이 어렵구요……. 종합병원에 입원 후 수술을 원하시면 우리가 소견서를 써서 드리겠으니 그걸 병원에 전달하면 됩니다. 이건 순전히 보호자님의 결정 사항입니다."

한마디로 도립의료원에서는 치료가 불가능하다는 것이다. 그 소리를 들으면서 문득 '회복이 된다면 나가겠지만 그게 안 되면 지금 죽어도 미련이 없다'는 판단이 섰다. 괜찮다. 진짜 괜찮다. 솔직히 예전부터 아주 오래 살고 싶은 욕망이란 게 추호도 없었으니 이왕 쓰러진 김에 다시는 눈을 뜨지 못하더라도.

'충분히 살았잖아. 괜찮다구.'

그 소리를 혀끝에 간질간질 감추면서 일단 자식들의 의중에 맡기기로 했다. 막내딸은 간호사 친구에게 자문을 구하려고 핸드폰을 들었지만 하필 통화 중에 걸린 것 같다. 차남 황성연이 급한 표정으로.

"갑시다. 서울에서 가까운 거점 병원으로."

앰뷸런스를 타기로 무조건 결정한 것이다. 수술 여부 논의를 떠나 무작정 실려 가면서.

'허, 참.'

두 가지 판단이 교차되는 것이다. '이참에 이승의 끝을 내야지' 하는 깔끔한 결단과 동시에 '아픈 몸이라도 조금은 더 살아 보는 게 낫지 않을까' 하는 미련 사이의 집요한 갈등이다. 아스팔트의 질주, 그리고 미루나무 가로수로 봄물이 오르면서 보리밭 대궁이 연초록 새순을 내밀던 사월이었다.

서울 거점의 종합병원 수술대에 옮겨지면서 다시 모든 기억이 사라졌다. 엘리베이터에 오르듯 몸이 부웅 뜨는 느낌으로 눈을 감았고 어디선가 '사악 삭' 칼질하는 소리도 얼핏 들었던 것 같다. 마파람 받은 갈대처럼 서거서걱 소리가 들리는 건 살을 헤집는 메스 자국이 맞을 것 같다. 환한 조명 아래로 하얀 가운 스치는 소리가 사르르 사르르 들리기도 했다. 그렇게 장장 네 시간에 걸친 대수술이었단다. 젊은 의사가 복도로 나가더니 내 아들딸과 며느리들을 오그르르 모아놓고.

"수술을 하느냐 마느냐를 놓고 교수님과 저희 전공의까지 이마를 맞대는 장시간 토론과 고민이 많았으나……."

남매들은 젊은 의사의 입술을 바라보며 간절한 눈빛을 보내는데.

"저도 노모가 계십니다. 집에 계신 제 어머니를 떠올리며 효심을 다하여 성실하게 수술에 임했습니다."

그 말을 들으면서 그저 두 손만 가지런히 모은 채 젊은 의사의 눈빛만 애절하게 주시하다가.

"감사합니다. 정말 감사합니다."

최선을 다했다는 의사의 소회와 동시에 조금은 좋아질지도 모른다는 기대감의 합체였다. 쓰러진 늙은이의 수술에도 최선을 다했다니 처음에는 감사했을 따름이지만.

대학병원에서 쉴 새 없이 수술과 시술을 종용하는 게 문제였다. 수술은 환자의 피부를 째고 도려내고 붙였다가 다시 꿰매는 과정으로 개복수술, 흉부 수술, 성형수술 등이 있단다. 첫 수술을 제외한 나머지는 노인 환자에게는 너무 무리수라서 나중에는 주로 시술을 택했단다. 시술은 주로 기구 몇 개 사용하여 병을 고치거나 예방하는 행위로 주사, 내시경, 레이저, 초음파 등을 일컬으니 몸을 가르고 살을 벌리는 수술보다 조금은 약한 치료 과정이란다. 그런데 문득 '나에게는 어떤 칼질도 의미가 없다'라는 생각이 불쑥 드는 것이다. 실제로 살 만큼 살았다는 판단이 분명히 있었으나 그렇다고 무조건 엎어놓고 쑤시고 찌르는 병원 시스템을 피할 방법도 없었다. 어쩔 수 없다.

자식들이 날마다 면회를 왔으니 그 횟수만 봐도 대단한 효심이다. 그랬다. 그 초창기에만 해도 둘째 아들 황성연의 꼼꼼한 성격으로 손주들까지 망라한 모든 핏줄의 면회 시간 교대조를 짰는데 그 순번에 맞춰 짯짯하게 찾아온 게 맞긴 하다.

두 번째 간병인이 된 대학병원 김행숙 여사도 6년 작업을 통틀어 이렇게 하루도 빠지지 않고 면회 오는 집은 처음이라며.

"효자 효녀의 합체네요."

감탄의 혀를 내둘렀었다. 그렇게 식솔들이 얼굴을 자주 보여주는 만큼 환자를 조심스레 다루었지만 그게 장차 길고 지난한 병상의 시초가 될 줄은 차마 예측하지 못했다.

안타깝지만 그 병원에서도 오래 머무를 수는 없었다. 그저 건물 여기저기 끌고 다니며 내 몸을 이리저리 돌렸다가 눕히며 째고 쑤시는 사이에 4주가 쏜살같이 흘렀으니 무정한 세월이나. 처음에는 병원의 어떤 지시도 마땅히 받아들이던 자식들도 서서히 갸우뚱거리며.

"수술은 너무 심한 것 같은데요. 이 연세에 무슨?"

조심스레 반발하자마자, 즉각.

"원하지 않으면 퇴원하세요."

그런 싸늘한 독촉이 난감은 했지만 자식들도 선뜻 결정을 내리지 못했다. 나중 얘기지만, 대학병원의 시스템이란 게 원래 그런 거란다. 환자가 오면 일단 엑스레이나 시티를 찍고 수술이나 치료를 한 다음 그 과정이 끝나자마자 다시 다른 환자를 받는 게 정석이란다. 나 역시 그렇게 이 병원에서 저 병원으로 부평초처럼 떠돌게 되는 시초가 되었는데.

사내 형제들이 다시 찾아온 것이다. 의사에게 '수술의 효과라는 게 과연 있기는 하느냐'며 꼬치꼬치 물은 게 전원(轉院) 판단의 계기가 된 것 같다.

"몸이 회복되긴 합니까? 93세인데."

젊은 전공의는 설레설레 흔들며.

"원상회복은 절대 불가능합니다. 진행 속도를 아주 조금 늦추는 정도만 가능합니다. 아주 조금이요."

"그러면 시술을 뭐하러 합니까?"

그림쟁이로 먹고사는 넷째 아들 성삼이가 뜨악한 표정으로 끼어들었다. 3년 전 남편이 처음 입원하면서 성기에 호스를 꽂을 때 아비의 물건을 잡아준 그 아들이다. 체격이 작아 운동을 못하는 대신 어렸을 때부터 자기 공간 확보에 대한 욕심이 있었다. 채소 가꾸는 걸 좋아해서 뒤란 어디쯤 빈 땅이 보이기만 하면 자기 밭을 만들어 '상추' '토마토' '서리태' 같은 팻말을 붙이기도 했다. 여덟 살 때도 살구나무 모퉁이에 한 평 남짓 자기만의 밭을 만들고 완두콩이나 꽈리고추, 가지 등을 키우며 지주대 받쳐 대궁 세우던 기억도 있다. 평상시에는 침착한 자세이지만 한번 화가 나면 참지 못하는 분노조절장애 체질이 문제이긴 하다.

동네 악동들이 마당 축구를 벌이면 혼자 저만치 떨어진 모퉁이에 쪼그려 앉아 흙바닥에 그림이나 그리던 특이한 체질이었다. 처음에는 엉성하게 그리는 것 같은데 막상 완성하자마자 진짜 살아 있는 생물처럼 숨을 쉬는 것이다. 수박을 그리면 가운데가 쫘악 갈라지면서 금세 빨간 속살의 단물을 뚝뚝 흘리며 나타나는 바람에 지나가던 동네 아저씨들의 혓바닥에 금세 입맛이 돌았단다. 생쥐를 그리면 인근의 길고양이가 어슬렁어슬렁 발톱을 드러내다가 '야옹' 소리로 달려들기도 했다.

미술과를 졸업했는데 여자를 몇 차례 만나다가 헤어지는 등 아직 가정을 꾸리지는 못한 게 '아픈 손가락'처럼 안타깝다. 그래도 독신으로 살아가는 동안 해마다 전시회를 기획하면서 명랑 쾌활한 표정을 보여주니 다행이다.

지금은 경남 거제도 옆의 어느 무인도에서 오두막집을 짓고 혼자 그림을 그리며 하루를 보낸다. 지난달에 딱 한 번이지만 그림 하나를 1,000만 원에 팔았다고 듣긴 했는데 아, 나에게는 모든 게 의미 없는 정보일 뿐이다. 그 아들이 고개를 뙤똑 들더니.

"왜 하느냐구요?"

'노모의 몸에 더 이상 칼을 대기 싫다'며 목소리를 높였다. 나머지 형제들 역시 수술 거부 의견에 동조를 표했고, 솔직히 내 마음도 그랬다. 삭은 장작 같은 몸을 수술대에 올려놓고 이리저리 뒤집으면서 여기저기를 찌르고 헤집는 도정이 도저히 고통스러운 것이다. 마침내 아들과 대화를 나누던 젊은 전공의도.

"이 어르신은 빨리 요양원에서 케어를 받는 게 차선책입니다."

실토하듯이 '치료'가 아니라 '케어'라는 용어를 사용하였단다. 둘째 아들은 그 소리를 듣고도 '잠깐만, 아직은요.' 하며 갸웃갸웃 흔들었으니 우유부단한 성품이다. 그렇게 4주가 또 지나고.

27일 후,

분당종합병원으로 앰뷸런스를 타고 또 옮겨졌으니 그 이유가 황당한 건 아니다. 무릇 병원은 수술과 치료를 위해 세워진 시설이지 고칠 수 없는 환자들을 재우는 숙박업소가 아니다. 따라서 치료를 거부하는 환자는 당연히 요양원으로 보내야 한다. 그래도 보호자 입장에서는 요양원으로 모시는 게 왠지 '포기한다'는 자책감에 시달리는 게 문제이다. 자식들은 그게 싫어서 병든 노모를 또 몇 차례 다른 병원이나 재활병원으로 옮기고 또 옮기는 것이다.

그러나 나는 빨리 집으로 돌아가고 싶은 심정뿐이었다. 내 병이 더 이상 회복이 어려우므로 혹시 '마지막이라며 집에 보내주는 걸까?' 그러면 텔레비전이나 실컷 틀어놓고 졸다가 보다가를 반복하다가 적당한 시점에서 숨을 끊어야겠다는 기대도 가져보았다. 병원을 나와 다시 앰뷸런스의 삐용삐용 소리를 들으며.

'드디어 가나 보다.'

기대와 소망으로 조마조마 기다리는 중이었다. 살아갈 날이 얼마 남았든 상관없이 긴 세월 내 몸을 의탁했던 아파트 거실에서 잠깐이라도 몸을 눕히고 싶은 게 마지막 소원이었다. 그런데 아니었다. 높은 빌딩 숲과 시끄러운 클랙슨 소리에 지금 서울 도심지 한복판이라는 걸 본능적으로 알아채곤.

'집에 가자.'

그 말이 나오지 못하는 것도 운명이다. 그저.

'스산으로…… 가는 줄 알았…… 어.'

코에 붙은 호스 속으로 숨만 벌렁벌렁 불어넣었는데 텔레파시가 통했는지 울보 아들 황성연이 내 젖은 눈시울을 닦으면서.

"조금만 기다리세요. 몸이 낫자마자 즉시 스산 집으로 가서 치킨도 시키고 피자도 한 판 돌리고 생길포 우럭회도 한 상 때리시지요. 네? 엄마. 우리 엄마."

어린아이 달래듯 사정하며 눈물을 글썽인다. 그 와중에도 구조사 한 사람이 차트를 보다가 다시 내 얼굴을 들여다 보더니.

"진짜 95세예요? 헐! 피부 관리를 어떻게 하셨기에 수술 상태에서도 이렇게…… 흐으, 진짜 곱게 늙으셨네."

'또 그 소리야?'

냅다 소리치고 싶었으나 이제는 한마디 말도 나올 수가 없는 몸이다. 그게 '예쁘다'란 마지막 소리가 되었고.

아들과 여섯째 딸이 양쪽에서 동시에 휠체어 손잡이 하나씩 잡았다. 새로 정해진 신촌 대학병원 엘리베이터로 들어가면서 아들딸 모두 긴장으로 입술이 달달 떨리고 있다. 1층, 2층 엘리베이터의 빨간색 화살표도 초조하게 흔들리는 것 같다. 그러나 보호자들의 동행은 막상 거기까지였다.

내 병실은 5층인데 돌연 3층에서 엘리베이터가 멈춘 것이다. 문이 열리자마자 냉한 기운이 싸하게 밀려오는 게 앗, 수상한 느낌이었는데, 흰 와이셔츠 차림의 청년 두 명이 엘리베이터 내부를 두리번거린다. 하필 아들 황성연 하나만 가리키며.

"내리세요."

딱 찍어내는 것이다.

"어…… 왜요?"

아들이 엘리베이터 손잡이를 꽉 잡은 채 내리지 않으려 하자

다른 방문객들도 조급한 표정으로.

"아저씨 먼저 내리세요. 제발."

그렇게 등을 떠미는 코로나 인심이 야속하고 분하다. 심지어 동행했던 딸까지.

"오빠, 내려."

그 소리에 고개를 강하게 도리질했지만 어쩔 수가 없다. 병원 규칙이 '1환자 1보호자'로 바뀌었으므로 여섯째 딸 하나만 겨우 출입이 허용되는 것이다. 그러나 병실에 들어간 여섯째 딸 황정순도 간병인에게 인계하자마자 금세 밀려났으니, 병실까지 올라왔다는 것 빼고는 중도하차가 된 아들과 별로 차이가 없다. 이제 나 혼자만 침대에 달랑 남게 되었다.

그 종합병원은 전국의 대도시마다 열 개 이상의 같은 이름으로 문어발처럼 뻗친 계열사 대형병원이다. 그중 한 병실이 지난달 코로나에 뚫리면서 그 병원은 물론 나머지 계열사까지 신뢰도가 추락하면서 호된 곤욕을 치르는 상태란다. 지금도 마찬가지이다. 코로나 환자 한 명만 발생하면 병원 12층 선체가 마비된다. 100여 명의 의사와 수백여 명의 간호사와 직원들의 손발이 싸그리 묶이게 되니 방문객들을 칭칭 동여매는 그 촘촘한 그물망 절차가 당연하단다. 그래서 무단 출입자를 호시탐탐 골라 핀셋으로 찍어내는 것이다. 그건 그렇고.

새로 옮긴 대학병원 의사들도 마찬가지로 내 몸을 만나자마자 CT인가 MRI인가를 마구 찍어대기 시작했다. 95세 환자 나이를 보더니 차마 수술 얘기를 꺼내지 못하는 대신 눕히고 꺾고 비틀면서 시술의 공간만 이리저리 고르는 중이었다. 그리고 병원을 옮길 때마다 다시 새로운 간병인이 옆에 붙었으니.

새 간병인 정선진 여사는 기저귀를 갈아줄 때마다 '이제 어머니 아랫도리를 벗깁니다. 힘 주면 안 돼요'라는 소리로 중얼거리듯 표현했다. 그즈음 밥 대신 죽으로 연명을 했는데, 숟가락을 입술 앞에 들이밀 때마다 '아, 해보세요. 아이구, 잘하시네. 사랑해요.' 하며 어르는 식으로 달래는 표현을 썼다. '사랑해요'라는 표현을 잘 쓰는 건 그 여자가 대한민국 태생이 아니라. 신의주 하류에서 압록강 서쪽의 시골 출신이며 거기서 고등 교육까지 마친 탈북녀라는 그미의 지난한 도정 탓도 있다.

압록강을 몰래 건너 간도에서 초등학교 선생님으로 7년 동안 재직했었지만 '언제 잡힐까? 누가 고발하면 어쩌나?' 늘상 마음이 불안했단다. 게다가 현지에서 팔려 만난 늙은 남편은 물론 그의 홀아비 형까지 자꾸 손찌검을 해서 결혼 1년 만에 도망친 것이다. 남편에게 갓난아기를 빼앗긴 이후 더 많은 돈을 빨리 벌고 싶은 마음뿐이었다. 절망 속에서 다시 남한 땅으로 넘어갈 기회만 노리기 시작한 것이다.

미얀마와 태국 등을 거쳐 한국으로 입국하는 코스인데 이때 반드시 거쳐야 하는 장소가 메콩강이란다. 그 강만 건너면 태국 경찰에 인계되면서 위험한 순간이 끝나는 것이다. 그런데 급류를 건너면서 위험이 도사렸으니 그중 하나가 강물에 도사리는 악어 떼이다. 조선족 출신 브로커 사내가 아주 느끼한 눈빛으로 정선진을 노려보면서.

'생리하는 여자는 빨리 자수하시우. 악어가 피 냄새를 맡고 배 위로 뛰어들면 모두 죽는 수가 있으니.'

그런 황당한 으름장으로 마지막까지 돈을 뜯어내었다. 속바지 하나를 던지면서 치마 안에 끼어 입으라며 옷값 몇 푼을 빼앗았다나.

내 아들과 정선진 간병인의 대화 내용은 두 가지였으니, 하나는 인천공항에서의 화려한 불빛 충격이요, 또 하나는 헤어졌던 아들과 10년 만에 만나게 된 사건이다.

"북한이나 연변에서는 밤중에 불빛이란 걸 제대로 본 적이 없었어요. 그런데 인천공항의 휘황찬란한 조명에 기질초풍했어요. 그 대신 연변 밤하늘의 별빛은 그물처럼 출렁였는데 남한의 하늘에는 별이 아예 한 개도 보이지 않았어요."

불빛과 별빛 이야기로 서두를 꺼내더니.

"생생한 화분이 줄을 맞춰 정리된 홀에 정렬시켜 앉히는데 사람들이 캐리어를 끌며 생긋생긋 웃는 게 놀라웠어요. 저렇게 환한 불빛 아래에서 환하게 웃는 세상도 있구나. 저건 도대체 무슨 가방인데 바퀴 네 개가 스르르 굴러갈 수 있을까? 전기로 가는 건가? 아니면 휘발유나 건전지로 가는 건가? 모든 게 신기했어요. 그래서 '탈북하기를 정말 잘했구나' 생각을 했지만 꼭 그런 건 아니었어요. 북한처럼 직장을 지정해주지 않으니 내 몸으로 찾고 스스로 판단해야 하는 게 보통 어려운 문제가 아니지요. 그래서 아예 노래방이나 술집으로 뛰는 여자도 있고."

그 사연에 흥미를 보이자 정 간병인이 아들 옆에 바싹 다가서며.

"아들을 만났어요. 10년 만에."

간도에 두고 왔던 아들과 해후한 사연을 토로하는 것이다. 만나기 전에 먼저 전화 통화를 했는데 너무 반가워 어쩔 줄 모른 채 한국 땅에서 배운 대로.

"사랑해 아들, 했더니 멍하니 대답이 없는 거예요. 북한에선 청춘남녀 애인끼리도 '사랑해'라는 말을 거의 쓰지 않거든요. 두 번째 통화에서 다시 '사랑해' 했더니 그냥 '어, 어……' 하며 우물쭈물 대답은 하더라구요. 그것만 해도 엄청난 변화이지요. 세 번째 통화에서 한 단계 낮춰 '아들, 좋아해' 했더니 그제야 '나두 좋아해요' 하는 거예요. 나는 이제 13년 넘게 살았으니 '사랑해요, 엄마' 소리도 익숙하지요. 남한 여자들은 말투가 어찌 그리 달콤하고 부드럽대요."

지금은 휴일 외출에 만날 때마다 '아들, 사랑해'를 입에 매달고 산단다. 그 현지 적응된 이력으로 내 기저귀 벗길 때도 '사랑해요' 소리를 하는 것이다.

그미가 탈북 후 한국으로 오기 직전에 살았던 그 흑룡강은 시베리아 남동부에서 중국 동북 국경을 거쳐 타타르 쪽으로 흘러가는 물줄기이다. 길림성 출신들이 대개 그렇듯 어깨도 좁고 체격이 왜소하지만 수수한 꽃다지 눈빛이 맑고 천진한데.

"국경 근방에서 살았던 덕도 보았어요. 덕분에 중국어와 러시아어, 한국어까지 세 가지 말을 동시에 할 수 있답니다. 3개 국어요. 이거 아니더라도 중국어 방과후수업이라도 나가면 선생님 소리도 들을 수 있지만, 솔직히 체면 따위는 중요하지 않아요. 간병인이 경합도 세지 않고 안정적이니 제일 실속이 있다구요. 바깥 구경도 거의 못 하게 되니 오히려 돈을 알토란처럼 모을 수 있거든요. 한국은 돈 벌기는 쉽지만 밑 빠진 독처럼 술술 빠져나가니, 강제로라도 외출을 막아줘야 돈을 모으지요."

그러나 나로서는 그 간병비가 가장 문제이나. 두 번째 병원에서도 배춧잎 한 장이 더 붙은 10만 원으로 오른 만큼 시간이 흐른 거다. 85세에 실족으로 입원할 때만 해도 일당 6만 원이 그리도 아까웠는데, 8년 후 93세 뇌졸중 첫 입원 때의 9만 원이었다가 95세에 또 인상되어 만 원 한 장이 더 보태졌으니 세월이 곧 돈이다.

여기서도 '환자의 식판에 공기밥 하나를 추가해달라'는 부탁이 있었으니 간병인들끼리 공유된 생활 방식이리라. 당연히 수용했다. 내 식판에서 남는 반찬은 어차피 버리게 되는 것이므로 솔직히 아까운 마음이란 게 전혀 없었다. 병원 측에서도 식판에 남은 잔반을 죄다 비우는 게 원칙이니 싫어할 일이 없는 것이다. 그렇게 간병인의 식비를 아껴주면서 피차간에 좋은 나눔도 되리라.

그러나 한국 땅 본토 동업자들로부터 받는 차별을 해결할 길이 없으니 그게 가장 안타까운 점이다. 물 건너온 간병인들은 대부분 국내 토종 간병인들에게 밀려 큰소리조차 함부로 내지 못하니 그게 텃세가 된다. 그미 역시 옆 침대의 동업자 변말희 간병인 때문에 힘들다며 난색을 표했으니…… 변 간병인의 첫 타격 초점이 처음에는 나에게로 향했다가 담당 간병인에게까지 불똥이 튄 것이다.

내 팔이 미세하게 흔들리다가 혼몽 상태에서 침대를 넘어가면서 변말희 간병인 팔뚝을 건드렸나 보다. 그미가 생뚱하게.

"왜 건드렷?"

벼락 치는 소리를 지르다가 동업자인 내 담당 간병인까지 싸늘하게 노려보는 것이다. 정 간병인이 대꾸를 하지 않자 다시

나를 노려보며.

"가만히 있는 사람을 괜히 툭툭 치네. 성가신 할매."

그런데도 정선진 간병인이.

'뇌졸중이란 게 그런 거쥬. 환자가 감각이 없으니까.'

혓바닥을 말아 당기며 들릴락 말락 꽁시랑거리기만 할 뿐 감히 맞서서 대들 엄두를 내지 못한다. 나 혼자 속으로만 옴질옴질 관망하며.

'우리 간병인이 그래도 간도에서는 선생님 출신이었는데.'

'우리'라는 단어가 저절로 합체되더니.

'간도의 선생님도 여기 토종 동업자 텃세에는 옴짝달싹 못하는구나.'

그래봤자 지금으로선 아무 방법이 없지만.

'예전 같으면 내가 저런 정도 여자 하나를 해결하는 건 일도 아니었는데.'

그런 노여움이 불쑥 솟기도 했다. 그러거나 말거나 지금은 변 간병인이 정 간병인에게 퉁방구리를 던져도 묵묵부답으로 피힐 수밖에 없으니 더 기세등등한 것이다.

"환자 관리 똑바로 하쇼."

그렇다고 변말회 간병인이 날마다 인상만 구기는 건 아니다. 마음에 안 들 때는 승냥이 눈빛으로 쏘아 보지만 의사 한두 명만 나타나도 순간 초식동물의 온순한 눈빛으로 변신한다. 아침

회진하는 의사들이 하얀 가운 나풀대며 돌아다닐 때마다 순식간에 수줍은 표정으로 나지막하게 고개만 끄떡이니, 여간 나긋나긋하고 조신해 보이는 게 아니다.

전화 통화를 하면서도 허리를 납죽 엎드리는 걸 보았다. 그미가 다닌다는 대형 교회 목사님과 통화라도 할라치면 좌우지간 스마트폰 내내 간드러진 목소리로 시간을 질질 끄는 것이다. 허리도 싸리회초리처럼 낭창낭창 흔들면서 교태를 부리는데.

"호호호. 강녕하시지요?"

그 목소리가 너무 화사해서, 나까지 얼핏.

'원래는 저렇게 아름다웠구나. 역시 예쁜 여자들은 목소리부터 달라.'

착각할 정도이다. '안녕하세요'도 아니고 '강녕하세요'이니 얼마나 세련된 화법인가. 또 있다. 담당 환자의 보호자와 동석일 때에도 재빨리 상냥 마스크로 변신되어.

'어머니가 너무 안타까워요.'

실제로 눈시울까지 잘름잘름 번지니, 그 두 얼굴의 표정 변화가 나까지 헷갈릴 정도인데 …… 그러거나 말거나 싸늘한 눈빛으로 돌변하여 나를 쏘아보는 경우를 수도 없이 겪었다.

셋째 아들 부부가 면회를 와서 내 손등을 울멍울멍 쓰다듬는데 변 간병인이 다가오더니, 차가운 표정으로.

"한 분은 나가세요."

출입문에 '1인 면회로 제한, 15분 이상 절대 금지'라고 적혀 있으므로 원칙상 그 말에 토를 달 수는 없다. 하지만 아들 부부는.

'아니, 경비원도 아니고 의사도 아닌데 왜 남의 면회에 참견을?'

그런 논리로 강퍅하게 대응하지는 못했다. 그저 커튼만 내리고 호흡도 멈춘 채 살그머니 숨은 그림이 되어 수화처럼 손짓 발짓으로 올리고 내리며 소통하는 것이다. 덕분에 침대에 붙어 내 눈빛만 조곤조곤 맞추는 정감 어린 감성을 더 많이 느끼는 것도 같았다. 숨죽이듯 대화를 나누면서도 '흐흐흐, 면회를 또 성공했다' 하며 안도하는 표정이었는데.

그러면서도 변 간병인이 목욕이라도 할라치면 그미만의 '나 홀로 원칙'을 고수한다. 말희 간병인이 정 간병인에게 모처럼 상냥한 표정으로.

"나, 잠깐 샤워하고 나올 동안 우리 엄마 잘 살펴주세요."

병실 내의 샤워실 문을 활짝 열면서 부탁하는 소리다. 분명히 문짝에 '환자 외에는 절대 사용 금지'라고 딱 붙어 있는데, 그냥 '사용 금지'도 아니고 '절대 사용 금지'인데, '이게 뭐지?' 갸우뚱거리거나 말거나 그미 혼자 샤워기를 몸에 뿌리는 소리가 소나기처럼 소란스럽다. 딱 하나, 그미의 환자에게 '우리 엄마'라고 부르는 점만큼은 입에 붙었건 말건 다정한 표현일 수도 있다.

아무튼 4주가 또 쏜살같이 지났다. 시간이 흐른 만큼 몸이 쇠해지면서 팔목 하나 들지 못할 즈음 또 병원을 옮긴 것이다. 다시 재활병원으로 옮길 즈음 내가 언어 능력을 완전히 상실했는데.

그 재활병원 6개월 동안.

새로 만난 황소연 간병인과는 기간이 길어지는 만큼 정이 가장 깊게 들었던 것 같다. 이번에는 진짜 좋은 여자를 만났으니 행운이다. 남편네 성이 똑같은 황 씨 족보 탓이었을까? 시댁 '황씨'에게는 전혀 보살핌을 받지 못했는데 엉뚱하게 '바깥 황 씨' 여자에게 대우를 받는 셈이다. 그미가 아기처럼 보살피는 만큼 내 마음도 점점 아기로 변신해 간병인을 바라보는 눈동자도 더 천진스러워졌단다. 언제부터였나, 자식들이 면회를 온 그 자리에서도 나 혼자 간병인의 눈빛만 바라보는 시간이 더 많아진 것이다. 그미가 카스텔라를 조물조물 씹어서 내 입에 넣어줄 때마다 행복한 표정으로 입술을 오물거리자.

"와― 어머니가 간병인 선생님만 쳐다보네요. 우린 안중에도 없이."

어리둥절하면서도 진정성 있는 감탄을 터뜨렸다. 카스텔라를 떼주던 황 간병인이 잠깐 한눈을 팔 때 내가 팔을 느릿느릿

158

올리며 달라는 시늉을 하자.

"오 ― 예. 엄마가 빵을 달라네요. 팔까지 흔들었어."

그 감탄을 자아내던 움직임이 내 팔을 흔드는 마지막 동작이 된 줄은 까맣게 모를 즈음이다.

거기에서도 틈만 나면 고삐 잡히듯 끌려가는 그 재활 운동 시간이 가장 힘들었다. 움직이지 않고 가만 있으면 뼈가 굳는 다면서 한사코 체력단련실로 끌고 가는 이유가 맞는지는 지금 도 판단할 수 없다. 훈련이라야 그냥 5분가량 삭은 장작처럼 세 위만 둔 채 멀거니 바라만 보는 작업인데도 하루도 빠지는 날 이 없다.

그 시간이 좋은 면은 딱 하나가 있었으니 '눈의 즐거움'이다. 몸의 재활을 꿈꾸는 젊은이들을 쳐다볼 때마다 그리도 아름답 고 행복한 것이다. 이끌어주는 재활 치료사도 아름답고 몸의 회 복을 위해 열심히 움직이는 젊은 환자들의 표정에도 희망의 의 지가 물씬물씬 풍겼다. 그들의 회복 속도가 쑥쑥 나타나는 만 큼 웃음소리도 화사했으니 치료사나 환자 모두 일체감을 보이 는 섯이나.

그나마 운동하러 갈 이유 자체가 사라졌다. 보름이 지나면서 내가 몸조차 세울 힘이 없어졌으므로 더 이상 재활 치료를 포 기하고 그냥 누워서 주는 밥이나 먹을 수밖에 없는 것이다. 그 렇게 익숙해진 퇴행으로 그 병원에서 봄부터 가을까지 반년 내

내 보냈으니 간병인과의 엄청난 동고동락 세월이다.

그 재활병원 6개월이 평온을 만나던 마지막 시간이 된 이유는 누가 뭐래도 간병인을 잘 만난 이유가 가장 크다. 그러나 계약기간이 끝나고 마침내 요양병원으로 옮기려던 날, 여섯째 딸이 황 간병인에게 20만 원이 든 봉투 하나 건네면서.

"함께 가실 수 있겠지요? 어머니가 너무 좋아하셔서 돌아가실 때까지…… 부탁을."

당연히 승낙을 받을 줄 알고 조금은 편안하게 부탁했으나 웬걸, 황서연 간병인의 눈동자가 잘름잘름 번지며.

"더는 못 해요."

설레설레 거부하니 뜻밖의 사태이다.

"몇 달씩 돌봐드린 할머니가 바로 내 코앞에서 죽는 모습을 지켜보는 게 너무 무서워요. 그전에도 할머니 한 분이 치료 중 돌아가셔서 보름 내내 악몽에 시달렸어요. 이제는 더 이상 따라다니며 돌볼 자신이 없어요. 정말 미안해요."

펑펑 울면서 내 얼굴을 쓰다듬는 손길이 그리도 따뜻했었다. 그러더니 현금 20만 원 봉투를 다시 딸의 주머니에 쑤셔 돌려주더니.

"어머니, 죄송해요. 그냥 편안하게 누워만 계시면 됩니다."

허리를 90도로 느릿느릿 굽히며 작별을 고했다. 그 재활병원이 나에게는 치료 코스의 마지막 공간이었으니 그만큼 작별도

슬펐던 것 같다. 마침내 요양병원으로 옮기면서 치료라는 게 사라졌는데, 자식들 5남매가 모여 이맛살 맞대고 의논하더니 요양원이 아닌 요양병원으로 선택했다.

요양병원은 치료 및 재활을 목적으로 하므로 의사가 상주하면서 이따금 환자 상태를 체크하다가 비상시에 적극적인 치료를 할 수도 있는 것이다. 그런데 요양원은 의사가 상주하지 않고 위급할 때 불러오는 게 가장 큰 차이이다. 간호사와 간병인들이 돌보는데 식사, 목욕, 청소 등의 지원이 이루어지며 생일 파티 같은 오락 시간도 자주 만들어준다. 치료보다는 일상적 돌봄과 생활 지원이 목적이 된다. 의사가 월 2회 방문 치료를 하며 평소에는 상주하지 않는다. 비상시에는 환자를 외부 병원으로 이송시킨다. 그렇게 요양병원의 새 간병인 공미성에게 인계된 것인데 아, 나에게 인생 최악의 고통을 만나게 해준 그 간병인의 이름을 하늘나라에서도 잊지 못할 것이다.

그 마을은 언덕만 넘으면 모두 바다였다. 처녀 시절 완행버스 통근으로 군청에 다닐 때나 결혼 이후 생강밭에서 호미 든 허리를 세우다 보면 언제나 서해 바다 물결이 넘실거렸다. 네 살 때 처음 만난 그 바다가 이 병원으로 옮기기 직전인 93세까지도 늘상 옆구리에서 출렁출렁 소리를 내는 것이다. 동요 가사처럼 푸른 파도는 아니고 중국 양자강 황토물이 밀리고 밀려면서 황해라고도 부르던 그 바다였는데.

쇳밭둑 언덕으로도 바다가 보였고 모새뜰 지나는 외갓집이나 남편의 형님네 가는 양지편 골짜기로도 파도가 넘실거렸다. 비포장도로 옆댕이 비탈 너머로도 바다가 있었고 뽕잎 따러 성안벌 언덕을 넘을 때에도 출렁이는 물결이 쏟아졌다. 그리고 저물녘이 되면 낙조가 밀려왔다. 맨 처음 맑았던 하늘이 차차 침침해지면서 붉은색으로 짙어져 갔다.

"엉칭이 삐알가유."

감탄사를 던지는 아랫집 소년 상수의 두 뺨까지 '엄칭이 삐알갛게' 달아오르는 중이었다. 가끔은 으스스하게 아름다워 몸을 움츠렸는데.

낙조에 젖었던 그 밤에 붉은 꽃잎 몇 장 무심히 씹어 넘겼다가 죽을 뻔했으니 생뚱한 사태이다. 이파리 한 주먹씩 맛있게 씹어 넘긴 후 20분도 채 지나지 않아 창자가 찢어지는 복통으로 팔다리가 뒤틀리기 시작한 것이다.

처음에는 무조건 참으려 했다. 야단맞는 게 무서워 부모님들이 눈치채지 못하게 혼자서 끙끙 견디려 했으나 시간이 흐르면서 머리가 달그락달그락 흔들리기 시작했다. 나도 모르게 혓바닥 안창 깊숙이 손가락 집어넣고 우르르 토해낸 게 조금은 다행이다. 그래도 바닥에 쏟아진 붉은 흔적을 보며 자칫 죽을지도 모른다는 생각이 들면서.

"엄마."

담요를 똘똘 말아 뒹굴면서 소리를 질렀다. 자다가 벌떡 깬 모친 박공회 씨가 그때부터 지성으로 매달려 나를 살렸다. 그랬다. 사흘 밤낮으로 찬물을 먹이며 비지땀 닦아준 아랫배에 연신 부채질을 해주었다. 생강밭 매는 와중에도 수시로 달려와 냉수 몇 숟가락을 입에 밀어주면서 아랫배 맨살에 부채 바람을 넣는 것이다. 밤에는 내 옆에 바싹 붙어 새도록 뱃살을 문지르며.

내 손은 약손
니 병은 꾀병

노래를 부르던 그 부채 바람으로 성난 내장들을 다독다독 달랬다. 속을 토해내거나 창자 아래로 내려가는 만큼 독의 기운이 사라진단다. 지성이면 감천일까, 죽을 줄만 알았던 몸이 그렇게 모친의 정성으로 사흘 만에 꿈틀꿈틀 깨어났는데, 웬걸, 하늘로 점점이 번지는 철쭉꽃 붉은빛이 어진히 아름다운 것이다.

그런데 95세의 내 마음에 왜 하필.
'엄마 그 붉은 꽃, 더 보고 싶어요.'

그 와중에 어머니 박공회 망자가 소환된 것도 신기한 일이다. 철쭉꽃 먹고 복통에 시달릴 때 뱃살을 쓰다듬어준 그 엣날 모친에게 어린양이라도 부리고 싶었던 것일까. 병실에 갇힌 95세의 나 김해송이나 40여 년 전에 떠난 갑부의 딸 박공회 망자까지, 두 여자 모두 족두리 틀면서부터 힘들게 살았다.

　나는 군청에서 먹물을 먹다가 혼인 직후부터 호미를 들었고 어머니는 갑부의 딸로 시집오면서 지아비의 몰락으로 농투성이로 변신한 '여자의 일생'이니, 모녀 모두 비련의 중장년을 보낸 것이다. 그러거나 말거나 휠체어 바퀴가 마침내 요양병원 출입문 안쪽으로 가차없이 진입했으니 아, 나는 이제 영원히 병원 밖으로 나갈 수가 없다. 엄마, 우리 엄마, 박공회 여사님, 하며 95세에 부른 마지막 이름이었고.

친정어머니

    여자들은 구한말까지 대개 이름자 없이 평생을 살았다. 왕족이나 재상처럼 신분 높은 집 여식들에게만 특별히 이름을 붙여주었고 나머지는 모두 '어린년'이라고 싸잡아 불렀다. '방물장수네 어린년'이나 '서낭당 어린년', '성안벌 어린년'이나 '엿장수네 어린 계집'처럼 이름이 없었는데도 그럭저럭 소녀들 얼굴을 구분해서 당길 수 있었다. 성안벌의 '어린년'이 양지편으로 넘어오면 '언년이'로 변신되기도 했다. '언년아, 밥 먹어라' 소리지르면 양지편 언년이가 사립문으로 뛰어들었고 '언년아, 밥 매러 가자'라고 부르면 부엉골 뚱뗑이 언년이가 호미 든 채 어기적어기적 끌려왔다. 그렇게 언년이끼리 고무줄놀이나 공깃돌을 던지다가 언년이끼리 머리끄덩이 잡고 '나쁜 언년아' 시부

랄 언년아' 독하게 싸우다가 갯벌에서 박하지나 동죽을 잡으면서 하하호호 나누기도 했으니, 신기한 소통이다.

딱 하나, 내 어머니 혼자에게만 이름을 지어주었단다. 낳자마자 '박공회'라는 성함 석 자로 또렷이 불리었으니 그게 '뼈대 있는 가문의 위력'이라고 수도 없이 들었다. 그 박공회 아기씨의 신분이 한일합방 이후에도 한동안 이어지면서 사람들이 머리를 조아렸단다. 새색시 꽃가마 뒤로 여자 종들 셋이 조르르 따라 들어오자 한머리 사람 모두 혀를 내두르더라고 듣고 또 들었다. 그런 회상이란 게 모두 예닐곱 살 이전의 기억이지만.

'천안 갑부는 급이 다르네이. 역시 대처 부자는, 우와—.'

열한 살 어린 여종은 이부자리 정리와 잔심부름을 맡았고, 보름에 한 차례 집에 다녀오는 서른 살 뚱땡이 여종은 아침마다 머리를 빗겨주는 역할이었다. 그리고 마흔 넘은 중년의 과부댁 여종은 부엌일과 빨래를 맡았다. 여자 종들뿐만 아니라 혼수품 나르는 우마차가 줄을 이어 쏟아지니 그 행렬만으로도 뜬돌면 유래 전무후무한 사태였단다. 물론 박공회 각시의 시댁 역시 시골 갑부 소리를 들을 만큼 떵떵 치던 가문이긴 했는데.

다섯 살 많은 신랑 김해직은 뜬돌면 천석꾼 3형제의 맏아들이었다. 정식 교육을 받지는 않았으나 열아홉까지 서당에서 사서삼경과 명리학을 뗀 총각이었으니 자타공인 선비풍 사내였다. 식자층 가문에서 박학다식 지식까지 매사에 빠지는 게 없는 데다 성격마저 낙천적이었다. 다만 너무 근심이 없는 게 한계이고 문제가 되었다.

하필 막 세워지기 시작한 신식 학교 공부를 거부한 것도 결정적 약점이 되었는데, 그건 본인의 뜻보다는 시대의 흐름에 맞추려는 일시적 반일 감정의 저항이 맞을 수도 있다. 한일합방 직후 딸깍발이 선비였던 할아버지가.

'왜놈 밑에서 공부시키기 싫다.'

망국에 대한 노여움으로 소학교 등록을 포기시키면서 학력이 단절된 것이다. 그러나 몇 살 터울의 남동생 두 명 모두 정규 교육을 마치고 일본 유학까지 시도했으니 앞뒤 이치가 어긋난 정리가 확실하다. 그렇게 상급학교에 진학한 남동생들은 모두 공직으로 임명되어 승승장구 출세를 했으나 맏아들인 그 혼자만 다른 길을 찾아야 했다. 그래도 부친 김해직은 자신의 약점을 절대로 노출시키지 않고.

'공직의 출세는 친일파가 되는 거야.'

자존감으로 훌훌 털어내던 낙천성 체질도 인생이 꼬였던 이유가 된다. 식민지 그 시대에도 이미 소위 있는 집 자식들에겐 이미 일본 유학이 대세가 되었다. 섬세한 감성의 문학청년 윤동주나 낭만파 정지용, 김영랑, 방정환 그리고 신여성 김명순, 나혜석까지 모두 일본 유학을 떠났다는 게 엄연한 사실이다. 현해탄 투신자살이란 전설적인 러브스토리 '사(死)의 찬미'의 주인공 윤심덕과 김우진도 모두 일본 유학파이다.

김해직 씨 혼자 유학 대신 '물 건너 사업'에 시동을 걸었으니 조금은 특이한 이력이다. 물론 졸업장이 없었으므로 어쩔 수 없는 운명적 선택이기도 했다. 그래도 앞으로는 자본의 시대가 온다고 예단하며 배짱 좋은 시동으로 한때 희망이 부풀기도 했으나.

그게 패착이 되면서 인생의 내리막길이 시작된 것이다. 일본 본토 신주쿠의 건설회사에 골재를 대주는 유통 사업에 손을 대었는데 비공식 섭외이므로 군청의 관료들과 손도 잡아야 했다. 소재지에 사무실을 차려놓고 그즈음 막 개통이 시작된 수동식 전화기를 들여놓긴 했는데 얼핏 봐도 겉으로만 번지르르한 사업이었다. 촘촘한 기획과 현장으로 직접 발품 팔아 체득한 것도 아니고 귀동냥 수준의 주먹구구식으로 판을 깔았으니 어쩌면 예고된 실패일 수도 있다. 명리학을 공부했다며 '이번에는 성공 점괘입니다' 하며 큰소리도 치는 어리둥절한 허풍도 있었으리라.

일제 난징 침략의 아수라 참사 속에서 전화기 소통조차 단절되면서 더욱 오리무중으로 헤매기 시작한 것이다. 전쟁이 확대되면서 민간인 전화가 갈수록 먹통이 되더니 끊어진 물자를 조달할 수도 없었고 유통의 예측이나 계산도 번번이 빗나갔다. 하여, 몇 달 사이에 쌀 수백 가마 값을 말아먹었으니 그게 김해직 부친의 대책 없는 성품이기도 하다. 처음 쌀 몇십 가마 값이 날아갈 때만 해도 의연한 표정을 지으려 했으니 순식간에 그 서너 배 이상이 공중 분해되면서 입술이 까맣게 타기 시작했다.

군산 쪽으로 업체를 부랴부랴 바꾸면서 전답 판 자본을 당겨 선박 사업으로 재기를 시도했으나 이번에는 수탈 전문 사기꾼에게 걸려 또 날려버렸다. 쌀 수십 가마 값을 선입금시켰는데 물 건너 일본 쪽에서 깜깜무소식이 되면서 나머지 자산마저 쌍둥 도려간 것이다. 마지막 혼신의 시도로 대처에서 소규모 집장사도 벌이긴 했으나 그마저 밑천만 날린 채 나머지 꼬리까지 죄다 잘린 것이다. 절망이었다.

그러거나 말거나 지아비 김해직의 한량 기질은 끝이 보이지 않았다. 산더미 같던 재산을 거덜 내면서도 식민지 여권으로 바다 건너 여행도 즐겼으니 천상 놀새떼 기질이다. 스스로 여자를 좋아도 했지만 또 여자들이 워낙 잘 따르기도 했다. 대전 은행동 카바레에서 김해직 신사가 여자의 손을 잡고 등장하면 '천수민 제비가 떴다'며 입장객들 모두 길을 쫘와 터 주었단다. 그가 허리 가느다란 여자 하나를 붙잡고 뺑뺑이를 돌리고 무르팍에 눕혔다가 아랫배를 탁, 치며 위로 올리는 춤을 추면 빙 둘러선 구경꾼들이 넋이 나간 채 연신 박수갈채만 터뜨린다는 것이다.

그러니까 읍내 차부에 내리자마자 거리의 여인들이 힐끗힐끗 눈길을 반짝이는 게 너무 당연한 일이다. 자전거 타고 한머리 농로에 나타날 때에도 밭매던 아낙네들이 반짝이는 뒷모습을 황홀하게 쳐다봤단다. 그렇게 소위 얼굴값에 취한 채 호방하게 너털웃음이나 치는 흥청망청 스타일이 되었다.

마지막 재기를 도모하겠다며 바다 건너 진출을 또 한차례 시도했단다. 만주와 대마도는 물론 오사카, 나고야까지 기웃기웃 넘본 것이다. 그렇게 여기저기 발을 디딜 때마다 기둥뿌리 하나씩 툭툭 날려 먹다가 마침내 최후의 가산마저 홀라당 탕진하면서 결국 뼈와 가죽만 남은 빈털터리가 되었다.

하여, 초가삼간으로 옮길 때는 살림살이가 겨우 우마차 한 대 분량이었으니 인생무상이다. 이제 없다. 진짜 아무것도 없었다. 그 많던 자산이 먼지처럼 사라졌지만 아내 박공희 씨가 전혀 내색하지 않았으니 나름 갑부집 출생의 품격을 지키려는 지순한 인내심이다. 지아비가 술집 여자를 만나 온양 어디쯤에서 바람피웠다는 소문을 들었을 때에도.

"사내는 다 똑같아."

끓는 속을 다독다독 삭이는 표정도 지어주었다.

"그러면 안 되지만…… 지나간 일이니까."

그 와중에도 아주 가끔 집에 들르면 지어미는 밥상을 차려주고 정성스러운 목욕재계로 남편을 맞이했다. 일 년에 겨우 몇 차례 들렀는데도 내 밑으로 일곱 동생을 줄줄이 낳았으니 번식력도 좋은 상남자 체질이다.

어머니 박공희 씨가 농투성이로 변신한 건 내가 다섯 살 때이다. 기우는 기둥의 마지막까지 지탱하려 몸부림치다가 마침내 바닥을 드러내면서 모든 자존감을 포기한 것이다.

"부귀영화도 안개 같은 거여."

어느 날 갑자기 목화밭에 납작 엎드려 호미를 잡았다. 밭두렁 고샅에 처음 엎드릴 때 딱 하루만 눈시울이 촉촉이 번지긴했으나 그 후로는 운명에 순응할 수밖에 없었다. 그렇게 한 번 잡은 호미를 죽을 때까지 손에서 놓지 못한 것이다. 시집올 때 데리고 온 여자 종들은 당연히 돌려보냈고 그미 혼자 이 고샅 저 고샅을 헤집는 농부가 되었으니 처연한 변신이다.

그즈음 지아비 김해직도 여비가 뚝 떨어졌는지 더 이상 바깥나들이 출두는 하지 못했다. 그렇다고 일을 한 건 아니고 대개 방에 앉아 주역을 보거나 화투패를 떼기도 하며 자투리 시간을 보냈나. 어너니 박공희 여사가 이따금 니에게.

"전답이 쬐끔만 남아 있었어도 너를 상급학교에 보냈을 텐데."

안타까움도 토로했으나 솔직히 나는 아무 생각이 없었다. 소학교 졸업반 즈음 담임의 추천으로 군청 서기로 발탁되어 읍내로 나가면서 오히려 마음이 편안하기도 했다. 그때만 해도 읍소재지에서도 세라복 입은 여학생들을 거의 볼 수가 없던 시국이라 자존감이 상하지 않아서인지 정서적으로는 운이 좋은 편이다.

부모님의 화양연화 사연이 아스라하게나마 뇌리에 남는 건 그나마 맏딸인 나뿐이고 아래 동생들은 아예 기억이 없단다. 동생들 모두 태어날 때부터 집안이 가난한 줄만 알았다니 그게 세월의 간극이다. 나 역시 커가면서 옛날 부자의 사연들이 기억의 밑바닥에만 쬐끔 남아 있을 뿐 나머지는 운명으로 받아들였다. 소학교를 마치자마자 사내 동생들은 몸에 맞는 지게를 지었고 여동생들은 남의 집 점방에서 허드렛일을 배웠다. 부모를 닮아 8남매 모두 얼굴만큼은 매끈했지만 정작 하는 일은 농투성이 수준이었다.

막둥이 여동생 현주 하나라도 대학 나온 남자를 만나 결혼한 게 참으로 행운이다. 중학교 진학은 못 했지만 『날개 잃은 천사』나 『숙향전』, 『생일 없는 소녀』 같은 책도 좔좔 읽어내었으니 머리도 영민하고 인물도 좋은 소녀였다. 해방 직후 자유당 시절이었던가. 열일곱 갑장 동무들 다섯 명이 모여 모처럼 수다를 떨던 날이다. 찐감자와 부침개를 나누어 먹고 수다 떨다가, 갑자기 갈마리 동무 명자가.

"사진이나 한 방 찍자."

"청춘의 우정 흔적을 하나라도 남겨야지. 시집가서 구정물에 손 담그기 전에."

그 제안으로 돈을 갹출하고 저마다 꽃단장으로 신작로까지 진출했단다. 그렇게 아리랑 사진관에서 추억의 얼굴 한 장 찍고 나오는데, 주인인 주근깨 사진사가.

"아가씨 잠깐 의자에 앉아 보숑."

현주 하나만 따로 불러 사진을 찍어줬으니 어리둥절한 일이다. 안경잡이 사진사가 정면으로도 찍고 의자에서 고개를 비스듬히 돌려 위를 바라보게 하면서 이리저리 몇 장 더 찍었으나 그때까지는 영문을 알 수 없었다.

사흘 뒤 현주의 사진만 커다랗게 확대해서 바깥 쇼우윈도우에 걸어놓은 것이다. 눈이 크고 화사하게 웃는 입술이 박꽃처럼 예뻤단다. 신작로 전체에 그 소문이 퍼지면서 더 많은 총각들의 흠모 대상이 되었으니 괜찮은 징조이다. 그리고 사내는 예배당에서 만났다. 물찬 제비처럼 시원한 몸에다가 자신감 있는 표징도 대학 나온 총각의 마음에 들었을 것 같다. 막둥이 현주보다 아홉 살 더 많은 공대 출신 사내와 혼인을 맺으면서 박공희 여사는 처음으로 학사모를 쓴 사위도 한 명 보게 되었다고 싱글벙글했지만.

아버지의 무사태평 성품은 변화가 없었다. 8남매 모두 고단한 몸으로 생강밭 두렁에 엎드리는데 당신 혼자 병풍 안에 누워 시절을 탱자탱자 즐기는 것이다. 책을 읽거나 논두렁 밭두렁 풍경에만 '세월아, 네월아' 한가로운 백수 놀이에 빠질 뿐이다. 그런데도 모친 박공희 여사는.

'집안에 품격 있는 남정네가 하나쯤은 있어야 한다.'

애지중지 떠받들었으니 그 시대의 풍습일 수도 있긴 하다. 나도 그랬다. 사랑채에서 책이나 읽다가 이따금 자전거 외출로 따르릉따르릉 벨을 울리는 아버지가 멋있게 보이기도 했다. 그래 봤자 돈이 쪼들리면서 기껏 소재지 신작로 나들이 정도로 보폭을 점차 줄이더니 언제부터였나, 투전판도 살짝 기웃거렸다. 그래도 노름 중독에는 빠지지 않으니 식자(識者) 기질이 남은 거라며 생각했지만.

단언컨대 8남매의 밥을 굶기지 않은 건 모친 박공희 여사의 변신 덕분이다. 게다가 내가 기억하는 한 단 한 번도 지아비를 원망하거나 헐뜯은 적이 없다. 만년 백수 남편에게 '돈 좀 벌어와' 하는 식의 타박을 전혀 주지 않았고 도리어 금쪽같이 받들며.

"여자는 뒤웅박 팔자여."

소매로 눈곱을 스윽 훔치다가 어느 날.

"사내 하나라도 집안 기품을 지켜주는 번듯한 풍모가 있어야 초가삼간에 살아도 빛깔이 나는 거여."

　그래서 나도 무능한 아버지라도 오래도록 받들어야 하는 게 자식의 도리인 줄 알았다. 나중 얘기지만, 그게 내 남편에게도 고스란히 답습됐으니 모전여전이다.

　딱 한 번, 김해직 처사가 고샅에서 밭을 맸으니 해가 서쪽에 뜰 일이다. 내가 소학교 1학년 때이니 여덟 살 즈음의 기억인데, 아버지가 드물게 노름판에 끼었다가 오는 길이었던 것 같다.

　"쌀 두 말 값 날리다가…… 거기서 끊었으니 다행이지."

　망초꽃 벌판을 어슬렁거리는 아버지의 어깨가 유난히 좁게 느껴지던 날이다. 그러다가 귀갓길에서 생강밭에 엎드린 아내 박공희 아낙의 등허리가 문득 처연하게 보였던 게다. 웬일일까, 집에 들어온 그가 호미 들더니 다시 사립문 바깥으로 나선 것이다. 처음으로 생강밭에 끼어든 모습이 지어미한테는 감지덕지였단다. 그래봤자 아내가 열다섯 고랑을 해치울 때 아버지는 겨우 절반 정도나 마쳤을 뿐이지만.

　어머니는 밭매기를 마치자마자 지아비를 마루턱에 앉히셨다. 그리고 세숫대야에 물을 받아 아버지의 맨발을 남ㄴ게 하더니, 먼저 뜨거운 물에 지아비의 발바닥을 담그게 하여 퉁퉁 불어나게 했다. 그리고 뽀드득뽀드득 닦아주는 것이다. 정강이와 복숭아뼈를 문지르더니 가위 날을 세워 부풀어 오른 발바닥 더께를 떼어내었다. 그다음엔 모시 적삼으로 갈아입히더니 대청마루에 기대게 한 후 손에 매화나무 무늬의 부채를 쥐어주었다.

그러자마자 선비의 풍모가 대번에 되살아나면서 어머니는 그것만으로도 감지덕지한 것이다. 자부동*과 모시 적삼 그리고 매화나무 부채까지 대청마루 배경에 딱 어울리는 풍광이다. 순간적으로.

'여자가 희생해야 가정이 살아난다.'

모친의 애잔한 성정이 나에게까지 가슴에 박혔다. 그렇게 나까지 여자의 운명을 이어받아 한평생 사내를 위해 몸을 바치게 된 원인이 되기도 했다. 수십 년 후 내 남편이 밭일을 도와주는 날마다 나까지 그렇게 마루에 엉덩이 걸치게 한 다음 과도로 발바닥을 벗겨주던 이유이다. 그렇다고 치고.

이제 병상 799일째, 아주 잠깐 눈을 감았는데.

배꼽 아래로 쟁반만 한 부위로 강낭콩 같은 살점 수백 개가 끈적끈적 붙어 덕지덕지 흔들리는 것이다. 프라이팬 주걱으로 주르르 내리긋자 스치는 대로 우수수 떨어지더니 다시 그 자리로 팥알만 한 쥐젖이 오소소 돋아오른다. 옆에 있던 누군가가

* 방석을 가리키는 일본 말.

176

달려들어 전기톱으로 팽그르르 돌리자 우수수 털려 나가더니 이번에는 수백 개의 녹두 알갱이가 솟는 사태이다. 전기톱으로 재차 푸타타타 털어내자 게 구멍 같은 곳에서 구더기 수십 마리가 옴찔옴찔 움직인다. 핀셋으로 스무 개쯤 뽑아버린 다음 칙칙이를 마구 쏘아댄다. 구멍 속에 숨어 있던 벌레알 수백 개가 퐁퐁 쏟아져나오면서 아, 산뜻한 새살이 돋아난 것이다. 이젠 됐다, 안도하며 발을 내딛는 순간 아차, 내 몸이 까마득한 절벽 아래로 떨어지는 것이다.

"으악!"

눈을 뜨니 마감 뉴스를 알리는 중이다. 2022년 4월 2일, 밤 11시 30분.

러시아군이 부차(Butcha)에서 우크라이나 민간인 500여 명을 학살했다며 동영상을 내보낸다. 파괴된 거리로 쓰러진 시체가 뒹구는데 그중 몇몇은 팔다리가 절단되거나 눈알이 빠져나갔다. 피란 행렬이 우르르 쏟아지는 사이로 아랫도리 벗은 채 달려가는 어린 소녀의 울부짖음도 보인다. 러시아는 가짜뉴스라며 강력하게 반발했으나 아, 나하고는 아무 상관 없는 일이다. 어지럽다. 다행히 자정 일기예보로 바뀌더니.

내일 4월 3일은 아침 기온이 낮아 쌀쌀하며 구름이 많이 끼겠단다. 아침 최저 기온은 '-2~7도'이고 낮 기온은 '11~18'도이므로 일교차가 큰 환절기 건강 관리에 유의하란다. 미세먼지 농도는 대기 확산이 원활해 '좋음~보통' 수준으로 예측된다. 내일이면 병상 796일째. 이제는 날짜를 헤아리는 느낌조차 까맣게 사라졌다.

여섯 침대

그 시퍼런 물결이다 사춘기 은유 '내 마음의 호수' 떠올리며 그 저수
지를 호수로 호명할 때마다 짙은 녹색으로 가라앉는다 고추잠자리
보금자리였다가 뭉게구름 비추는 유리 거울 되었다가 풍덩 빠지고
싶은 어미의 젖가슴으로 변신한다 마개 없는 박카스 병과 끈 떨어진
슬리퍼 딸려 나오는 건 눈 감았는데

춘자 누나 떠오르면 숨이 막힌다 보리피리 불어주던 열여덟 누나, 동
갑나기 외사촌 종규 형과 자정까지 민화투 쳤다는데 아차, 달거리
끊긴 것이다 그믐날 자정 칡넝쿨에 돌멩이 매달고 뛰어내렸으니 내
가 빌려준 『날개 없는 천사』 받을 길도 막막하다 둔치로 휘날리는
대궁 보며 억새인가 갈대인가 헷갈리는 이유이다
―「대구저수지」 부분

여명이다. 일기예보로 먼동이 트는 신호를 들으면서 잠이 깨었다. 유리알 구르듯 쨍그랑쨍그랑 흔들리면서도 물살처럼 막힘이 없는 그 여자의 새벽 안부 목소리이다. 젊음이란 자체만으로도 싱싱하게 빛이 나는 몸이 되지만 그중에서도 TV에 나오는 여자들은 급이 다르다. 나도 한때 '예쁘다'는 소리를 귀에 달고 살긴 했지만 저 여자는 더 크고 날씬하며 눈빛이 유리알처럼 맑다. 싸리 회초리처럼 가느다란 허리를 낭창낭창 흔들면 종아리까지 반짝반짝 빛이 나면서 지적 풍모까지 철철 넘치게 이어진다. 입원 1,103일째 되는 아침이다.

일기예보가 끝나자마자 열네 개의 광고 선전물이 줄줄이 등장하면서 분위기가 싹 바뀐다. 사내들은 빨래판 근육을 과시하고 여자들은 배꼽을 내놓거나 자꾸 벗는다. 노 타이 차림의 콧날 높은 사내와 빨간 팬티의 생머리 여자가 실룩실룩 춤을 추는 행태를 어쩔 수 없이 봐야 한다. 뒤로 돌다가 허리를 숙이자 팽팽한 엉덩이 살이 터질 듯 부풀어 오른다. 저 민망한 모습이 젊은이들의 소비를 당긴다는 게 신기하다. 나는 여자들이 왜 가슴골이 나오도록 풀어헤치면서 깔깔대는지 이해할 수 없다. 그런데 이상한 건 내 마음이다. 그 여자들의 맨살을 노엽게 바라보다가도 어느 순간 싱싱한 생선처럼 팔딱팔딱 떠오르면서 그미들의 노래를 따라부르고 싶은 것이다.

지금은 커튼 뒤로 스며들던 붉은빛이 사라지면서 시나브로 하얀 배경으로 변신하는 중이다. 만상의 어둠이 걷히면서 이제 하루의 일상이 화사하게 펼쳐질 것이다. 부르르르 부릉. 자동차 소리가 끊임없이 이어지는 건 아스팔트 건너편 신호등이 파랗고 빨갛게 반짝이기 때문이다. 무수한 차량들을 이동시킬 때마다 부딪치는 햇살들이 밝고 화사하다. 늦봄의 아침, 뻐꾹새 하나가 복숭아나무 사이로 날개를 휘저으면서 햇살이 고드름처럼 뚝뚝 떨어진다. 아름답다.

그러나 그 모든 순환들은 나의 흐름과는 아, 아무 상관 없는 일이다. 마찬가지이다. 숟가락으로 밥을 먹건 콧줄 호스로 자양분을 섭취하건 여기 308호 여섯 침대의 노파 모두에게는 낮과 밤의 구별이란 게 아무 의미가 없다. 이 병동 전체가 모두 그렇게 날과 달을 바꾸면서 생명의 흐름만 연장시킬 뿐이다.

그나마 맞은편 노파 둘은 숟가락 들 힘이 남아 있어 스스로 떠먹을 수 있으니 가장 건강한 몸이며, 생명의 의미도 아주 쬐끔은 있는 셈이다. 내 바로 옆 침대 두 할머니도 이빨로 씹어 목구멍까지는 넘길 수 있으니 소소하게나마 생존의 의미가 있다고 치겠다. 딱 두 사람, 나와 앞 침대 노파까지 둘은 콧줄 식사로 하루를 연장할 수밖에 없다. 간병인 역시 하루 세 번씩 영양분을 투입시킨 다음 기계처럼 떠난다. 나에게도 그렇다.

고요, 고요하다. 병실에 TV를 온종일 틀어놓는 것은 적막한 배경이 불안해서이다. 그래도 지금 진행되는 프로인 '사건 반장'인가. '사건 24시'인가, 하는 아주 불쾌한 사연이다. 웬 청소년 하나가 엄마뻘 중년의 여자를 성폭행했다는 고발 프로인데.

밤 두 시. 마흔네 살 여자가 혼자 골목길을 걸은 게 불행의 시초가 된다. 하필 그때 오토바이 하나가 멈춰 서더니.

"어디로 가세요?"

"봉학동이요."

"타세요. 모셔다……."

'드릴께요'라는 말이 끝나기도 전에 여자가 대뜸 오토바이 짐받이에 올라탄 것부터 섣부른 조짐이다. 벗들과 아줌마 수다로 소주도 반병쯤 비워서 몸이 훗훗하게 데워졌던 기운도 이유가 되리라. 청년의 앳된 얼굴과 맑은 눈빛에 마음이 잠시 편해진 탓도 있었던 것 같다. 그런데 오토바이가 봉학동 방향이 아니라 반대쪽 쓰레기장으로 부릉부릉 달리는 것이다. 느티나무 뒤에서 멈출 때까지 우물쭈물 반발도 못 했는데.

"내렷."

생글생글 웃던 얼굴이 순식간에 괴물처럼 변신하면서 대뜸 던지는 반말부터 예사롭지가 않다. 깊은 밤, 까맣게 차단된 적막이 더 무서웠는데.

"내리라고 시팔년."

'뭐지?'하고 고개를 들다가 주먹으로 옆구리를 퍽 맞았다. 숨이 막혀 움츠리는 찰나 싸대기가 찰싹 날아오니 기도까지 막히면서.

'흑!'

쓰러지면서 고개를 숙이는 순간 주먹이 이마를 찍으며 다시 퍽 소리가 난다. 그렇게 딱 2초에 한 대씩 날아오는 주먹을 피할 방도가 없는 것이다. 여자도 순간적으로 사내의 정수리를 잡아당기며 저항하려 했으나 머리칼이 너무 짧아 맥없이 쑥 빠지면서.

퍽퍽.

연달아 두 대를 더 맞았으니 숨통이 끊어질 것처럼 고통스럽다. 얼떨결에 손바닥을 싹싹 비비며.

"살려주세요."

"내 말 잘 들어. 아니면 눈알을 뽑는다."

사내의 손바닥이 킬킬킬 목덜미를 스치며 슬멍슬멍 아래로 내려오더니 여자의 가슴을 쥐어싸듯 움켜쥔다. 수지심보다 맨살의 아픔이 더 고통스럽다. 여자는 그렇게 젊은 사내의 노예가 되었다. 무릎을 꿇으라면 꿇고 치마를 벗으라면 벗었다가 사내가 종이컵에 싼 오줌도 들이마셨다. 마구잡이 지시를 내릴 때마다 킬킬 웃는 모습이 악마, 악마였다. 그 순간 스마트폰이 울리는데.

"받지 마."

그 명령 직전에 얼떨결에 버튼을 누른 게 '행운의 한 수'가 되었으니, 천만다행이다.

"엄마, 어디야?"

그 소리가 들리자마자 아, 하늘이 도운 것이다. 저만치 언덕 아래로 열일곱 살 딸내미 모습이 보이고 제복의 경찰 두 명이 호루라기 소리로 달려오는 것 같다. 그 순간 오토바이를 버리고 도망치려는 사내의 표정이 얼핏 앳되게 보인다. 그가 바람처럼 치달리긴 했으나 쓰레기장 언덕바지를 넘지 못하고 잡힌 것이다. 나중 얘기지만, 성폭행한 사내는 그미의 딸과 나이가 같은 17세로 촉법소년이었단다. 방송하던 사회자 사내가.

"이 범죄자의 보호자가 피해자에게 500만 원을 줄 테니 합의하자고 요구했답니다. 현행법상 촉법소년은 아무리 중범죄를 지어도 15년 이상을 때릴 수 없습니다. 저는 법정에서 이 소년에게만큼은 최고의 징역형 모두를 적용해서 세상의 엄정함을 보여줘야 한다고 생각합니다. 피해 여성은 이 남자가 자신의 딸과 동갑인 17세라는 소리를 듣고 너무 기가 막혀 기절을 했답니다."

간병인이 리모컨을 돌리는 바람에 딱 거기에서 멈춘 게 차라리 다행이다. 나 역시 '이런 더러운 내용은 더 보고 싶지 않다'

라는 생각이 들었으니.

딱 한 번이지만, 밤길의 사내가 내 우산 속으로 불쑥 들어온 황당 사태가 불쑥 떠오른다. 빤히 아는 얼굴인지라 어이없는 해프닝으로 끝날 뻔도 했지만 사건이 옆구리로 퍼지면서 동네의 착한 색시 아까운 영혼 하나만 사라진 사태인데, 이 또한 누구를 탓하거나 원망하는 건 아니고 그냥 운명일 뿐이다.

어떻게 찾아왔을까. 서울 거점 병원으로 옮기기 직전 여든두 살 김정랑 씨가 둘째 딸 춘우와 함께 스산의료원으로 면회를 온 것이다. 열한 살 아래인 정랑 씨와 나는 한머리 언덕바지 위 아랫집이니 50년 이웃사촌으로 지내 온 사이이다. 40년 전, 그러니까 내가 중년 시절 즈음이었던 게 맞다. 그때까지 '춘자 오매'라고 부르다가 큰딸이 돌연 저세상으로 떠난 이후 '춘우 오매'로 둘째 여식의 이름을 딴 뒷글자가 '자'에서 '우'로 바뀌었으니 가슴 아픈 곡절이다.

그랬다. 둥지를 틀지 못한 채 세상을 떠난 춘자의 몸은 그냥 불에 태운 뼛가루만 검은의 바다 위로 뿌러버렸다. 그 동네에서는 혼인하지 못한 처녀, 총각이 죽으면 그냥 바다에 뿌렸으므로 그렇게 나룻배 저어 적돌만 파도 위로 휘이휘이 던져버린 것이다.

이제는 그미의 동생 춘우까지 환갑이 지났으니 자식 이름을 따서 '춘우 오매'라고 부르기도 민망하다. 손주 이름을 빌려 '이준이네 할매'라고 불러야 하는데 나로서는 손주들 이름까지는 기억할 능력이 없다. 그런데 침대 앞에 찾아온 춘우를 보자마자 춘자의 죽음이 불쑥 떠오른 게 아픈 이력의 등장이다. 물론 한마디도 벙긋대지 못하고 눈으로만 작별 인사를 보냈으니 그게 병실 일상의 연장이다. 그렇게 50년 지난 아득한 사연이 뜬금없이 불쑥 떠올랐는데.

'사건 24시'의 그 여자처럼 마흔네 살쯤 되던 중년의 세월이었을까. 6월 내내 가뭄에 시달리다가 7월에 들어서자마자 장대비가 무시무시하게 쏟아지던 그해 초여름이 맞을 것이다. 빗물이 불어나면 밭매기도 못 하고 시장도 못 가므로 그냥 집에서 하염없이 쉬기만 하던 날도 있었다. 그치기만 기다렸다가 재빨리 논두렁 밭두렁 찾아 엉덩이 붙이면 그사이에 온갖 잡풀이 우쑥불쑥 올라오던 장마철이었고.

장대비가 주춤주춤 가랑비로 바뀌던 7월 중순쯤이었다. 그리고 톳골 풀빵 장사 음암댁네에서 밤마실 수다를 떨다가 돌아오는 밤길이었다. 밤길 귀가가 좀처럼 없었지만 마침 남편이 대전으로 출장을 가는 바람에 모처럼 물방울 치마 차림 나들이로 시장 모퉁이에서 편안하게 놀았던 날이다. 늦은 아홉 시쯤의 귀갓길이니 집에 도착하려면 10분쯤 남아서 총총걸음 중이었는데.

양조장 길 지나 부엉굴 서낭당 언덕바지에서 기역 자로 꺾어지는 길이었다. 집에까지는 10분 남짓 거리, 수백 수천 번 이상 오갔던 길이므로 걱정이란 게 아예 없는 익숙한 길이었다. 그런데 생강마을 이정표 지나 오른쪽으로 몸을 돌리는 순간, 웬 시커먼 그림자 하나가 우산 뒤로 휙 뛰어들면서 아랫배를 빨래 짜듯 감싸는 것이다.

"뭐여? 헉!"

깜짝 놀라긴 했지만 그래도 우리 동네인지라 아주 겁을 먹은 건 아니었다. 뱃살을 덮은 손을 재빨리 떨쳐내면서,

"나여."

흥분을 가라앉힌 채 더 차가운 목소리를 냈으니 나의 타고난 냉정함이다. 그도 앞쪽으로 몸을 돌려 얼굴을 쑤욱 들이밀었다가 아차, 하며 뒤로 빼더니 당황스럽게 몸을 움츠린다.

"나여, 누구냐구?"

개구리 울음소리가 뚝 그친 적막감 탓이었을까. 틈입자 사내가 더 놀란 듯 화들짝 몸을 뒤로 뺐으니 다행일 수도 있다. 또 하나, 내가 마음을 놓은 건 이주 낯익은 얼굴이었기 때문인데.

종규 총각이다. 솔직히 이 동네 사람 모두 낯익은 얼굴이 당연하지만 어럽쇼, 노라실 바닷가 사는 그 총각이 내 우산 속으로 휙 쳐들어왔으니 어리둥절한 일이다. 호리호리하고 어깨도

좁지만 중학교 졸업장을 땄으니 일단 가방끈이 괜찮은 사내이다. 담배도 다른 농투성이처럼 종이에 말아 피우는 풍년초가 아니라 필터 달린 진달래를 피웠으니 고급 흡연족에 속한다. 아무튼 언덕 너머 조금 먼 거리에 살고 있지만 품앗이 정도는 함께하는 사이이므로 마음이 다독다독 편안해졌다. 종규도 놀라서 얼굴이 빨개진 채.

"앗, 사모님이네홋!"

더 크게 소리치는 바람에 나까지 두어 발자국 물러서서.

"뭔 일이웃?"

그 순간 이정표 뒤쪽 개울 아래에서 그림자 하나가 도망치듯 사라진다. 흔들리는 치맛자락과 나풀대는 꽁지머리가 천상 여자였으니 더 수상쩍은 것이다. 그러다가 우산 아래로 비친 물방울 치마를 놓치지 않으면서 그림자의 실체가 금세 파악되었다. 그보다 먼저 종규가.

"죄송합니닷!"

이정표 뒤로 몸을 뺐으니 일단락된 거로 치긴 했다. 어둠에 섞인 가랑비 탓으로 어렴풋했지만 길게 땋은 머리가 출렁출렁 흔들리는 게 대추나무집 춘자가 확실하다. 흘기는 듯한 눈웃음에 보조개가 귀엽던 그미가 맞긴 한데.

그러니까 둘이서 만나기로 한 약속 장소가 이정표 뒤쪽 골짜기였던 것이다. 조금 늦게 나온 종규가 어둠에 비친 우산 아래

물방울 치마 무늬만 보고 나를 춘자로 헷갈리면서 불쑥 쳐들어
온 게 틀림없다. 그런데 이해할 수가 없는 것이다. 두 사람이 고
종사촌 피붙이 사이인데…… 즈이 집 사랑방에서 처녀, 총각 몇
몇이 밤마실로 놀아도 되는데 웬일로 어스름 저물녘에 몰래 만
날까? 갸웃갸웃 흔들긴 했지만 즈네끼리 서로 가까운 친척 사
이였으므로 설마, 하는 마음으로 귀가를 서둘렀다. 설핏 '뒤에
서 내 허리도 잡았으니 '이것들이 설마' 하는 불길한 생각이 엄
습하긴 했다. 그러다가 이튿날부터 깜빡 잊은 채 일상에 쫓기
는 중인데.

"사람이 죽었다."

두 달쯤 지났을까, 마을 사람들이 대구저수지 제방으로 우르
르 나오더니 발을 동동 구르는 것이다. 아, 춘자다. 열여덟 처녀
의 몸을 저수지에서 꺼냈으니 동네 전체가 기절초풍할 노릇이
다. 주머니건 허리춤이건 닥치는 대로 돌멩이를 매달고 새끼줄
로 칭칭 묶은 채 저수지로 풍덩 뛰어들었다던 그날의 기억이 퍼
뜩 떠오르는 것이다. 아닌 게 아니라 이웃 이낙들이.

"종규 놈 때문이여. 이 총각이 이종지간에 사단을 쳐놓곤 객
지로 발라버린 거여."

"도망간 게 아니구 취직하러 간 거지."

"연락도 안 갔지만 이젠 방도가 있는 것도 아니니, 아이쿠."

입에 거품을 문 채 '놈' 자를 붙일 때 비로소 전모를 알아차렸다. 그러니까 스무 살 종규 총각이 이종사촌 춘자네 사랑방으로 밤마실 다녀도 어른들 모두 '그런가 보다' 하며 두루뭉술 넘긴 것이다. 춘자 엄마 강경댁이 사랑방 문을 열어 과즐이나 대추 같은 주전부리를 밀어넣기도 했단다.

찐고구마를 들이밀다가 슬쩍 둘러보면 사내아이 계집아이 몇몇이 둘러앉아 킬킬대는 사이로 춘자의 보조개 웃음도 환하게 피어오르더란다. 아랫목 덮은 이불에 다리를 집어넣은 채 '손목 맞기' 민화투도 치고 손가락으로 장기알도 튕기다가 자지러지는 웃음도 쨍그랑쨍그랑 터뜨리는 것이다. 이따금 종규와 춘자 둘이 달랑 있는 것도 보긴 했지만, 그냥 '참 좋은 젊음이다' 하며 끄떡거렸을 뿐이다.

그러다가 풋보리 아가씨 춘자의 달거리가 끊긴 것이다. '처녀가 애를 뱄으니' 난리도 이런 난리가 없는데 이종사촌 종규는 뱃속에 씨앗 하나만 달랑 뿌려놓은 채 수원에 있는 어느 이발소로 나간 후 감감무소식이란다. 이제 춘자 혼자 감당해야 할 일이지만 아무 방법이 없는 것이다. 장독대 간장을 한 사발 들이마시거나 당곡재 언덕에서 몇 차례 데굴데굴 굴러도 마음대로 되지 않았단다. 마침내 온몸에 돌멩이를 매달고 저수지로 '풍덩' 뛰어들었으니.

그 후 춘자 오매는 밤마다 꺼이꺼이 울다가.

"7년이 지나니까 뭉친 응어리두 사라집디다."

'세월이 약'이라며 희미하게 웃던 그미도 80이 넘었으니 함께 늙어가는 노인네 연륜이다. 그때부터 '춘자 오매'에서 '춘우 오매'로 호칭이 바뀌었고.

입원 1,112일째.

오늘 면회를 온 차남 황성연은 운전대를 잡아본 적이 없다. 운전면허증이 없으니 음주운전 경력이나 교통법규 위반도 전혀 없다는 싱거운 농담도 한다. 주로 시내버스와 지하철 이동을 고집하니 초로의 지금까지 택시를 타는 일조차 드문 편이다. 젊은 날부터 주장하던 지구 생태계 보존도 이유가 되겠지만 변화를 싫어하는 게으른 천성 탓이 더 크다. 그래서 나에게 면회 올 때에도 지하철과 시내버스 노선을 얼기설기 연결시키니 다른 형제들보다 훨씬 힘든 이동 경로이다.

그가 우리 요양병원 박순재 간호사를 우연히 만나면서 오랫동안 잊었던 인연의 끈이 새롭게 확인된 것이다. 언제부터였나, 아들이 면회 때마다 그 간호사가 내 침내로 찾아와 안부 니느는 소리를 훔쳐 들으며 그 만남이 도표처럼 그려지기도 했다. 그러니까 둘째 아들이 남양주 가는 시내버스를 갈아타기 위해 정류장에서 기다리다가 우연히 조우했다는데.

나의 병상 2년째부터 형제끼리 면회 순서를 정한 것이다. 대략 한 집 당 월 1회꼴로 돌아가는 도정이니, 나로서는 매주 1회 정도 자식들을 상봉하게 된다. 그리고 그날은 차남 황성연의 차례였을 것이다. 망우역 5번 출구 쪽 계단을 올라 버스 전용도로 차선으로 건너는 늦가을이었다. 그는 물건을 잘 잃어버려서 무의식적으로나마 주머니를 뒤적이며 항상 소지품을 확인하는 버릇이 있는데.

'담배가 있나? 지갑 그리고 볼펜은?'

그렇게 주머니 속을 꼼지락거리며 쓸쓸히 하늘을 바라보는 중이었단다. 손가락의 지갑 감촉에 안도하며.

'시리도록 푸르다.'

그 서정적 설렘으로 고개를 돌리는데 앗, 옆에 있던 장년의 여인 하나가 아스팔트 쪽으로 몸을 휘리릭 날리는 것이다. 황성연이 갸우뚱하며.

'위험한데. 헉.'

납작 엎드린 여자를 조마조마 바라보는 찰나 그녀의 손바닥이 아스팔트에 찰싹 달라붙는다. 바람이 분홍색 바바리를 걷어올리듯 스치며 지나갔던 것도 같다. 1만 원짜리 지폐를 주워 인도로 올라오자마자 승용차 하나가 빵빵 클랙슨을 울렸으니 여차하면 위험한 순간일 수도 있다. 그래도 아무 일이 없었다는 듯 지나쳤으므로, 황성연 혼자 독백으로.

'아무리 급해도 차량을 보면서 움직여야지.'

혓바닥을 끌끌 차면서.

'배춧잎 한 장이 뭐라고…… 휴우, 저러다가 사고라도 나면 멀쩡하게 운전자 책임으로 뒤집어 쓸 수도 있겠지.'

그런 생각으로 꽁시랑대는 중이었다. 어럽쇼? 여자가 사붓사붓 다가오더니 아까 주운 지폐 한 장을 황성연에게 불쑥 내미는 것이다. 아차, 그러니까 초면의 그 여자가 황성연의 주머니 속에서 빠져나간 돈을 주워주느라 아스팔트에까지 납작 엎드린 것이다. 황성연은 그 헌신이 너무 민망해서 숙였던 고개를 더 바싹 내렸단다. 엇, 또 우연한 일이 벌어졌으니, 둘이 같은 버스를 타는데 여자가 자꾸 갸우뚱거리며 뭔가를 생각하는 느낌이다. 게다가 내리는 정거장까지 같았으니 기가 막힌 일인데 이번에는 그 여자가 건널목 저쪽에서 뙤똑 서서 기다리는 느낌이다.

'왜?'

어리둥절한 채 갸웃갸웃 지나치려는데.

"혹시 황성연 선생님?"

깜짝 놀라 어리눙절 서 있는데.

"삭선여고 제자인데요."

그 말을 듣는 순간 수십 년 전의 아득한 기억들이 스크린처럼 주르르 펼쳐졌단다. 그러니까 37년 전 총각 선생으로 첫 부임지였던 그 학교의 제자라는 것이다. 그것만으로도 깜짝 놀랄 사태인데 아, 그미가 바로 내가 누워 있는 요양병원 간호사였으니, 거짓말 같은 반전의 연속이다.

'주머니에서 돈 흘리기 → 낯선 여자가 무리하게 찾아주기 → 같은 노선의 버스 승차 → 37년 전의 제자 → 모친의 요양병원 근무 간호사'.

우연의 일치로도 믿기지 않는 사건 전개이다. 그 후 아들 부부가 면회 때마다 동행도 해주었고 더러는 아무도 없을 때도 그 간호사 혼자 찾아와 귀엣말로 내 아들 이름을 불러 마음을 설레게 했다.

"황성연 선생님."

일단 아들 이름을 부르면서 내가 정신을 차리게 한 다음.

"하루 잘 지내세요. 굿모닝 되시고요."

간호사들이 젊은 날 대학병원 같은 곳에서 근무하다가 나이가 차면서 요양병원 쪽으로 옮기는 도정이 있다는 것도 처음 알았다. 차남 황성연과 동행으로 대화를 나눌 때 박 간호사 왈.

"제가 이 병원에서만 8년째예요. 처음 근무 때 노인분들이 110명이었는데 그분들 중 70명 이상이 지금까지 살아계셔요. 90세였던 할아버지가 98세이니, 100세 시대라는 게 당연한 느낌이지요."

아니, 초고령자만 있는 게 아니라 60세 환자도 있고 심지어 48세 뇌졸중 환자도 입원했다니 남녀노소 불문이다. 침대에 누위 그 희망 없는 시간을 보내며 떠나는 날짜까지 생명을 연장하는 것이다. 나도 그렇다.

오늘도 박순재 간호사가 귀엣말로 '굿모닝이에요. 어머니' 첫인사로 속삭이더니 5분쯤 머무르다가 갔다. 10시부터 11시까지 병원 라운딩이 끝나자마자 내 자리에 머물러 한참을 이야기한다. 그미 혼자 말을 하고 나는 듣기만 하는 그 시간도 감사하기 그지없는 박 간호사의 사연이 이따금 흥미롭기도 한데.

"5층 조인호 할아버지는 한학을 공부하신 분이라 책의 수렁에서 헤어나지 못하시니 병원 시간이 아주 잘 가지요. 어떤 때는 나에게 설록차라도 한 잔 대접해야겠다며 몸을 일으키려 하지만 방법이 없으니 딱 거기까지지요. 원래 과묵해서 아내에게도 무뚝뚝했답니다. 이제 와서 망자가 된 아내와 따뜻하게 지내지 못했던 걸 후회는 하지만 이미 지나간 일이지요. 입원 3년차에 아들들이 집을 팔아 죄다 정리했으니 돌아가는 게 불가능하시답니다. 그걸 끔뻑끔뻑하며 '나 돌아갈래, 돌아살 서야' 하는 거지요."

그러다가 내 머리를 한번 쓰다듬더니.

"날 보고 고백하는데 진심이 뚝뚝 떨어지는 거예요. 당신이 이 세상 떠나기 전에 나이팅게일 여자랑 데이트라는 걸 해보고 싶은 게 소원인데, 저를 보고 한 번만 시간을 내달라네요. 손잡고 거리도 거닐다가 따뜻한 차도 한잔 마시고 싶다고 하셨으니 낭만도 있는 분이지요. 그런데 어머니도 아시지요? 이 병원에서는 보호자 동의 없이는 절대 바깥에 나갈 수 없어요. 나는 그냥 무심히 퇴근을 했을 뿐이랍니다. 이튿날 병실에 갔더니 할아버지 혼자 짐을 싸는 몸짓에 빠져 있는 거예요. 나를 휙 노려보더니, 나이 90에 젊은 여자한테 바람을 맞고 무슨 낯으로 병원에 있을 수 있겠냐면서 당장 집으로 돌아가겠답니다. 하지만 조인호 할아버지네 집은 이미 사라졌어요. 자식들이 벌써 집을 팔았으니 짐을 싸도 돌아갈 거처가 없는 거지요. 제가 '할아버지 집이 없는데 어쩌나요' 했더니."

그 순간 박 간호사는 목이 메는지 숨을 멈추더니.

"자연이 내 집이야. 원래 그 자리로 돌아가는 길이 멀지 않으면 좋겠어,라고 말씀하셨답니다."

그 말을 듣는 순간 '나도 빨리 자연으로 돌아가고 싶다'고 소스라치긴 했으나, 자연은 아직 나를 받아들이지 않는다. 이제는 무서운 것도 없다. 85세 즈음의 한때는 고독사가 무서웠는데 지금은 그 고독사조차 그립다. 비행기나 여객선 사고처럼 비극적 참사로 설왕설래되는 게 차라리 부러울 때도 있다. 입원 이틀 만에 세상을 떠난 사돈 양반도 부럽고 숙취의 새벽 등반에서 심정지로 떠난 둘째 아들의 친구도 부럽다. 그리고 지금은 여전히 가족이 그립다. 면회 온 식솔들이 바로 옆에 찰싹 붙어 있을 때도 여전히 그리움에 사무치는 것이다.

개척단

스각 스스각.

슬리퍼 끄는 소리로 다시 하루가 사분사분 열린다. 그 발자
국의 주인공을 낱낱이 구분하면서 두근두근 설렌다는 사실을
아는 사람은 없다. 그러나 나는 정확히 듣고 섬세하게 구분한
다. 화장실 물 내리는 소리 그리고 옆 침대 환자의 숨소리 횟수
까지 헤아리면서 나의 심장박동이 오르내린다는 걸 아무도 눈
치채지 못하는 게 당연하다. 혼자서만 아슴아슴 가슴 여미는데.

지금 저 소리는 아침 영양제를 채우기 위해 다가오는 간병인
소리가 틀림없다. 당뇨 예방용 그린비아를 주입 시키던 그 주
사기로 콧구멍 수분을 보충시킬 것이다. 당뇨건 고혈압이건 나
로서는 전혀 관심 없는 처방이지만, 정오에 맞춰 음식물이 투

입되어야 또 하루의 목숨이 연장된다. 그렇게 네 시간 동안 영양분으로 비축되어 식도와 내장을 거쳐 모진 생명을 지탱하는 삶이 아프면서 진해지는, 그게 인생이다.

가족들을 기다리는 것도 나 혼자만의 비밀이다. 처음 입원 때는 친척이나 한동네 사람들까지 간간이 문안을 왔었다. 그러다가 대산에서 양조장을 운영하는 큰댁 조카 부부가 찾아온 게 외부인으로선 마지막 면회가 될 것이다. 언제부터였나, 이웃은 물론 가까운 친척들의 발걸음까지 사라진 것이다. 괜찮다. 그래도 괜찮다. 그 바쁜 일상의 틈새에서 면회 한번 오는 것도 만만찮은 정성일 것이다. 그래서일까, 때로는 기다림의 시간이 아늑할 때도 있는데.

방앗간 사장이 된 필용 씨가 동네 사람으로선 마지막 방문이 맞다. 바나나 한 타래를 들고 와 손가락 반 마디만큼씩만 떼어 입에 넣어주려는데, 간병인이.

"안 돼요. 큰일나요. 당뇨 환자라."

하면서 제지하다가, 필용 씨의 눈빛이 안쓰러웠는지.

"정 그러면 아주 쬐끔…… 손톱만큼만."

타협하면서 진짜 손톱만큼만 떼어준 기억도 있다. 그 와중에도 바나나 껍질을 벗기는 필용 씨의 울퉁불퉁 근육질 팔뚝의 기억을 재빨리 떠올렸던 것 같다. 키가 크진 않지만 어깨가 딱 벌어지고 불뚝불뚝 숨을 쉬는 알통이 천상 상남자이다. 예전부터 쌀가마를 베개 들 듯 다루면서 남들과 근력의 차이를 보였으니 방앗간 일에 안성맞춤의 몸이다. 한때 그의 돌주먹 소문이 오래도록 회자되기도 했는데, 족히 50년은 지난 사건이다. 그가 개척단 사내들과 싸운 사연은 가까이에서 본 강 씨 할아버지 입에서 먼저 터졌고 곧바로 입소문을 타면서 동네방네 퍼진 무용담이다.

5·16군사정변 직후였을까. 갯벌에서 가까운 인지면 모월리 고즈넉한 동네로 어느 날부터 불도저와 철근 더미 소리가 쿵, 쿵, 쿵 울리더니 달포쯤 지나 푸른 막사 수십 개가 세워진 것이다. 그렇게 황무지에 박은 말뚝이 담장으로 변신한 채 마을 사람 모두의 출입을 금지시켰다. 처음에는 몰랐으나 사람들도 그 개척단의 실체를 막연하게나마 짐작은 했었다. 두들겨 패고 기합 주는 게 일상이 되는 강제 노역장이라는데.

윤보선 대통령과 장면 내각을 몰아낸 박정희 정권이 '구악일소'라는 명목으로 세운 수용소 막사 이름이 그 개척단이다. 라디오나 신문에서는 깡패나 소매치기 그리고 길잃은 소년이나 윤락녀 등을 갱생시키는 곳이라며 방송 마이크와 활자를 쓰나미처럼 쏟아내었다. 나중에 수용자들에게 경작한 땅을 배급해주니 그게 '갱생 작업'이라고 얘기만 들었다.

당연히 사실과 달랐다. 주먹구구식으로 닥치는 대로 끌고 온 사람들투성이란다. 마늘 판 돈으로 산 막걸리 몇 잔에 취해 막차를 놓친 채 끌려온 농부도 있고 밤길을 헤매다가 트럭에 태워진 조명등 수리공도 있다. 구두닦이나 넝마주이 심지어 통행금지 시간을 놓친 봉제공장 여공들까지 눈에 띄는 대로 끌고 왔다는 뒷소문이 사실일 수도 있단다.

그러다가 소재지 기관장들에게 처음으로 시찰을 시키더니 아이들 소풍 장소로도 딱 한 차례 문을 열기도 했었다. 국민학교 2학년인 차남 황성연이 그 개척단 막사로 소풍을 다녀오더니.

"총 든 군인덜이 똥장군 지던 사람한테 막 소리두 질렀어유."

그렇게 딱 한 번만 개방을 시켰고 다시는 문이 열리지 않았다. 따라서 그 개척단 사람들이 소재지 주민들과 제대로 마주친 적도 거의 없었다. 나 역시 직접 보지 못했으니 바로 옆 동네 사연을 신문이나 라디오에서 나온 정도로만 알 수밖에 없는 그런 시국이었다.

'악몽 씻고 부지런하게 살아간다'

'구리빛 얼굴, 의욕 넘친 개척'

'집 없는 천사와 거리의 여성들, 황무지 파헤치며 행복한 둥지를 마련한다'

그즈음 필용 씨가 그들과 드잡이를 벌인 것이다. 처음에 강 씨 아저씨한테 나 혼자만 들었을 때는 입을 꽉 다물었는데 어럽쇼, 며칠 사이에 그 장바닥 난장 소문이 동네방네 죄다 퍼져 버렸단다.

쿠데타 직후, '군인들에게 머리 숙여야 산다'는 소문이 좌르르 돌던 시국이다. 당장 공무원들의 복장부터 달라졌다. 재건복이라는 골덴복으로 통일시켰고, 인사도 '안녕하세요?'에서 '재건합시다!'로 바뀌던 즈음이다. 공직자인 남편 역시 이부자리에 누워 뭔가를 연신 중얼중얼 외우기에.

"뭐유? 눈코 뜰 새 없이 외우는 게."

"혁명 공약, 이거 못 외우면 선생이구 나발이구 안 봐줘. 새파란 애기 군인덜한테 봉변당한다닝께."

도합 여섯 가지 항목을 제대로 암송하려면 머리도 어지간히 명석해야 하는데.

1. 반공을 국시의 제일로 삼고 지금까지 형식적이고 구호에만 그친 반공 체제를 강화한다.

2. 유엔헌장을 준수하고 국제협약을 충실히 이행할 것이며 미국을 위시한 자유 우방과의 유대를 더욱 공고히 한다.

3. 이 나라 사회의 모든 부패와 구악을 일소하고 퇴폐한 국민 도의와 민족정기를 다시 바로잡기 위하여 참신한 기풍을 진작한다.

'혁명 공약' 항목 3번까지는 그럭저럭 무난하게 외웠다. 그 다음 4번부터 헷갈릴 때마다 남편은 새우등 자세의 몸을 발딱 세우며 용을 쓰는 중인데.

"잠이 안 와유?"

남편이 짜증스럽게 돌아누우며.

"시방은 어지간히 외워지는데 막상 누런 지시봉이 몸을 툭 건드리면 머리가 하얘지더라구…… 지프 하나가 운동장을 가로질러 부릉부릉 교문으로 들어오는 거야. 새파란 소위 하나가 교무실에 등장하자마자 선생들 모두 수업도 중단하고 교무실로 모이는 거지. 그리고 자동으로 한 줄로 정렬을 하면 그 밥풀때기 하나짜리 애송이 소위가 빙빙 돌다가 갑자기 지휘봉으로 아무나 툭툭 건드리며, '당신!' 하며 한 사람씩 지명할 때마다 오싹 오그라들더라닝까."

교장님까지 바싹 얼어붙던 시대이니 평교사들은 당연히 좌불안석인데.

"혁명 공약 외워 보시홋! 그 지시가 떨어지자마자 재빨리 암송을 좔좔좔 뇌어줘야 해. 못 외우면 지적딩한 다음 곧바로 상부에 보고서가 올라가니 무슨 수모를 당할지 알 수가 없지. 앞으로는 반공(反共)에서 승공(勝共)으로 승공에서 멸공(滅共)으로 변신할 거라네. 공산당을 반대하는 반공에서 싸워서 이기는 승공을 넘어 완전히 박멸시키자는 멸공이니, 휴우, 지금은 납작 엎드려야 하는 시국이야. 박정희가 남로당 출신이었다는 얘기를 꺼냈다간 쥐도 새도 모르게 날아가는 세상이고."

그렇게 혼신으로 집중은 하지만 뒤로 갈수록 자꾸 문장을 놓치는 바람에 몸을 엎치락뒤치락 뒤집으면서.

   4. 절망과 기아선상에서 허덕이는 민생고를 시급히 해결하고 국가
      자주경제 재건에 총력을 경주한다.

그 대목에서 소소한 희망도 생겨날 뻔했다. 어쩌면 '군사정권이 들어서서 전쟁 후의 보릿고개의 공복을 극복시켜줄 수 있을까' 하는 기대로 세뇌도 되었던 것 같다.

   5. 민족적 숙원인 국토 통일을 위하여, 공산주의와 대결할 수 있는
      실력 배양에 전력을 집중한다.
   6. 우리의 과업이 달성되면 참신하고 양심적인 정치인들에게 언제
      든지 정권을 이양하고 본연의 임무로 복귀한다.

여섯째 공약에서는 스무 번 이상 식은땀 흘리며 암송하다가.
"나라가 안정되면 다시 민간인한테 정권을 인도하겠다고 선포했네. '나같이 불행한 군인이 다시는 나타나면 안 된다'며 한숨도 쉬었다는 박정희의 그 말을 믿어야 하나?"

그 엄혹한 시국에 정작 마을 사람 중에서는 개척단 내부를 들여다본 사람은 없었다. 그러던 어느 날.

"필용이가 개척단 깡패들을 메쌔렸다메유. 강 씨 할아버지가 봤다는디."

수군대는 소리가 들리면서.

"이미 소문 난 사달이지. 언제 복수하러 올지 모르니 우리 동네 사람들 죄다 입단속 잘혀야 허구유. 괜히 소문이 들어갔다간 마을이 아작 날 수 있당께. 개네들이 각다귀 떼처럼 쳐들어오면 우리 농투성이로선 대책이 읎응께."

필용 씨 혼자 방앗간에 쌀가마 털어놓고 귀가하던 중이었단다. 신작로에서 봉학리와 한머리 양쪽으로 갈라지던 그 세 갈래 길이 맞다. 첫 골목을 돌아 꺾는 찰나 하필 술 냄새 풍기는 개척단 사내들과 어깨가 딱 부딪친 것이다. 필용 씨의 키가 작으니 밤길에서는 쉽게 얕봤을 수도 있다. 그러나 웬걸, 찰나의 주먹과 발길질 몇 방으로 개척단 서너 명이 코피 터지고 이빨까지 부러졌다는 무용담이다. 그 소문이 퍼지면서 필용 씨는 특히 꼬맹이들의 전설적 영웅으로 입에 오르곤 했는데.

기와집 머슴 강혁동 씨가 복숭아 한 상자를 차부에 떼어놓고 손수레 끌며 돌아오던 저물녘에 보았단다. 좁은 골목길에서 개척단 사내들과 마주쳤을 때 필용 씨가 길을 슬쩍 비켜섰는데 하필 어깨를 툭 부딪친 게 이유였다. 덩치 큰 사내 대여섯 명이 식식대며 시불시불 다가왔단다. 강 씨도 '엇, 수상하다' 하며 재빨리 촉을 세우며 저만치서 시커먼 그림자들끼리 시헐시헐 소리로 밀고 당기는 것만 보았단다. 마주 선 작달막한 사내도 피하지 않고 만만찮게 노려보는 일촉즉발의 장면이다. 큰 덩치 대여섯이 작은 사내 하나를 에워싸더니 입맛을 쩍쩍 다시며.

"째려보는 눈빛 점 봐용. 무샵징?"

키 작은 사내의 어깨를 툭툭 건드리더니.

"짜샤. 뒈질라구 환장을 했남? 재밌네. 쫌 있다 보면 우리가 요 새끼 앞에서 무릎 꿇고 싹싹 비는 거 아닝가? 깡패 영화처럼…… 풋풋."

손바닥이 볼 아래로 내려오면서 키득키득 바라보는 중이었다. 강혁동 씨는 순간적으로 '아차, 필용이구나!' 알아채면서 겁부터 덜컥 쏟아졌다. 먼발치 그대로 거리를 띄운 다음 몸을 낮춰 주시하는 순간.

"눈 깔으라! 샤발놈."

키다리 사내 하나가 필용이의 머리를 잡아당겼다. 작은 몸이 재빨리 고개 숙이는 찰나 헛손질을 한 사내의 몸이 휘청 흔들렸던 것 같다. 구경꾼 강 씨의 뇌리에.

'아이코, 벌어졌구나.'

옷섶을 두근두근 여미는데.

"으악!"

어럽쇼, 곰처럼 덩치 큰 몸 하나가 솜이불처럼 허공에 번쩍 들려진다. 그 육중한 몸집을 필용이의 어깨에 걸쳤다가 허리 아래로 홱 패대기치는 것이다. 동작도 빠르지만 힘 자체가 놀랍도록 좋았다. 골목 뒤에 숨은 구경꾼 강 씨의 눈동자가 휘둥그레지는데.

쾅.

등짝부터 바닥에 떨어지면서 초가집 담벼락이 빠지자 흔들렸다. 그 순간 필용이의 고무신 밑창이 넘어진 사내의 얼굴을 박박 짓밟으면서 비명이 '왁으악' 터졌다. 뒤쪽의 패거리 하나가 '어, 어' 하며 달려드는 순간 필용이의 왼덧걸이에 걸리면서.

"악!"

시궁창까지 데굴데굴 뒹굴며 대가리를 처박더란다. 곧이어 달려들던 털복숭이 사내도 필용이의 '낭심 차기'에 걸리면서 사타구니를 잡고 폴짝폴짝 뛰다가 쓰러졌다. 옆구리로 매달린 떠꺼머리 사내까지 박치기 한 방에 저만치 나가떨어졌으니 순식간에 서너 명을 날려 보낸 셈이다. 우르르 달려들던 개척단들이 우뚝 멈춰선 건 필용이의 손에 들린 작대기 때문이다. 바로 그때 철근 실은 트럭 한 대가 신작로 가운데로 질주한 것도 묘수처럼 이용되었다.

무시무시한 제무시* 트럭이 골목 앞을 통과하기 직전, 필용이가 신작로를 가로지른 것이다. 깜짝 놀란 기사가 브레이크를 밟지 않았더라면 1초 차이로 트럭에 치여 죽었을지도 모른다. 다시 시동을 켜며 부릉부릉 움직이는 바람에 개척단 패거리들이 '어, 어,' 소리만 지르다가 추적의 꼬리가 끊어졌다. 그사이에 저만치 도망친 필용이가 신작로 개울 아래쪽으로 다람쥐처럼 몸을 빼더니 순식간에 사라진 것이다. 자기네 집과 반대 방향 쪽으로 길을 탔으니 재빠른 판단력으로 족제비처럼 빠르게 사라졌고.

"잡아랏, 시발 색기."

소리치며 길목을 건넜을 때는 흔적도 없이 사라진 이후였다. 광분한 개척단 사내끼리 이 골목 저 골목 뒤졌으나 오리무중이 되면서 '닭 쫓던 개'가 되었다. 필용이의 노루발 달리기가 위낙 빠르기도 하지만 그믐달 어둠으로 두어 발자국 앞조차 보이지 않은 탓도 있다. 허탈해진 불량배들이.

"어디로 갔지? 코딱지만 한 새끼, 개박살 내야 하는데."

그러다가 강 씨의 수레를 탁 가로막으며.

"아저씨, 금방 여기 쬐끄만 놈 아시훗? 한동네 맞쥬? 대답하

* GMC 트럭의 일본식 발음.

208

숏. 대답, 대답!"

강 씨는 순간적으로 '엮이면 큰일이다' 판단하면서.

"나는 복숭아 떼놓고 집에 가는 시골 농부인디, 고함 소리 땜시 근양 와본 거유. 뭔 일이 있었대유?"

시치미 떼면서 한술 더 떠.

"내 집은 저 냇물 건너편이닝께 반대 방향인 저쪽 동네 사람덜은 낯짝두 생판 모르오."

어리벙벙한 표정을 지으니 더 이상 닦달하지 않았단다. 개척단 청년들은 자기네끼리 몇 차례 더 시불시불거리다가, 다행히.

"점호 놓치면 골치 아퍼진다. 대장 새끼가 난리 치기 전에, 니미럴, 빨리 개척단으루 돌아가야 돼."

"똥 밟은 셈치고 돌아가자. 시헐."

"사발놈, 다음에 망치로 호박을 부숴버려야지."

그 소리를 들으며 사내들이 개척단 패거리라는 걸 알게 되었단다.

그 무용담이 눈덩이처럼 불어나면서 필용이의 몸값이 애느벌룬처럼 부풀어졌더란다. '선방치고 도망치는데 성공했다'라는 소문이 슬그머니 지워지는 대신 '17대1의 싸움에서 승리한 영웅'으로 부풀려진 것이다. 몽둥이 사이로 비호처럼 헤치면서 옆차기, 뒤차기와 회전돌려차기로 슝방슝방 날아다니더란다.

독수리 발톱 뽑기와 고양이 발목 치기로 다섯 명이 고꾸라지자마자 나머지 모두 무르팍 꿇고 자동으로 싹싹 비비더라고 뺑튀기가 되었다는데.

"원래 개척단 무리와는 싸움 상대가 안 되는 거여. 필용이는 장사 체질인데다가 워낙 빠르게 도망쳤으니 후환이 없는 거지."

나중 얘기지만, 남편 황구원이 무심하게 한마디 던지자.

"그 인간덜, 끌려온 사람들이 아니라구유."

개척단 출신 김태길 씨가 정리를 해주었다. 그는 소장의 마음에 들어 모범생 몇 명만 딱 고르던 첫 기회에 특사로 빠져나온 후 뜬돌면에 정착한 유일한 사내이다. 방물장수의 딸인 장리 여자와 결혼 후 7년이 지났으니 이제는 완전 토박이로 변신했는데.

"미국에서 백인 여자하구 결혼허먼 미국 사람 되는 거닝께. 나두 토박이 여자하고 결혼해서 여기루 정착했으니 뜬돌 사람 된 거지요. 토착민 취급헤주는 거쥬."

김 씨가 설명하지 않았더라면 사람들은 그냥 거기에 수용된 부랑아인 줄만 알았을 것이다. 다시 손바닥을 탁탁 털어내며.

"거기 잽혀온 사람덜은 외출이란 게 아예 읎다우. 생각해보시우. 외출만 시키먼 노역장에서 죄다 도망치지, 어떤 미친 늠이 거기 남어 있겠슈. 거기버덤 지독한 지옥은 읎응께 이판사판이쥬."

사람들이 '그렇네' 하는 표정으로 고개를 끄떡이자.

"은어터진 그 새끼들은 일명 구호반 경비대라우. 수용자들 감시하는 아주 악독헌 인간들이지. 탈출이라도 하다 걸리면 꽁꽁 묶어놓고 아주 반쯤 죽여놓는 악마 같은 눔덜…… 맞아 죽어두 서류 몇 장 고쳐 쓰면 해결되더라닝께유. 저는 필용 총각이 너무 좋아유. 뚜딜겨 패구 도망친 행위 하나만으루두 훈장 몇 개 달아주구 싶은 심정이우. 왕주먹 필용 씨, 파이팅이우."

재떨이에 담배 꽁초를 비비더니.

"신문에 나온 미담 사례는 죄다 뻥인 거 이제는 알쥬. 오륙 년 지났으니."

"강제 결혼시킨 사람덜두 깡패나 윤락녀가 아니라우. 우이 씨."

그 말을 던지는 김태길 씨의 눈빛이 번갯불처럼 쏟아져서 하마터면 내 남편한테 한 대 휙 날리는 줄 알았을 정도이다. 김 씨는 한숨을 푹푹 쉬더니.

"얼떨결에 잡혀 와 트럭에 실리자마자 대가릴 푹 박게 시켰으니 워니가 워닌지 몰르고 그냥 고삐에 묶여 슬려온 거라우."

그러더니 눈시울이 발그레 젖은 채.

"나두 그류. 술 취한 아버지 피혜서 야밤에 빤쓰 바람으루 골목길 뛰쳐나왔다가 낚인 거유. 내 나이도 열일곱이 넘었으니 성격이 불처럼 타오를 때 아닙니까? 도망치지 않으면 냅다 붙어서 집안 뒤집어엎을지도 몰라 일단 몸을 피했는데, 하필 군인들 올가미에 딱 걸려서."

"막 패담?"

남편이 눈을 동그랗게 뜨는 바람에 나까지 뜨개질 바늘코 내리며 뙤똑 쳐다보았다. 김 씨가 일장 연설을 시작하는데.

주정뱅이 아버지의 매질을 피해 확 밀어부친 다음 무조건 대구역으로 도망쳤단다. 옷차림이 너무 꾀죄죄한 탓이었을까. 경부선 상행 열차를 탔다가 생뚱한 인간들의 덫에 걸린 것이다. 앞자리의 직업군인 복장의 사내 두 명이.

"집을 나왔니?"

고개만 설레설레 흔들었는데 두 사람 모두 눈빛부터 만만치 않은 표정이었단다. 그들이 주는 음료수를 냉큼 받아 아주 달게 마시고 깜빡 잠이 든 것 같더란다. 나중에 어깨를 툭툭 치는 바람에 깨어나 여차저차를 거쳐 홍성역 어디쯤이었다는 것만 기억한단다. 얼떨결에 트럭 뒤에 올라타 다시 밤길을 덜컹덜컹 달리는 바람에.

뭐가 잘못되었구나.

무르팍 쳤을 때는 이미 늦은 것이다. 게다가 속이 텅 빈 창자가 뒤집히면서 노란 타액만 쏟아지는 바람에 더 정신이 없었단다. 하여, 트럭에서 내리자마자 싸— 하게 쏟아지는 갯벌 냄새에 머리가 어지러웠단다. 그 순간 군복 사내 열댓 명이 우르르 달려드는데 너무 놀라 눈을 감고 머리 싸매는 것 이외에는 방법이 없었다. 멍하니 서 있는 앞으로 몽둥이가 춤을 추는데 도통 정신을 차릴 수 없는 것이다. 너무 맞아서 나중에는 아픈 느낌도 사라졌는데 며칠 후에야 온몸이 뒤틀리게 쑤셨다. 김태길 소년보다 훨씬 어린 열두어 살 구두닦이 소년도 있었고 봉제공장에서 일하다가 통금을 놓쳐 끌려온 소녀도 하나 있었단다.

이튿날부터 폐염전을 논으로 개간하는 작업에 투입되었다. 할당 분량을 채우지 못하면 싸대기를 날리고 곤봉으로 닥치는 대로 내리쳤으니 반항이나 거부할 엄두조차 낸 적이 없었다. 실제로 죽는 사람도 보았다. 일하다 죽고 매 맞아 죽고 토비산 바위 폭파 작업 중 구르는 암석에 깔려 죽기도 했다.

수원에 살던 소년 하나는 함께 막사에 끌려왔던 아버지를 잃었다. 서울 사는 개척단 단장이 자기네 집에 다녀올 때 심부름꾼으로 동행시켰는데 다시 돌아와 보니 부친께서 사라졌단다. 사무실 직원의 말대로 아버지가 막사 담장을 넘어 도망친 줄만 알았는데, 그게 아니있다. 아들 몫의 건빵을 몰래 한 봉지 더 빼려고 줄을 섰다가 들키면서 무차별로 두들겨 맞아 죽었는데 그걸 숨긴 거였고.

입원 1,112일째.

또 하루가 지나고 밤이 깊었다. 날이 밝으면 저마다 가야 할 길이 있겠지만 나는 없다. 딱 하나가 있다면 가족들을 기다리는 거지만 그래봤자 평일 날짜는 기다림을 포기한 지 오래다. 남은 자식 다섯이 달력의 빨간 숫자에 맞춰 주말마다 면회를 오므로 오늘 같은 까만 숫자에는 혼자 누워만 있는 게 당연하다. 언제부터였나, 휠체어조차 금지되면서 가족들이 문병을 와도 병실에 누운 채 멍하니 바라만 봐야 한다.

그래도 침대 머리맡에서 누군가가 내 눈동자를 주시하고 있다는 점이 엄청난 차이가 된다. 말 한마디 나누지는 못하지만 나에게는 자식들의 심장박동까지 죄다 들리는 것이다. 쳐다보는 피붙이의 눈동자에 내 얼굴이 선명하게 비치는 걸 확인하면서 두근두근 심장을 여미기도 한다.

'안녕히 계셔요. 또 올게요.'

몸을 돌리다가 순간적으로 내 눈빛에 고인 눈시울을 발견하고는

'엄마가 우신다.'

차마 발걸음이 떨어지지 않는지 잠깐 더 머무르기도 하지만 면회 시간을 합쳐 총 30분을 넘길 수는 없다. 그러다가 즈이끼리 나누는 카톡 문자로.

'작별 인살 드리려니까 눈시울이 넘실넘실 젖는 거예요. 아직은 인지 능력이 살아 있다는 거지.'

214

남자와 여자의 심성 차이랄까, 딸들의 방문 횟수가 더 많았고 눈빛도 열심히 맞추고 손목 어루만지는 감촉도 다감하니 몸의 촉수 농도가 다르다.

내가 낳은 자식은 본래 일곱이었는데 하나는 30년 전에 집을 떠났고 하나는 먼저 세상을 떠나면서 다섯만 남아 있다. 대개의 부모들이 그렇게 다산을 했고 그중 몇몇은 중도에서 죽거나 끊어지는 게 흔했던 시대이긴 하다. 태어나자마자 죽기도 했고 몇몇은 대처로 나갔다가 소식이 사라지기도 하고 더러는 그럭저럭 성장하다가 돌연 전염병으로 먼저 떠나기도 했다. 그리고 오래도록 명을 누리더라도 결국 막판에 병원에 누워 가족 면회나 기다리는 신세가 된다. 내가 그렇다. 딱 하나, 첫째 성실이의 기다림만 포기했는데.

전쟁

맏손주의 스물두 살 시절 즈음일 수도 있는데 기억의 시점이 자꾸 가물거린다. 언제부터였나, 아주 오래된 사연은 갈수록 더욱 선명해지는데 며칠 전의 기억은 저울처럼 흔들거리니 불안한 조짐이다. 더러는 80년 전인지 두 달 전인지 시계추의 측량이 헷갈릴 때도 있으니 그게 늙어가는 징조이다. 8년 전 어느 날.

'할머니, 6·25 때는요?'

사범대 국어과에 다니던 맏손주가 묻는 것이다. 아비를 닮아서 그런지 과거사에 대하여 알고 싶은 게 많지만, 나로서는 가장 떠올리기 싫은 기억의 점철이다. 저승길을 향한 9부 능선도 훨씬 지났는데 하필 70년 넘게 지난 세월의 상처를 또 뒤집어야 하는가? 내 나름의 영민한 기지로 모면한 위기였지만 결국 어린 자식에게 상처가 된 아픈 사연이라서 더 꺼내기가 고통스러운 것이다. 기실 여기서 밝히는 사연도 감출 건 죄다 감춘 채 빙산의 일각만 털어내는 것이니 아주 작은 일부일 수밖에 없지만.

6·25전쟁, 배달 민족끼리의 그 동란 사태.

일제에서 해방만 되면 모든 게 해결될 줄 알았지만 전혀 아니었다. 승전국 미국과 소련이 패전국 일본 땅을 절반으로 나눈 게 아니라 엉뚱하게 식민지였던 한반도를 절반으로 가르면서 피비린내 동족상잔이 벌어진 것이다. 처음에는 삼팔선을 경계로 소소한 국지전 몇 사태가 스치는가 싶더니 순식간에 화염 연기와 비명의 장막으로 송두리째 덮었다. 동시에 마을마다 유지되었던 기존 질서의 판도를 단칼에 바꿔버렸으니 무시무시한 동족상쟁이다.

신작로 고랑 여기저기에서 데굴데굴 구르는 머리통들을 발견한 이후 마을 사람 모두의 몸이 꽁꽁 얼어붙었다. 이 난세에서는 무조건 살아남는 게 중요했으므로 설령 좌나 우에 섰더라도 이념이 근본 사안은 절대 아니었다. 하여, 아예 몸을 숨기는 방법 아니면 힘이 쏠리는 어느 한쪽으로 변신하거나, 둘 중의 하나를 재빨리 택해야 했다. 태어나서부터 지금까지 계속 그렇게 힘의 균형과 눈치를 봐야 했다. 그동안 이어지던 판세가 홀라당 뒤집히면서 딴 세상으로 완전히 바뀌는 세파를 수도 없이 겪었으니.

겉눈질로 조마조마 견디던 전쟁통 즈음에 돌발 변수가 터진 것이다. 지게 목발 두들기며 콧노래나 부르던 순둥이 김병남 청년이 돌연 노란 완장으로 등장하면서 뒤집힌 세상이 실감났다. 지공면 어디 골짜기 출신으로 원정 머슴을 올 때만 해도 성품이 순박하다고 소문난 청년 하나가 표정을 싹 바꾼 것이다. 어느 날 그가 완장 하나 두르면서 한머리 실세로 뚝딱뚝딱 변신했으니.

성구 삼촌이 재빨리 부산행 피난길로 몸을 감출 때까지 남편 황구원은 엉거주춤 움직이지 못했다. 인민군 군홧발 소리가 신작로에 들리는데도 그저 우왕좌왕하는 중에 일단 내가 생강굴 속에 숨기면서 몇 달 동안 기거할 수밖에 없었다. '난세에는 잠수를 타는 게 살 길이다'라는 남편의 판단에 따라 출구를 판자때기로 덮었고 그 위에 궤짝을 얹어 은폐시켰으니 조금은 감쪽같은 위장술이다. 내가 새벽마다 한 차례씩 밥을 나르고 요강을 바꿔주며, 숨어 살던 어느 날.

'삐걱'하며 문짝 열리는 소리와 군화 발자국 '쿵, 쿵' 소리가 연달아 들리면서 낯선 사내들의 틈입이 시작되는가 싶었다. 윗

218

마을 병남이가 인민군 두 명을 끌고 사립문을 밀치고 들어왔으니 놀라운 일이다. 하나는 허우대가 길쭉하고 따발총이 흘러내릴 듯 어깨가 좁았으며 또 한 명은 작달막하지만 어깨가 떡 벌어진 다부진 몸이다. 늙은이들을 제외하고 사내들 모두 흔적 없이 숨어버렸으므로 마을 전체가 오싹한 고요, 고요에 빠졌는데.

나는 완두콩 넝쿨을 고르는 중이었다. 곡식 중에는 보리가 가장 빠르지만 그냥 먹거리에서는 하지감자가 가장 빠르고 콩 중에서는 완두콩 수확이 가장 이르다. 얼핏 나 혼자 태연히 콩을 터는 것처럼 보이게 하는 것도 나름의 위장술이다. 그들이 들어오거나 말거나 포대기 두른 채 완두콩 넝쿨을 걷는 족족 꼬투리만 따는데, 다짜고짜 나타나.

"여맹위원장을 하시오."

웬 '봉창 두들기는' 소리에.

"무슨 말인지요?"

"브르조아 사상 반성도 할 겸."

"반성요?"

일부러 표준말로 새초롬하게 대꾸한 다음 손가락질을 피하며 살구나무 풋열매를 바라보는 척 눈길을 돌리는데.

"학교 훈장이잖수? 반동 계급 가능성이 농후하오."

나뭇잎 서걱이는 소리가 일제히 멈추면서 늪 같은 고요에 빠졌던 것 같다. 목에서 쇳소리가 흐르는 병남이의 표정이 도저히 감당이 안 될 것 같은 느낌이다. 그렇게 나 혼자 허둥지둥대는 찰나, 웬걸, 사랑방 문 열리는 소리가 벌컥 침묵을 깨었다. 문고리 부딪치는 '딸캉' 소리와 함께.

"네가 감히……."

고희의 시아버지가 노여운 표정으로 나타난 것도 섣부른 판단이다. 무작정 소매를 부르르 떨면서.

"어찌 우리에게 반성 운운을…… 흐으."

일단 노발대발 소리를 치긴 했으나 총 멘 군인들을 만나면서 금세 기가 죽어 말의 뒤끝이 흐려진 것이다. 게다가 병남이가 눈썹 하나 깜빡이지 않고.

"인제 나오시훗? 아들내미가 어디 숨었냐구요? 이 험한 난세의 인민에게는 먹물 먹은 식자(識者)들 사상 변화가 엄청 중요하단 말이웃!"

그러더니 괜히 바지게를 밀어붙이고 작대기를 번쩍 들어 마루도 툭툭 친다. 광이나 나뭇간 여기저기를 꾹꾹 찌르며 히죽거리는 게 예전의 순둥이 표정이 전혀 아니어서 바싹 긴장이 된다. 여기저기 쑤시다가.

"뒤주에 숨었나?"

그가 바싹 다가서서 손바닥으로 시부의 가슴을 슬쩍 밀어버리자 노인네 굽은 등이 뒤주까지 밀려났다. 무섭다. 감나무 삭정이 소리까지 납작 엎드린 채 고요의 늪에 빠졌다. 읍내에서는 이미 그런 식으로 새까맣게 맞아 죽은 사람만 여럿이라는 소문도 들었던 터이다. 깜짝 놀란 시아버지가 눈을 아래로 떨구며.

"천안으루 출장 갔다가 길이 끊어진 거야. 일부러 숨거나 숨긴 건 절대 아니니 봐주시게. 그간의 인정으로."

병남이 청년이 혓바닥을 쩝쩝 다지며 더듬더듬.

"네남 읎는 펭등의 시상으루 바뀌었다우. 제국주의 침략자 몰아내고…… 펭등 세상 건설하려는 우리가 멀쩡헌 인민들 잡아서 치도곤 때리지는 않겠지만, 그레두 너무 나대는 게 걸리면, 휴우, 시방 같은 사변통에…… 그다음은 나두, 흐흐흐…… 뭔지 알쥬?"

나를 노려보는 눈매가 무서워 고쟁이에 오줌도 몇 방울 지린 것 같다. 그러나 여기서 끌려 나가면 절대로 안 된다. '난세 때는 무조건 피해야 한다'던 남편의 조심성 당부가 다시 퍼뜩 떠오르며 한 발자국 물러서는데, 돌연 나를 쳐다보며.

"여맹위원장으로…… 여기 몽매한 마을만 이끌어주면 모두 해방으로 성큼 진일보되는 거라오. 어떻소?"

순간 머릿속으로 묘수 하나가 퍼뜩 떠오른 깃이다. 손가락을 뒤로 빼서 갓난아기가 업힌 포대기를 재빨리 헤집었다. 등허리에 큰아들 성실이의 보들보들한 속살의 감촉이 잡히자마자 아주 아프게 꼬집은 것이다. 내 손톱이 성실이 엉덩이 맨살에 파고드는 느낌으로 내 마음까지 오싹하는 찰나.

"우아아아앙."

자지러지는 아기 울음소리에 때까치 한 마리가 날개 치면서 삭정이 몇 개가 푸시시 떨어졌다. 병남이도 갑작스런 울음소리에 뜨악한 표정을 짓는다. 그 순간을 놓치지 않고 나는 재빨리.

"보시홋! 나는 우리 아기 때문에 한 발자국도 움직일 수 없다우. 애기 이마빡 열을 만져나 보시우. 불덩이처럼 펄펄 끓고 있잖수?"

실제로 두 살 성실이의 이마가 부뚜막처럼 후끈 달아오르는 중이었다. 병남이를 따라온 인민군 두 명도 아기 울음이 당혹스러웠는지 갸웃갸웃 몸을 돌리려는 표정이다. 살았다. 그렇게 남편이 들키지 않은 건 정말 천운이요 천만다행인데.

그때 꼬집은 엉덩이의 흉터가 치명적인 상처가 되었다. 이제 겨우 돌 지난 큰아들의 엉덩이에 손톱자국이 움푹 패어 피범벅이 드러나면서 가슴이 미어지기 시작했다. 그날 밤 자다가도 갑자기 벌떡 일어나 신열이 잉잉 달아오르는 몸으로 우왕우왕 터뜨린 것이다. 그러니까 갓 난 피붙이의 속살에 진한 상흔을 남긴 건 순전히 내 책임이다. 그 흉터가 영원히 지워지지 않아 가슴이 더 아팠고, 나중에 아들이 집을 나간 것도 순전히 그 상처 때문일 거라며, 나는 지금 요양병원 침대에서까지 괴로워하고 있으니.

만손주의 다음 질문이 나오기 전에 내가 먼저.

"세상이 또 뒤집혔어. 낙동강까지 밀고 오던 북한군이 퇴각을 한 거여. 맥아더가 느닷없이 한반도 허리를 파고들자 쫓기던 좌익들이 우익들을 모아놓고 총을 겨누는 거야. 그 반대로 인민군의 강요로 감투 하나 덥석 받았던 사람들은 서울 수복 이후 빨갱이로 몰려 거꾸로 엄청난 욕을 치렀어. 굴비처럼 묶여 끌려가 무릎 꿇렸다가 계곡에 일렬로 쪼옥 늘어서서 자기가 묻힐 구덩이를 팠으니…… 세상이 뒤집히고 또 뒤집히면서 멀쩡히 지내던 이웃끼리 두 패로 갈라져 쫓고 쫓기는 운명이 된 거여."

난세는 인간의 심장마다 악마를 심어놓았다. 제주도가 가장 무시무시했지만 여수나 순천, 대구까지 전국 요소 요소에서 죽고 죽이는 공포의 도가니가 터진 것이다. 충청도 공주의 왕촌이나 대숫골, 대전 산내 골령골에서도 골짜기에 구덩이 판 다음 짐짝처럼 쑤셔 넣고 총도 쏘았다고 생생하게 들었다.

"공주고보가 느이 할아버지 모교이잖니? 강나루 지나 왕촌에선 구덩이 속에서 좌익들이 총 맞아 숙고 대숫골에선 똑같은 사태로 우익들이 죽었어. 부여 구룡에서도 좌익과 우익이 서로 쏘고 찌르면서 모두 죽었지. 피붙이들은 그 후 수십 년을 원수로 보내면서도 입술 붙인 채 옴짝달싹 못했지. 모두 입 틀어막고 숨소리 죽이며 힘든 청춘 보내야 했어. 여차해서 누가 고발이라도 때리면 빨갱이로 몰려 자식들까지 험한 꼴을 당하니까. 그게 연좌제여."

주민들이 점령군의 군복 색깔에 따라 빨갛고 파란 깃발을 번갈아 흔들어야 했던 살얼음판 시국이었다. '시체에 석유를 부어 불을 지르자 그 속에 숨어 죽은 체하고 숨었던 청년 하나는 힘이 좋았는지 벌떡 일어서서 도망치다가 뽕나무 언덕에서 총에 맞아 세상 떠나기도 했어'라는 말이 간신히 나온 다음.

"나중 얘기지만……."

조급해진 맏손주의 눈자위가 바르르 떨리는 바람에 나까지 침이 바싹바싹 마르며.

"병남이도 느이 큰할아버지한테 시커멓게 두들겨 맞았지. 그러니까 느이 아버지의 백부가 작달막허지만 허벅지가 통나무 모냥 딱딱헌 무쇠 다리여. 기운이 장사였거든. 감나무 아래 무릎 꿇려놓고 작대기로 조져대니까 꿈쩍두 못 하더라. 그 기세 등등이란 게 죄다 뺵의 힘이니 완장 사내두 바람 빠진 풍선처럼 쪼그라드는 거여."

손주들이 다음 얘기를 연신 캐물으려 했으나 설레설레 흔들었다.

"세상이 수상혀지면 인심두 각박해지는 거여. 난세에 설친 사람들이 나쁜 게 아니라 시국이 인심을 흉흉하게 만든 거여."

흘러간 사연이 선명해질 때마다 그렇게 머리가 아프기 시작한 것이다. 세월이 흘러도 몇 가지 사태는 잊혀지지 않으니 지금은 자다가도 벌떡 일어날 판이었고.

입원 1,211일째.

95세 김순례 할머니가 먼저 떠났다. 아들이 면회 올 때마다 '오빠, 오빠' 하며 매달리려던 그 노파가 아침밥 비우자마자 그대로 떠난 것이다. 그 빈 침대로 하룻 만에 89세 이미라 노파가 자리를 채웠다. 지금은 이 307호실 전체에서 새로 온 그 노파 혼자만 핸드폰을 쓴다. 그미 역시 전화할 사람이라곤 자식밖에 없는데, 살짝 들리는 게.

"오지 마. 나는 잘 살응께. 그래두 집이 좋긴 하지. 큰아들 상원이도 있고 대학생 손녀 이서도 보고 싶지만 나는 집에 안 갈 테니 걱정 마. 생일날 바깥에 나가더라두 다시 병원으루 돌아올 거여."

그러더니 자식이 면회 온 오늘은 케이크 한 조각만 날름날름 먹더니.

"빨리 집에 가. 바쁘니까 가라구."

그렇게 모두 보내놓고 혼자 홀쩍홀쩍 눈시울 적시는 게 참 좋은 시절이다. 나도 저 때가 있었노라고 회상하다가, 문득.

"자식들은 관재수 맞지 않기를 바랐는데."

아들 황성연을 떠올리며 깊은 수렁에 빠진다. 그 둘째 아들

이 나이 서른에 관재수 한 방으로 이리저리 끌려간 적이 있었
고 4년 후 셋째도 자발적으로 한 방 세게 맞았다. 그렇게 '아닌
밤중에 홍두깨 벼락'으로 고즈넉한 소도시 전체가 뒤집혔던 것
도 악몽의 세월이다. 40년 지나간 사연이지만.

관재수 두 사연

요즘에는 자식이 7남매라면 기절할 숫자이지만 예전에는 그저 '다복한 수준' 정도의 식솔이었다. 나는 위로 아들이 조르르 넷이고 그 아래로 딸만 셋이니 남매의 배치가 조금은 특이한 편이다. 아들 하나를 낳기 위해 딸들을 예닐곱씩 조르르 낳던 쳇 밭둑 분이네와는 완전히 다른 구조였다. 전나무골 정자 씨네도 아들을 낳기 위해 안간힘을 썼지만 딸만 여덟 명째 낳고 생리가 끊어지면서 종을 쳤다. 그러기나 말거나 나는 첫아들부터 내리 넷을 낳았으므로 대를 잇는 걱정이 아예 없었고 오히려 '이번에는 딸이었으면' 하는 바람으로 자궁을 열면 또 고추 달린 사내아이가 태어나서 허탈했을 정도였다. 그중 첫아들과 막내딸이 곁을 떠났고.

둘째 황성연은 면회 때마다 표정을 숨기지 못하니 어린 날의 심약한 체질이 그대로 초로까지 이어지는 중이다. 잣나무 옆 굴뚝 앞에서『흥부전』이나『엄마 찾아 삼만 리』같은 고전은 물론『저 하늘에도 슬픔이』나『삭발의 모정』같은 순정 소설을 읽으면서도 닭똥 같은 눈물을 뚝뚝 흘리곤 했다. 라디오의『섬마을 선생님』이나『로맨스 빠빠』같은 명랑 연속극에서 살짝 스치는 청춘남녀 이별의 장면에도 혼자 눈알이 새빨갛게 울었으니 예민한 감성이다.

'아, 잠자리 집이다.'

모내기를 마친 논두렁을 걷다가 소리친 장면도 어리둥절한 표현이다. 그건 그림책에서 만난 기억의 연결이었다. 박정희 정권 초기, 농촌 바닥에서 그림책을 본다는 건 불가능한 얘기였지만…… 딱 한 집, 양조장집 큰댁의 안방에는 항상 그림책이 있었다. 아닌 게 아니라 그 표지 사진에서 시퍼런 벼 이파리 사이로 잠자리 몇 마리가 날개 치던 풍경이 어렴풋하게 떠오르긴 했다. 그렇게 아, 하는 감탄사를 들으며 내가 '아이의 몸에서 빛이 분수처럼 쏟아진다'는 사실을 처음 알았던 날이기도 하다.

오꼬시 공장으로 어느 정도 성공한 아즈버니가 천신만고 노력 끝에 군청에서 양조장 허가를 받은 것이다. 마침내 스산, 태안 쪽에서는 세 손가락 안에 드는 갑부로 자리 잡았으니 소도

시의 유지가 된 셈이다. 딸만 하나 낳은 첫 부인을 사별했고 둘째 부인이 석녀(石女)여서 조강지처가 있는 상태에서 두 번째 재혼을 했으니 모진 선택이다. 그래서 낳은 아이가 또 딸이어서 조강지처와 그 딸 그리고 산모까지 울고불고 난리를 쳤으나…… 아무튼 늦둥이로 낳은 딸을 애지중지 키웠었다. 내 아들딸들이 장난감과 그림책이 널브러진 그 집을 그리도 부러워했으니, 이제 와 생각하면 참으로 미안한 일이다. 그 집에서 본 그림책의.

'벼 이삭 크는 논 위로 잠자리 떼가 날고 있는 사진을 떠올리면서 잠자리 집으로 생각한 거지.'

그 순한 성품의 아들이 이따금 '분노조절장애' 수준으로 바뀔 뻔한 것은 '아닌 밤중의 홍두깨' 같은 관재수 탓이다. 서른 살 어느 날 신군부 정권의 철퇴를 몇 차례 겪은 후 한동안 예민한 성품으로 바뀌면서 집안 분위기도 변했다. 최루탄과 화염병이 난무하던 그 시국에 아스팔트에 나가 돌멩이 던지는 성격으로 변신한 것이다. 초로 이후 생활이 평탄해지면서 지금은 다시 정 많은 성품으로 바뀌었으니 다행이고.

7남매 중 두 자식이 곁을 떠나면서 나머지 다섯과 함께 한평생 살았는데 그중에 두 아들이 관재수를 입은 것이다. 국어 선생인 둘째 황성연은 글을 쓰다가 쫓겨났고 수학 선생으로 근무

하던 셋째 황시춘도 전교조 결성 명단에 이름 석 자를 넣으면서 멀쩡하게 잘 다니던 학교에서 강제로 밀려 나왔다. 먼저 학교를 쫓겨났던 둘째가 복직을 한 바로 그해에 셋째 아들이 또 해직을 당했으니, 헝클어진 매듭 하나를 간신히 풀어내자 또 하나가 터지는 형국이다. 다섯째 딸 황의순도 국어 선생이 되었는데 전교조 사태 이후에 임용이 되어서 난세를 피할 수 있었던 것만 해도 다행이다. 아무튼 뭐 하나 만만한 게 없던 그 세월이 흐르고 대통령도 몇 차례 바뀌었다. 지금에야 모두 아련한 추억이 되었지만, 그 당시 우리 집은 풍전등화처럼 위태로웠다. 다섯째 황의순이 야밤에 국회의사당에 달려간 건 나중 얘기이고.

차남 황성연의 초등학교 4학년 때였나, 처음 원고지에 쓴 글이 학급 게시판에 붙었다고 밥상머리 자랑을 벌이는 게 조금은 대견하게 느꼈던 적이 있다. 담임님께서 교실에서 세 명의 글을 뽑아 게시판에 붙였는데, 다른 동무들 글은 원고지 두 장씩인데 아들의 글만 원고지 넉 장이었다며 우쭐대었다.

'개나리 노란빛이 하늘로 번진다'라는 문장 하나가 특히 칭찬을 받았다는데 아닌 게 아니라 감동적인 묘사이긴 하다. 그 기세를 등에 업고 학교 신문에도 시를 발표했었다. '새싹과 아기가 서로 빨리 크려고 까치발 들고 경쟁한다'는 문장이었다.

담임님이 '새싹과 아기'에게 어떻게 '까치발'이란 단어와 연결시켰느냐며 놀라는 눈빛이었지만, 솔직히 그건 내가 힌트를 준 단어이다. 마루 위로 뛰어다니는 쿵쾅쿵쾅 소리가 시끄러워, 마침 지붕 위의 까치를 가리키며.

'까치발 들고 움직여. 가볍게 폴짝폴짝.'

아무튼 황성연은 학교 신문에 이름이 실린 자체만으로 신바람이 난 것이다. 그 후 책을 더욱 열심히 읽었으며 일기장만큼은 하루도 빼먹지 않고 채웠다. 명문대학에 들어가진 못했으나 방학 때 고향에 와서도 틈나는 대로 읍내 도서관에 들렀으니 글 쓰는 기질이 보인 셈이다. 사람들로부터 책도 꾸준히 읽고 글도 이따금 발표한다는 평을 받으며 그렇게 세월이 빛의 속도로 지나더니.

전두환 신군부 정권 시국.

시국은 수상했지만 둘째로선 가장 행복한 시절이었다. 스물일곱, 태양처럼 빛나던 청춘인데다가 대학을 졸업하자마자 곧바로 취업을 한 것이다. 소도시의 여고생을 가르치는 국어 교사, 그것도 총각 선생으로서의 사회 첫 출발을 엄청 기뻐했던 기억이 지금도 또렷이 떠오른다. 출근하는 아침 시간마다 스승을 쳐다보는 소녀들의 눈빛이 그리도 초롱초롱 아름다웠단다. '스승의 날' 책상에는 소녀들이 보낸 선물이 산더미처럼 쌓이기도 했는데.

　그 와중에도 어렸을 때부터 작심했던 소설가의 꿈을 놓지 않았으니 그게 '동전의 양면' 같은 운명을 만들었다. 바닷가를 배경으로 하는 유년의 슬픈 기억과 태안반도 사투리를 구사하면서 나름 세밀한 묘사도 보여주었다. 그러면서 점차 '지역문화와 문학 교육'에 대한 생각이 많아지기 시작했는데.

　이런 작업이 그의 작가 입문의 도정이 되는 동시에 관재수를 맞는 날벼락을 가져온 것이다. 잡지에 발표한 소설은 '사립학교 교사 채용 돈 봉투'의 내용인데 하필 첫 출발부터 딱 걸려버렸다. 신문 기사대로 얘기하면, '지방대를 졸업한 사립 교사 지망생이 재단 측의 금품 수수 제안에 회의를 품고 임용을 포기함'이란 달랑 한 줄의 사건이다. 문공부 납본 필증까지 받은 그 책으로 인한 젊은 교사 집단 해직 사태는 여의도에 있는 고등학교 교장 하나가 서울시 교육청에 고발을 하면서 시작되었다. 글이 실린 잡지가 불온서적이라며 스무 명 가까운 교사가 담장 밖으로 쫓겨난 것이다.

　어리둥절한 사태이지만 이걸 '허위사실 유포'로 변신시켰으니 5공화국 신군부 위정자들과 하급 관료들은 그런 조작이 얼마든지 가능한 인물들이었다. 교사 채용을 미끼로 한 '금품 수수' 운운의 스토리는 꿈나무들을 가르치는 깨끗한 교육 현장에 똥을 뿌리는 가짜 뉴스라는 것이다. 그 허위사실 유포가 나라를 혼란스럽게 하는 '국기 혼란'으로 연결되며 그 혼란이 휴전선 너머 적을 이롭게 하므로 '좌경 이적 행위'가 된단다. 관공서마다 그 내용을 뿌리면서 주홍글씨를 박박 새겨놓았는데.

도교육청 장학사 두 명이 새벽 다섯 시 초인종으로 쳐들어온 것이다. 그리고 '아드님이 북괴의 회유에 놀아난 거'라는 해괴망측한 논리를 피우며.

"아들 같은 사람이 북침설을 주장한다고요."

그 말을 들은 나도 약이 바싹 올라.

"북침이 뭐대요? 북한이 침략한 게 북침인가요? 남한이 침략한 게 북침인가요?"

그는 잠깐 고민하는 표정을 짓더니.

"북침이니까…… 북한이 침략한 게 맞겠지요. 아마."

대답을 하면서도 뭔가 불안한 표정을 짓기에 내가 대뜸.

"그럼 장학사님 주장이랑 뭐가 다른 건가요? 북한이 쳐들어온 게 북침이라메요. 북침설이 뭐가 문제대유?"

기습적인 질의에 그는 대답의 실마리를 찾지 못한 재.

"몸조심하자는 얘기지요. 잘못되면 철퇴를 맞는 것, 우리가 인공시대에 죄다 겪은 거잖습니까? 그게 제 입장이유. 불조심 같은 몸조심."

그의 목소리가 부드러워지자 나도 한발 물러서서.

"내 아들이 나쁜 짓을 안 한 게 맞긴 하지만 생뚱한 홍두깨 사태를 피할 방도가 없네요. 그래도 아들이 수습하는 대로 놔둘랍니다."

그쯤 마무리되었지만, 첫 직장을 쫓겨났으니 분하고 억울한 일이다. 함께 글을 실은 몇몇이 국가보안법으로 구속된 건 따로 풀어야 할 사연이고.

무서운 건 '빨갱이'라는 단어 하나를 던져놓고 하이에나처럼 우르르 물어뜯는 작태이다. TV와 신문에서 가짜 나팔을 쏘는 찰나 몸의 빛깔이 빨갛게 바뀌면서 가까웠던 동네 사람들까지 뒷담화를 치기 시작했다.

'쟤는 빨갛다. 손잡은 사람도 삽시간에 빨간 물이 든다.'

그러니까 직장의 모가지를 잘라도 되고 지하실로 끌고 가 시퍼렇게 두들겨 패도 괜찮다던 시국이었으니.

뉴스마다 옥좌에 앉은 신군부 출신 그 사내를 떠받들던 칭송 경쟁의 그 시대이다. 대머리 그 사내가 해외 순방 비행기 계단에 오르자마자 화사한 햇살이 쏟아지니 날씨의 조화까지 도와주는 '하늘의 계시'란다. 게다가 귀국하는 날에 맞춰 지루한 장마를 끝내면서 하늘까지 '남국의 화사한 햇살'로 환영하셨단다. 그가 유럽 3개국을 순방하고도 피로한 기색 없이 비행기 계단을 내려오는 표정이 든든한 미소란다.

하여, 그의 생일날 '단군 이래 최대의 아름다운 미소'라고 찬사를 터뜨린 시인도 있었다. 하늘에서 사분사분 내려오는 그 표정이 건국 이후 가장 감격스러웠다나, 어쨌다나. 그러니까 '다수의 희생을 감수하고라도 빨갱이를 척결하고 나라의 안전을 도모하자'는 주장이 실제로 사람들의 뇌리에 먹히기도 했다. 아, 수십 년 지난 지금 생각해도 머리가 어지럽다.

세월이 흘러 빨간색의 누명이 싹 바뀌었으니.

"내 아들이 빨간 잠바 입었을 땐 빨갱이 복장이라고 난리 치더니 색깔의 평판이 싹 바뀐 거여. 나중에 월드컵 땐 아예 '붉은 악마'라고 도배한 채 소리 빡빡 질러도 모두 멀쩡한 세상이 되었으니…… 선거 때는 박근혜네 당 운동원들도 빨간 잠바 차림으로 생긋생긋 웃으며 돌아다니는데 아무도 탓하지 않는 거여. 색깔의 공포가 싸그리 반대로 바뀐 거지."

"전쟁이 인간을 짐승으로 만든 거지요."

둘째의 훈수에 손주들이 고개를 끄떡였지만 그건 가당치 않은 소리이다. 맹수들이 초식동물들을 잡아먹는 건 생존 수단일 뿐 배부른 짐승들은 사냥에 나서지 않는다. 인간처럼 식량을 창고에 쟁여놓고 자물쇠를 채우지도 않는다. 약한 종족들의 재물을 약탈하고 노예로 삼는 것도 인간뿐이다. 몇백, 몇천 명의 남녀노소 모두 발가벗긴 채 총을 난사하며 정의를 부르짖는 것도 인간밖에 없으며 그 권력자들 앞에서 귓바퀴를 딸랑딸랑 흔드는 간신배도 인간밖에 없다. 그 차남 황성연은.

　가끔 둘째 혼자 면회도 오는데 그때마다 빙의처럼 '나 홀로 독백'을 쏟아놓는다. 지금도 침대 앞에 서서 내 손을 잡고 기도하듯 독백 삼매에 빠져 있다. 그리고 나도 아들을 보낸 뒤 그가 남긴 애절한 문장들을 되새김질했으니.

　"맏손주는 아비의 대를 이은 중학교 국어 선생 3년째고요, 아비보다 글을 더 잘 쓰니 평범하지 못한 팔자로 살아가겠지요. 그래요. 어머니에게 6·25전쟁 사연을 귀찮도록 물었던 것도 글감을 축적하려는 시도이겠지요. 충청도 서해안 촌구석에 발령 났다고 걱정했더니, 같은 학교 교사와 결혼해 부부 교사가 되었으니, 그래요, 그게 전화위복이랍니다. 손주보다 키가 7센티 더 크고 대학도 서울에서 나온 잘생긴 며느리가 들어왔어요. 더 기쁜 것은요. 어머니, 며느리 김성혜가 지난 5월부터 생리를 안해요. 이제 제가 할아버지로 입문되면 어머니는 왕할머니가 되는 거지요. 그런데 '어서 쾌유해서 나가야지요' 같은 말을 못 해서 죄송합니다. 감사합니다. 사랑합니다. 이제 편안하게 누워만 계시면 됩니다."

　독백을 마치고 이제 두 발자국 물러서서 배꼽 인사와 함께 떠날 참이다. 나도 환자라는 걸 잊은 채 스미는 눈시울을 혼신으로 적셨다. 혼잣말의 핵심은 '쾌유해서 나가야지요,라는 말을 못 해서 죄송합니다'이다. 그랬다. 나는 죽는 날까지 이 병실을 나갈 수 없으니, '감사합니다'란 인사도 작별의 표시이고, '사랑합니다'란 말도 마지막을 예고하는 인사일 수 있다. '편안하게 누워만 계시면 됩니다'라고 한가한 소리도 던졌지만 나로서는 누워 있는 걸 제외하고는 할 수 있는 게 아예 없다. 그러거나 말거나 아들이 남기고 간 손바닥의 온기만 오래도록 간직할 수밖에 없다. 간병인이 콧줄을 바꾸러 오지만 않았더라면 눈물이라도 실컷 뚝뚝 흘렸을 것이다. 그때마다 가슴이 미어지는 건.

큰아들 '엉덩이 상처' 이후의 결별이 자꾸 떠오르기 때문이다. 그랬다. 6·25 그날 병남이 총각을 보내고 난 뒤 포대기를 벗기자 돌 지난 아들의 백옥처럼 새하얀 엉덩이에 피가 줄줄 흐르고 있었다. 자다가도 벌떡 일어나 '우왕우왕' 울면서 이불 위로 30분 이상 데굴데굴 뒹굴었다. 내 탓이다. 남편의 위험을 피하려고 갓난아이 속살에 상흔을 남긴 기억을 떠올릴 때마다 가책의 마음을 헤아릴 길이 없다. 더러는 아들의 빈자리 이유를 빤히 알면서 일부러 쑤시는 이웃들도 있어서 더 난망했다.

남편이 세상을 떠난 초상집 문상 손님 중에서도 특히 마장벌 지숙 오매 같은 사람은.

"큰아들은 어디 있쥬?"

나의 슬픔 따위는 아랑곳없이.

"성실이 워디 갔냐구?"

진짜 궁금증인지 심술보인지 구분이 가지 않는다. 내가 화제를 돌리느라 우물쭈물 입술만 옹물다가, 간신히.

"미국에 있는디 아직 도착을 못 혀서."

슬쩍 둘러대었으면 그쯤에서 그쳐주는 게 도리이다. 그러나 지숙 오매는 눈알이 새빨갛게 울고 있는 여섯째 성순이 앞에 엉덩이 걸음으로 비비적비비적 다가앉더니.

"큰오빠 어디 갔어?"

또 묻기에.

"몸이 아파서요."

재빨리 둘러댔는데.

"느이 엄마는 미국에 있다는데 막내딸 말이랑 오째 다르냐? 몸이 아프다구 아비 초상에두 안 오남?"

확인 질문이 송곳처럼 찌르자 성순이도 얼굴이 빨갛게 달아오른 채.

"미국에 있는데 몸이 아프다고요. 됐나요?"

말을 이리저리 짜 맞추다가 홧김에 '됐나요?' 하고 냅다 반문도 했다며 몇 차례 푸념을 했으니.

그러면서 '집집마다 밝히고 싶지 않은 사연이 하나씩은 있다'라고 위안하는 중이다. 그랬다. 그 사연은 일기장에도 적을 수 없는 나 혼자만의 비밀이 된다. 아니면 그 일기를 장롱 속에

감췄다가 죽기 전에 땅속 열 자(尺) 깊이로 꽁꽁 파묻을 것이다. 그러니까 마흔 살 남짓의 그 아들이 돌연 집을 나간 것도 '그때 시작된 상처가 이유일 거라'며, 나는 지금 요양병원 침대에서 꺼이꺼이 괴로워하는 것이다. 해결책은 딱 하나, '세월의 흐름' 뿐이다. 산 사람은 살아가게 된다. 부은 발등 달래며 살아가는 인생도 소중한 것이다. 그렇게 고난의 기억을 떨쳐내며 요양병원을 다섯 해 넘게 보내고 있으니, 마지막 가는 길이 하염없이 외로울 수밖에.

그러니까 막 9학년 3반에 들어간.

그해 이른 봄, 갑자기 코로나 시국이 시작되면서부터 독거 노인들의 외로움이 본격적으로 시작되었던 것 같다. 마스크 없이는 지하철이나 버스는 물론 엘리베이터도 이용할 수 없던 그 즈음이다. 근근이 이어가던 이웃과의 소통조차 코로나 비상시국을 만나면서 통째로 사라진 것이다. 술집과 식당마다 공간을 1미터 이상 벌려놓고도 90분 이상 머무르지 못했으며 그나마 오후 8시 이후로는 아예 셔터를 내려버렸으니 바깥출입이 꽉 막혀버린 셈이다. 동시에 그 계엄령 같은 방역 규칙이 홀로 사는 노파의 삶을 고독하게 만든 것이다. 정부의 철저한 관리와 국민들의 자발적 각성이 덫이 되었고 나 역시 그 사슬 속에서 쓰러진 게 맞다.

가장 초비상이 걸린 곳은 병원이다. 의사나 간호사, 직원과 환자까지 마스크로 담을 쌓은 채 대면 접촉을 차단하는 초긴장 경계가 지당했고 백성들 모두 기꺼이 수긍을 했다. 당연히 면회도 제한되었다. 가족의 면회조차 '환자 1인, 주 1회 15분'으로 한정시키고 그것도 유리창 바깥에서 전화 통화로만 대화를 하라는 지침이다. 나는 언어 능력을 상실했으므로 휠체어를 끌고 온 간병인과의 대리 통화를 들을 수밖에 없었는데 그나마 시간이 지나면 무조건 소매를 끌어당겼다.

그래서 아들 황성연이 시도한 비공식 면회 방법은 '내 운동 시간에 맞추는' 작전이다. 그 병원의 재활실이 복도 맞은편에 떨어져 있는데 바로 그 환자의 이동 시간에 맞춰서 밀고 나오는 길목에서 휠체어를 기다리는 것이다. 그래봤자 계단 옆에 숨었다가 재빨리 접촉하는 5분 남짓의 번갯불 면회였지만 그 만남을 위해서도 그물망 기획으로 서울과 스산 그리고 강원도에서 순번에 따라 찾아오는 것이다. 그나마 1인 간병인을 고용했기 때문에 가능했는데.

간병인의 성품도 천차만별이라서 착한 사람을 만나면 그나마 위안이 되었으니, 순전히 복불복이다. 내가 선택하는 게 아니라 센터에서 찍어주는 사람에게 고락을 담당시키니 좋은 사람이나 나쁜 사람을 만나는 건 순전히 운인 게 맞다. 내가 만난 첫 간병인은 착하고 순박했으니 그나마 다행이다. 길림성 어디쯤이 고향이라는 장년의 아줌마 한 사람이.

"지린에서 왔어요."

외국인 간병인들은 대개 키가 작고 어깨가 좁은데 선량한 눈빛이 잘름잘름 넘쳐서 일단은 마음이 놓였던 것 같다. 그미도 실리를 쬐끔씩 따지기는 했지만 그 정도는 봐줄 만하다. 몰래 숨어들어온 아들 황성연이 침대 시트 주름을 뻣뻣하게 펼치는데, 그 간병인이 다가와 귀엣말로.

"어머니 식사에 밥 한 공기만 추가해주세요."

아들은 '어머니'라는 호칭만 듣고도 감동 서린 표정을 지으며 즉각 오케이 승낙을 표시했다. 눈시울까지 잘름잘름 번지니 여린 심성이 발동된 거다. 일곱 남매 중 가장 헐렁하면서도 마음이 여리다는 평을 듣는 울보 체질 '어장' 그 아들이다. '어장'은 '어쩌다 장남'의 준말로 함께 늙어가는 친동생들이 지어낸 단어이다. 원래 맏아들이 있지만 피붙이들과 결별한 후 그 자리를 대타 역할로 맡은 얘기는 그 정도로 접어두고.

좌우지간 잘 울었다. 어린 날 라디오 연속극에서 그다지 슬프지 않은 이별의 장면에서노 눈알이 새빨개졌다가 드라마가 끝날 때까지 눈물을 펑펑 쏟았다. 곁방 살던 덕모가 엽전집 상국이의 돌멩이에 맞아 이마가 깨진 날도 제 동무보다 더 크게 울던 내 아들이다. 그래서 덕모 엄마가.

'동무들보다 더 많이 우네. 심성이 여려서.'

내 아들의 여린 성정을 오래도록 칭찬했다. 그 울보 아들은 지금도 면회를 올 때마다 훌쩍거리고.

셋째 황시춘은 어렸을 때부터 머리가 명석했다. 어깨 너머로 배운 바둑으로 사랑방 머슴 총각들을 죄다 평정한 후 신작로 양복점이나 이발소까지 진출하여 원조 장똘뱅이들은 물론 면사무소 직원들까지 초토화시키면서 천재 소년이라고 동네방네 소문도 났었다. 초딩 산수에서부터 재능을 보이다가 고등학교 때는 물리 분야에 천재적 예감도 보였으니, 수학자가 되지 못하고 선생으로 멈춘 게 조금 아깝기는 하다.

그리고 표정의 변화는 거의 없는 목석같은 사내이다. 병실에 들어와서도 손목이나 종아리 여기저기를 만지다가 묵묵히 돌아간다. 그 쓸쓸한 뒷모습에서 나는 셋째가 지닌 깊은 속정을 떠올린다. 아무튼 머리가 좋았다.

중학생 어느 날, 아침 식사 중에 1부터 100까지 숫자의 제곱을 외우기 시작했다. 암산하는 데 걸린 시간은 10분 남짓인데 너무 신기해서 가족들 모두 숟가락 놓고 끝까지 들어주었다. 2의 제곱은 4이고 12의 제곱은 144, 19의 제곱은 361, 35의 제곱은 1225이며 67의 제곱은 4489, 83의 제곱은 6889, 99의 제곱은 9801이라고 쳇바퀴 돌릴 때마다 정답표가 수돗물 쏟아지듯 터져 나온다.

중학교 1학년 어느 날이었던가, 숟가락 내려놓고 혼자 방싯방싯 웃기에 남편 황구원이.

"왜 웃니? 혼자, 비싯비싯."

"미분을 만났어요."

입술이 귀에 걸리게 찢어져 있었지만 무슨 소리인지 알 길이 없었다. '미분이란 애가 우리 아들이 좋아하는 초등학교 여자 동창 이름인가?' 그렇게 미래의 며느릿감을 떠올리며 갸웃거리는데.

"수학을 하려면 미분 정도는 해야겠지요?"

그제야 수학 과목 속에 '미분'이란 분야가 있다는 것을 처음 알았다. 그뿐이었고, 셋째는 수학자의 길을 걷지는 않았다. 사범대 수학교육과를 4년 장학생으로 졸업한 후 평범한 교사가 되면서 전교조 깃발 속으로 뛰어들었으니 부모로서는 조금 아쉬운 일이었다. 물론 '왕년에는 내가……' 하는 따위의 자랑질이 없이 가타부타 과묵한 체질이다. 그러나 그게 끝이 아니었다.

7남매 중 둘째와 셋째 아들 그리고 다섯째인 딸까지 세 명이 교사가 되었으니 천상 즈이 아버지의 훈장 핏줄을 이어받은 가문이다. 그중에 두 아들이 해직교사가 되었으니 이제 와 생각하면 그 또한 반골 기질의 핏줄 탓이다. 둘째의 야인 생활이 87년 6월항쟁 이후 겨우 복직으로 해결되면서 한시름 놓는 줄만 알았다.

그러나 두 해 지난 89년 그해 여름에 셋째가 또 단두대에 목을 넣었으니 '가지 많은 나무'라는 속담이 분명히 맞는 말이다. 전교조 대량 해직 사태가 터지기 몇 달 전만 해도.

'몇천 명이 넘는 교사를 자르겠어? 말이 되나?'

'어림없다'며 도리질치기도 했다. 그러나 나는 해방 공간과 6·25 와중에 '몇천을 자르는 게 아니라 몇천이나 몇만의 목숨을 끊는' 것도 수없이 겪었으므로 얼마든지 가능하다고 판단했다. 난세일수록 '벙어리 입으로 살아야 한다'고 나 홀로 생각은 했으나.

89년 그해 여름,

각서 한 장에 교사의 목이 달려 있었다. 노동조합 탈퇴 각서에 도장만 찍으면 현장에 남아 있을 수 있고 그걸 거부하면 교직에서 쫓겨나는 해괴한 시국이다. 마침 그때 막 복직을 한 둘째는 지난한 사연 끝에 각서에 서명을 하면서 목이 붙을 수 있었지만 셋째는 끝까지 거부하며 학교를 떠났다.

둘째가 각서를 쓰게 설득시키는 과정도 만만치 않았다. 내 남편이 아예 각서를 만들어 가져왔는데 나름 아들의 자존심을 세워주려는 문장의 노력 흔적이 역력했다. 마침내 교육청 장학사를 대동하고 신접살림 중인 두 칸짜리 전세방으로 찾아간 것이다. 나와 남편이 교육청 장학사와 마주하고 있었고 아들 성연은 옆방에서 캔맥주 몇 개에 취해 널브러져 있었다. 그렇게 남편이 직접 나서서 당신의 아들 도장을 파서 대신 찍음으로써 일단락되었다.

> 상기 본인은 스스로의 교육자적 양심과 신념으로 1989년 전국교직
> 원노동조합의 출범식에 서명과 함께 조합원임을 피력했으나 학교
> 장의 간곡한 만류를 듣고 탈퇴를 수락함.

> 1989년 8월 6일 교사 황성연 (인)

그러나 남편 황구원의 역할은 딱 거기까지였고 셋째 아들 황시춘의 결의를 꺾을 수 없었다. 그해 여름, 노태우 정권과 전교조가 마주 오는 열차처럼 앞만 보고 달리던 그 흐름에 몸을 던진 것이다. 맨 처음 윤형규 위원장과 집행부 몇몇의 목이 날아갔다. 곧바로 시도 단위의 지부장과 사무국장 역할을 맡은 교사들이 단두대에 목을 들이밀자마자 순식간에 상둥상둥 잘라버렸다. 그리고 그들이 파면 통지서를 받은 지 불과 사흘 후에 내 아들도 교난을 벗어나게 되었으니 비통한 일이나. 겨우 임용 2년 6개월의 경력이어서 더 마음이 아팠다. 잘리기 직전 받았던 교육감 표창 따위는 한갓 휴지처럼 힘을 전혀 발휘하지 못했다. 마찬가지로 TV에서 심야 방송으로 벌이던.

'교사가 노동자냐?'

찬반 토론 따위는 의미가 전혀 없다. 교사는 노동자가 되거나 말거나 각자의 자유이지만, '교사가 노동자다'라는 주장을 했다는 이유로 스승의 목을 자르면 안 된다는 생각이다. 아니, 교사가 아닌 누구라도 단두대의 작두는 내리칠 수 없다. 그런데.

그해 여름, 서울의 변두리 중학교 2학년 6반 교실에서 수학 선생 황시춘의 마지막 수업이 있었다. 파면 통보가 코앞에 있는 걸 알지만 그때까지 정식 통지서를 받지는 않았던 살얼음판 강의였다. 그렇다고 마지막 수업이라는 이유로 아이들 앞에서 전교조의 정당성을 강하게 설파했던 것도 아니다. 다만 다른 반에서 몰려온 아이들까지 모두 숨죽일 듯 고요한 긴장이었을 뿐이다. 하필 그때 교실 앞문이 드르륵 열리면서.

"황 선생."

교장과 교무부장 두 명이 더 들어오면서 교실의 분위기가 바싹 비감해졌다. 셋째는 무슨 상황인지 직감을 하면서도 겉으로는 표시 내지 않고 그냥 고개만 끄떡인 채 손가락으로 칠판을 가리키며 수업을 진행했단다. 그러자.

"나오시지요. 수업하면 안 됩니다."

그 말이 떨어지자마자 황시춘이 고개를 돌리면서 진지한 표정으로.

"저는 현재 이 학교의 교사입니다. 아직 징계위원회가 열린

게 아니기 때문에 그때까지는 수업을 하는 게 교사의 권한입니다."

"나오세요."

"정식으로 징계위원회를 개최한 다음 결과를 통보하십시오. 그다음 문제는 제가 결정하겠……."

그 말이 끝나기 직전 교실로 우르르 들어와 팔을 잡아당기는 것이다. 뒤따라 올라온 교감과 행정실장까지 네 명이 한꺼번에 아들의 몸을 밀고 당기며 바깥으로 끌어내려고 안간힘이다. 옥신각신 사태를 본 아이들이.

"우우─."

합창으로 소리를 질렀다. 어느새 소문을 들은 것일까, 다른 교실에서 나온 아이들까지 발을 동동 구르며.

"가지 마세요."

4층 건물 전체가 지진처럼 흔들거리자 셋째는 갑자기 '왠지 교실을 나와야 할 것' 같은 생각이 들면서 눈물이 핑 돌았는데.

"저리 가라. 교실에 들어가 수업해."

관료들이 아이들을 밀어내사.

"선생님, 힘내세요."

"선생님이 안 계신데 어떻게 수업을 합니까? 우리끼리 자습하나요?"

당차게 덤비는 아이들도 있었으나 소요 사태는 그 정도에서 그쳤다. 나중에 따로 교장실에서 면담을 할 때 교장 왈.

"선생님이 출근하시면 아이들이 슬퍼하고 아이들이 슬퍼하면 학교가 힘들어지니 나오지 않는 게 선생님이 사랑하는 우리 학교를 편안하게 해주시는 겁니다."

가슴에 대못 찌르는 소리에 이어.

"딱 하나……."

잠시 숨이 멈춰지면서 창문 밖으로 뻐꾸기 한 마리 날개 치는 풍경이 얼핏 스치는데.

"탈퇴 각서만 쓰시면 해결될 수 있습니다."

"교장 선생님…… 오늘처럼 수업 중인 교사를 끌고 나오시면 그게 교권 침해이고 불법입니다."

티격태격 곡절의 그날, 내 집으로도 중년의 형사 두 사람이 찾아와.

"아들께서 각서 한 장만 쓰시면 직장을 짤리지 않는데요. 장래를 위해 어머니께서 설득해주시지요."

그 정중한 요구에도 나는 받아들이지 않았다. 이미 더 심한 사태도 겪은 탓이었을까, 이 정도 고난은 견딜 만한 것이다.

"돌아가세요. 내 아들이 딱 서른, 공자님도 30에 립(立)이라 하셨으니 이제 속이 꽉 찬 어른이라우. 다 깊은 뜻이 있으니 그렇게 결정했지 않겠수?"

형사들도 형식적으로 업무 전달만 마치고 정중하게 돌아갔으므로 더 이상의 마찰은 없었다. 다만 집안으로서는 불과 4년 전 둘째가 곤욕을 치르던 사태가 겨우 진정이 되었는데 그 아래 동생이 또 겪어야 한다는 현실이 너무 분하고 억울한 것이다. 그러니까 시국 사태보다 집안의 혼돈이 더 아프다.

그 후 황시춘은 명동성당에서 일주일의 단식 농성 중에 파면 통지서를 받으면서 해직교사가 되었고 아픈 위장의 후유증으로 10여 년 넘게 배를 싸안고 살기도 했다. 김치도 먹지 못했고 손목과 발목이 작대기처럼 가느다랗게 마르기 시작했다. 아무튼 그해 여름, 노태우 정권과 전교조 교사와의 대결은 1,500명이 훨씬 넘는 스승의 목이 잘리는 걸로 마감되었으니, 그때 문교부 장관의 이름은 정원식이다. 그렇게 온 나라를 뒤집던 세월도 어느새 30년 세월이 훌러덩 지나가 버렸고.

넷째 황성규는 어렸을 때부터 뱃심이 세고 통이 컸다. 열 살 때였던가, 장맛비가 막 그친 어느 날 안마당으로 구렁이 한 마리가 들어온 돌발 사태이다. 솔직히 밭을 매다가도 흔히 만나는 뱀인데도 막상 안마당에 들어오자 온 가족이 '으악, 악' 소리로 당황만 할 뿐 아무 대책이 없었다. 그런데 겨우 아홉 살 소년 혼자 작대기를 들더니 머리 가까이 성큼성큼 디미는 것이다. 그리고 신기하게도 작대기를 따라 똬리를 칭칭 트는 뱀을 그대로 들고 나가 개울에 던져버리는 동작이 너무 태연한 것이다. 어리둥절한 내가.

'아가, 그대로 놔주먼 또 다른 사람을 물 수도 있잖니? 독도 있는데.'

'쌔려 쥑일 수는 읎잖유? 생명인디…… 개울을 만나자마자 쌩쌩 헤엄두 치데유.'

그러다가 고개를 휙 돌리며.

"아기 아닌디유."

도발적으로 대꾸하는 상남자 체질도 보였던 셈이다. 동시에 인정 서리고 넉넉한 성품이었으니 지금도 올 때마다 간병인에게 5만 원 봉투를 내미는 형제는 넷째밖에 없다. 6인실 담당 서금자 간병인 역시 봉투 하나라도 받으면 눈빛이 더 살가워지니 무릇 사람살이에서 금전적 배려가 필요한 이유이다.

첫째는?

이빨 빠진 그 핏줄 하나를 설명할 길이 전혀 없다. 저 땅속 깊은 곳에 꽁꽁 감췄던 사연을 헤집으면 머리에서 버걱버걱 소리가 나기 때문이다. 분명히 그랬다. 예전에는 '가슴이 아프다'라는 말이 그냥 '마음이 아프다'는 의미인 줄로 알았으나 지금은 다르다. 집 나간 첫째가 떠오를 때마다 실제로 내 가슴의 살점 하나하나가 생으로 찢겨나가듯 아픈 것이다. 그때 옹친 매듭을 잘 풀어줬어야 했으니.

아비의 발바닥 더께를 긁어낸 과도를 거부하고 따로 '자기만
의 과도' 하나만 따로 챙길 때에도 '너무하다'며 잔소리하지 말
았어야 했다. '아버지의 발바닥에서 단물이 나온다'는 것도 거
짓이었고 '비누로 박박 닦았으니 이젠 깨끗한 과도란다'라고 설
명도 내 잘못이다. 그 과도로 참외 조각을 찍어서 내 입에 넣자.

'이쑤시개를 사용하세요.'

참견했을 때에도 '네 말이 맞다'고 했어야 한다. 또 있다. 5년
동안 키운 토종개를 때려잡았다며 슬퍼할 때 냅다 핀잔을 던진
것도 내 잘못이다.

'키우던 닭이나 키우던 개나 똑같은데 너는 왜 개만 불쌍하
다고 하느냐?'라고 소리치지도 말았어야 했다. 그 개고기를 소
고기라고 속이며 꾸역꾸역 입에 넣게 한 것도 불편한 기억이다.

가장 미안했던 일은 맏아들이 서른다섯 살 때 데려온 여자에
게 싸늘하게 대했던 사연이다. 노총각 때 간신히 데려온 여자
에게 '대학을 나오지 않았다', '키가 작다', '본가가 전라도이다'
'동갑내기이니 여자 나이로 너무 많다' 따위의 이유를 비주알
고주알 들이민 것이다. 첫 대면에서 라면을 끓여 먹었으니 푸
대접도 너무 심했다. 이제는 지나간 일이지만.

그 첫째의 얼굴이 붙박이로 달라붙는 걸 뜯어낼 방도가 없
다. 어언 수십 년 세월이 지났으나 갈수록 선명해지는 게 인지

상정이다. 인천 어디쯤에서 부동산 사업을 하며 산다는데 모든 소통을 닫은 채 노년을 보낸단다. 경제적으로도 살 만하고 두 명의 자식 모두 그럭저럭 잘 키웠다고 풍문만 들었다.

막내딸은?

맨 처음 하늘나라로 보낸 후 무너지는 심정을 주체할 수 없었는데, 춘우 오매가 그랬듯이 사후(死後) 7년이 지나자마자 거짓말처럼 사라진 그 일곱째 딸이다. 지금은 머리만 두어 번 흔들어도 싸그리 지워지니 얼마나 다행인가.

다섯째 딸 황의순만 빼놓고 모두 돌림자로 된 한자 이름을 썼는데 하필 한결이 하나만 한글 이름으로 지었으니 특이한 경우이다. 그때만 해도 성구 당숙네 병조 씨의 원래 이름 '푸른나무'를 제외하고는 한글 이름을 짓는 경우를 본 적이 없었다, 그런데 돌연 남편이 작명한 '한결'이란 이름에 나도 반대하지 않았다. '한결같은 겨레 마음'이라는 맹호 부대 노래 가사도 떠오르면서 거부감이 없었던 것 같다.

산다는 게 과연 무엇일까? 나한테는 '아픔을 먹고 보내는 세월'이라는 해석이 가장 어울리는 것 같다. 한머리의 옛 시골집 찾을 때마다 토방 감나무 아래 돌절구에서 막내 한결이의 얼굴이 안개처럼 아른거렸지만, 언제부터였나. 까맣게 잊었으니, 다행이다.

"수박 좀."

우리 집이 특별히 가난하지는 않았지만 그래도 수박만큼은 귀하던 시절이다. 신작로 점방집에서 동갑내기 여섯 살 사내가 수박을 먹는 걸 보고 손을 내미는 게 너무 보기 싫었는데.

"두 손으로 달라구 혀. 히히."

심술궂게 대꾸하는 사내아이에게 두 손을 달랑 모으는 것이다.

"안 돼! 네가 거지냐?"

얼떨결에 한결이의 이마를 딱 때리자 아카시아꽃 무늬 파란 잠바가 벗겨지면서 한결이가 깜짝 놀라.

"엄마."

소리로 내게 안기려 달려들었다. 그때 끌어안지 못하고 툭 밀어낸 게 오래도록 너무 미안한 것이다. 그날 저물녘 감나무에 오를 줄은 꿈에도 몰랐고.

한결이는 원래 나무를 잘 탔다. 오빠들이 나무에 오르니 여동생들까지 어렸을 때부터 툭하면 나무에 잘도 올랐던 것 같다. 여섯 살 때부터 원숭이처럼 나무를 잘 탔으니 신기한 일이다. 감나무나 살구나무, 오디 따는 뽕나무까지 좌우지간 열매가 달린 나무는 다람쥐처럼 올라 새순도 따고 열매도 땄다.

바깥마당 언덕 길목의 그 감나무는 성성한 가지와 삭정이가 동시에 뻗친 오래된 고목이다. 그 아래 뙤똑 올려놓은 돌절구는 주로 굴 껍데기를 빻는 데 사용했던 수동식 기구이다. 둥지에서 건져온 달걀 껍데기가 얇아져서 말캉말캉 깨지기 쉬워질 때마다 1년에 한두 차례 해오던 연중 작업의 연장이었다. 달걀 껍데기가 얇아지면 그때마다 아이들이 마장벌 백사장에서 굴 껍데기를 주워 담았다. 그 껍데기들을 돌절구에 빻아 모이에 섞은 다음 닭의 몸에 칼슘을 보충했다. 신기했다. 굴 가루 껍데기로 자양분을 보충한 닭들이 딱딱하고 튼튼한 껍질의 계란을 낳았는데.

그 한결이의 일곱 살 늦가을이었던가.

집 앞 감나무 삭정이에 매달린 홍시 한 개를 따먹고 싶었을 것이다. 매미채처럼 생긴 대나무로 그냥 잡아당겼으면 괜찮았을 텐데 하필 혼자 꾸역꾸역 오르더란다. 가장이 끝의 홍시를 따겠다며 몸을 움직이는 찰나.

"조심햇! 으악."

둘째 오라비의 깜짝 놀라는 소리가 들렸을 때는 이미 머리부터 거꾸로 떨어지는 중이었다. 돌절구 위로 떨어지면서 이마에서 피가 분수처럼 솟구쳤으니 아, 그다음 사연은 차마 떠올릴 수가 없다. 그 파란 잠바에 그려진 아카시아꽃 하얀 색깔이 빨갛게 물든 것만 보며 꺼이꺼이 울었다. 살다 보면 그렇게 쓰라린 곡절이 있다는 것만 분명히 안다. 내 탓이다. 어린 자식이 먼저 가면 무조건 부모 탓이니 그 비난을 피해서도 안 된다. 그렇게 먼저 보낸 후 비 오는 날마다 청금산에 서서 펑펑 울었는데 일곱 해 정도 지나면서 잊게 되었으니, 흐르는 세월도 운명이고 아프면서 사는 것도 운명이다. 그랬다. 집 나간 첫째는 40년이 훨씬 넘어도 잊히지 않는데 세상을 떠난 막내는 7년 만에 머리에서 지워진 것이다.

병실 1,234일째.

지난밤, 맞은편 노파가 침대에 실려 나갔다. 침대의 생명들이란 게 고래 심줄처럼 질기기도 하지만 그 죽음 또한 밥알 흘리듯 흔하게 만나는 일이다. 그미도 아흔 살까지 혼자 살다가 육신의 힘이 잦아지면서 병원에서 5년 내내 죽는 날짜만 기다렸단다. 이제 그 기다림이 마감되었으니.

'어제까지 소화도 잘 시키더만…… 인생 참 허망하네.'

그렇게 심드렁하게 한마디 던지는 정도로 재빨리 일상으로 돌아가야 한다. 달포 전 2층 병동에서 할아버지 한 분이 세상과 작별했을 때에도 그런가 보다 했을 뿐 슬픔이란 게 없었다. 그리고 나도 뒤를 이어 떠나게 될 것이다. 그게 병실의 순서이다. 텅 빈 침대는 다시 새로운 노파로 얼굴만 바뀐 채 쳇바퀴 일상이 돌아가는 것이니, 지금은 다시 여섯 침대가 꽉 찬 상태이다.

308호 침대 맞은편 할머니는 나처럼 석고가 되어 누워만 있고 나머지 노파들은 스스로 밥알을 넘기거나 아니면 간병인이 입에 넣어주는 숟가락에 의존하며 공복의 내장을 채운다. 그러나 근근이 견디는 그 사람들도 시나브로 콧줄 식사로 바뀐 후 기약 없는 수명 연장의 순서를 밟게 된다. 그뿐이다. 여섯 명 모두 수다 한마디 없는 적막의 공간에 익숙하게 길들여 있다.

그 간병인

    지금은 늦봄의 햇살이 분수처럼 쏟아지는 정오이다. 여기저기 화사한 철쭉꽃 노랗고 빨갛고 푸르른 빛깔이 폭죽처럼 피어오른다. 해마다 사월이 지나면 청금산 언덕 따라 피어오르던 그 철쭉꽃 붉은 사태가 싸―하게 시려왔었다. 그랬다. 어린 날부터 꽃을 좋아하던 나에게 지금은 95세의 꽃 풍경으로 펼쳐있는 것이다. 경기도 북쪽 소도시 요양병원으로 휠체어를 옮기면서 지금이 바깥 이동의 마지막이라는 생각으로 너 소바심했었다.

    저 붉은 꽃을 머리에 꽂고 벌판으로 치달리는 영화 같은 풍경을 떠올린 적은 솔직히 단 한 번도 없다. 그저 유년의 오솔길 걸으며 만난 꽃 사태가 모처럼 진한 향기로 떠올랐을 뿐이다.

그리고 아주 잠깐만 스치더라도 붉은 꽃 느낌을 소매에 적시고 싶어서, 지금은 휠체어에서 마음으로만.

'꽃구경하고 싶다. 딱 한 번만이라도 잠깐 멈춰 서서.'

내 인생의 마지막 꽃구경일 게 틀림없어서 더 간절했다. 그러나 두 개의 바퀴가 아주 느리게, 더 느리게 구르면서 풍경을 보고 싶었던 나의 소망은 아예 연기처럼 사라진 희망이 되었다. 나는 생애의 마지막이 될 봄꽃 풍경을 천천히 느끼고 싶었는데 이번 공미성 간병인은 완전히 달랐다. 환자를 싣고 서둘러 달리는 모습이 야속하고 슬픈 것이다. 인도 한가운데를 가로지르며 경주마처럼 쿵쿵쿵 서두르는 바람에 모든 풍경이 삽시간에 사라져버렸다. 없다. 철쭉꽃 사태가 선명하게 없다. 모든 게 사라진 시멘트 바닥으로 쌩쌩 달리더니 어느새 병원 출입문을 통과해버린 것이다.

아홉 살 봄날이었던가,

철쭉꽃 이파리 몇 개를 입에 넣었다가 데굴데굴 뒹군 기억이 있다. 개울을 기준으로 '개건너'와 '저너머'라는 지명으로 나누어진 그 마을 언덕을 넘으면 사월 내내 진달래와 철쭉꽃 지천이었다. 그랬다. 꽃 사태가 호사스러워 쳐다만 봐도 배가 불렀다. 먹을 건 없어도 언덕 아래로 출렁이는 서해 바다 낙조를 보는 것만으로도 포만감이 들었으니.

봄이 오자마자 매화꽃이 가장 먼저 하얗게 터뜨렸다. 곧바로 아기 없는 부부가 사는 대밭집 대숲 아래로 산수유가 노랗게 피었다. 마찬가지로 고두리 가는 오솔길 민들레나 바다로 가는 옹 팡집 울타리를 만드는 개나리도 노란색이었다. 그렇게 흰색과 노란색 잔치가 끝나면 그다음은 붉은빛이다. 성안벌 언덕에 흐 드러졌던 진달래 분홍빛이 시들어가면서 철쭉꽃 사태가 더 진 한 빨강으로 벌판을 덮는 것이다.

진달래와 철쭉의 모양은 비슷한데 색깔만 조금 다르다고 할 까. 그러나 철쭉에는 독성이 있어서 진달래처럼 입에 넣었다간 큰일이 나니, 진달래를 참꽃이라 부르고 철쭉은 개꽃이라 부르 는 이유이다. 보릿고개 직전까지 먹을거리가 턱없이 부족한 탓 도 있었으리라. 벌판으로 피어오르는 모든 식물들이 '먹거리냐 아니냐'로 구분되던 5월 하순이다. 칡이나 오디, 삘기나 까마중, 진달래나 아카시아까지 모두 그렇게 구분했다. 그랬다. 벌판마 다 먹을 수 있는 새순과 먹지 못하는 잡풀로 나누어지던 유년 의 늦봄이다.

철쭉꽃 한 다발 꺾어 개건너(개울 건너) 언덕을 넘다가 수평 선 위로 쏟아지는 저녁놀 사태를 만난 것이다. 빨갛다. 그 봄바 람 받은 그 빨간 이파리들이 하염없이 출렁이니 철쭉꽃 이파리 의 합체를 만나며 흥분을 느끼던 이유가 된다. 배고플 때 하나 씩 꺾어 먹던 찔레꽃처럼 오랜만에 공복을 채우고 싶었다.

그리고 철쭉을 따먹자마자 배탈이 나면서 새도록 데굴데굴 뒹굴었다. 위장에서 노랗고 빨간 토사물을 게워낸 게 천만다행이라고 했다. 그다음은 박공희 어머니가 연신 찬물을 입에 넣어주었고 옷을 올려 부채질하며 새도록 뱃살을 쓰다듬었다. 그렇게 죽는 줄 알았다가 사흘 만에 깨어났는데도 이튿날 다시 만난 청금산 철쭉꽃 사태가 여전히 황홀하게 아름다운 것이다.

그 철쭉꽃 풍경을 마지막으로 딱 한 번이라도 간곡하게 만나고 싶었으나 공미성 간병인은 휠체어 바퀴만 더 빠르게 씽씽 달릴 뿐이다. 소통 방법도 당연히 없었다. 천천히 가자며, 나 혼자 안절부절 애태우는 사이에 붉은 꽃 화사한 사태가 순식간에 사라졌다. 나의 바람도 그렇게 바람처럼 사라진 채, 마지막으로 옮긴 그 요양병원.

사람에겐 예감이란 게 족집게처럼 딱 들어맞을 때도 있다. 처음 휠체어 밀면서 철쭉꽃 사태를 씽씽 지나치며 달릴 때의 불안감이 1인실에 일주일 거처하면서 그대로 들어맞은 것이다. 처음에는 이 여자에 대해서도 그냥 '또 바뀌었나 보다' 했을 뿐 관심도 없었다. 그러다가 그미의 만만치 않은 눈빛을 만나면서 흠칫 몸을 떨었는데, 그건 두려움보다는 야비함의 감촉이었던 것도 같다.

옛날 스산 아파트 박 보호사보다 키가 반 뼘쯤 모자라지만 얼핏 송곳처럼 찌르는 눈빛에 오싹해지는 것이다. 얼굴 빛깔도 빨강과 검정의 짬뽕인 불그죽죽한 표정인데 불빛이 비칠 때마다 반짝반짝 광을 내었다. 그렇게 눈두덩의 심술보가 뚝뚝 떨어질 듯 흔들거리는 '강약 약강' 스타일로 최악의 간병인을 만난 것도 아, 운명이다.

어느새 3년이 지났을까, 맨 처음 대학병원에 입원했을 때 대한민국 병원 비용의 보험 혜택, 그러니까 수술비 할인이 너무 좋은 것에 놀라기도 했다. 3년 전, 영수증에 청구된 93세 뇌졸중 환자의 수술 비용이 2,000만 원 정도인데 실제로는 150만 원 정도만 지출된 것이다. 나머지는 모두 나라에서 할인 지급되었으니 놀라운 의료보험 제도이다.

문제는 간병비가 의료보험에 적용되지 않는 점이다. 85세 그해 봄날, 방앗간 계단에 넘어지면서 입원할 때는 하루 6만 원이었고 8년 후 93세 뇌졸중 입원 초기에는 9만 원이었다. 그후 10만 원에서 11만 원, 나중에 97세가 되면서는 13만 원까지 몇 계단씩 훌쩍 뛰었다. 간병인이 집에 가는 일요일에도 지급이 되는데 그때마다 대다로 부르는 1일 간병인에게 지급되는 돈까지 합치면 월 460만 원이 든다. 언제부터였나, 간병비가 가장 무거운 부담이 되었다.

게다가 요양병원 입실 초기에는 이미 만실(滿室)이어서 한동안 1인실을 사용할 수밖에 없었다. 그 1인실 비용만 하루 5만 원씩 추가되었으니, 간병비 13만 원을 합치면 하루에 18만 원이 들어가는 셈이다. 매달 병원비 80만 원을 포함하면서 눈덩이처럼 불어나니 솔직히 자식들 입장에서도 경비 감당이 너무 어려운 것이다. 아무튼 딸들의 적극성으로 시작된 1인 간병인 체제가 나만의 특별 대우인 줄만 알았는데…… 혜택이 아니었다. 그 여자가 먼저 황성순에게.

"매달 네 차례 일요일마다 쉬는 건 알지요?"

여섯째 딸이 난감한 표정으로.

"그럼 쉬는 때는 어떻게?"

"대타로 들어온 간병인에게 따로 지불해야 해요."

여섯째가 난감한 표정으로.

"하루 만 원이라도 낮추면 안 될까요? 어머니가 장기 입원에 들어가면서 돈이 너무 쪼이네요."

만 원씩만 낮춰도 월 30만 원이 절약될 수 있다는 생각이었으나.

"안 돼요."

간병인이 단칼에 자르더니, 오히려.

"빨래 값 2만 원을 줘야 해요. 세탁기 돌릴 때마다 1,000원씩 넣어야 해요."

갑자기 세탁기 돌리는 값까지 받아 가니 어리둥절한 일이다. 지금까지 어느 병원의 간병인도 세탁비를 요구한 사람이 없었지만 차마 거절하지 못한 채 2만 원을 건네자, 그 후로도 만날 때마다.

'욕창이라도 생겼는데 치료가 안 되면 칼로 맨살을 푹푹 도려내야 해요. 등을 돌려놓고 수시로 연고를 발라줘야 하는데, 돈이 필요해요.'

자식들도 '연고는 병원에서 받으면 되잖아요'라고 대꾸하지 못한 채 또 지갑을 열었다. 그러더니 다시.

'할머닐 휠체어 태우는 게 자꾸 흔들려서 위험해요. 남자 간병인에게 도움을 받아야 하는데 비지땀을 흘리는 게 너무 미안해서 5만 원이라도 챙겨줘야겠어요.'

'남자 간병인도 병실 직원 아닌가요?'라고 말하지 못한 채 그렇게 생뚱한 비용까지 지갑에서 빼먹더니.

'치약이 떨어졌어요.'

'어머니한테만 따로 돌릴 수 있는 작은 선풍기 하나 살 테니까 비용 좀 주세요.'

만날 때마다 돈을 요구하는 것이다. 자식들은 갸우뚱하면서도 '아주 큰 돈은 아니니까' 연신 지갑을 열 수밖에 없었다. 가끔 '오늘은 이것밖에 없네요' 하며 절반으로 잘라주면 빼앗듯 재빨리 나꿔채기도 했다.

가장 무서운 건 내 딸이 떠나면서 1인실에서 그미와 나 일대일 관계가 되는 찰나 드러난 맨얼굴이다. 돌연.

"할매."

그 소리로 부를 때부터 소름이 쫙 끼쳤다. 지금껏 다섯 명의 간병인이 나를 '어머니'라고 불렀는데 이 여자는 '할매'라고 부른다. 남편이 평생 교편생활을 했으므로 젊은 날부터 모두에게 '사모님'이라고 불리었고 집에서도 족보대로 '어머니'나 '할머니'라는 호칭으로 통용되었다. 호출하던 택시 기사도 '할머니'라고 부르기는 했지만 아주 정중하게 다듬은 목청이었다. 그런데 호칭 정도는 문제도 아니었고.

"간병비를 깎으려고? 풋!"

손등으로 내 이마를 툭툭 치는데, 악, 처음에는 뭔가 잘못 스친 실수려니 했었다. 이번에는 고무호스를 끼우면서 고개를 휙 당기는 바람에 콧구멍이 찢어지게 아픈 것이다.

지금까지 다섯 명의 간병인마다 성품이 천차만별이었지만 나름의 정성이 구분되었는데 이 여자 하나만 유독 혹독한 여자이다. 첫 병원의 흑룡강 여자나 재활병원 황 여사가 가장 애틋하였고 나머지 두 여자도 그럭저럭 무난해서 간병인 성품이 모두 그런 줄만 알았다. 그런데 아니었다.

1인 병실에 있을 때에도 하는 일이란 게 기실 거의 없었다. 콧줄에 음식을 투입한 다음 핸드폰만 만지작거리며 혼자 멍이나 때리다가 시불시불 꿍시랑거리기도 한다. 다른 방 간병인을 만나 두어 시간 수다나 떨다가 아주 늦게 돌아와도 그 실태를 체크하는 사람이 하나도 없었다. 아니, 그 여자가 없는 게 차라리 훨씬 나았다. 아니다. 반드시 없어야 한다. 1인실의 일대일 관계가 섬찟하게 무서워서 소름이 오싹 끼쳤다.

'아, 나머지 세월을 어떻게 지내야 하나?'

유동식 액체인 '뉴 케어 시리얼'이든가, 그걸 주입시키기 위해 호스를 끼울 때마다 콧구멍 가죽이 뚫릴 정도로 아픈데 표현할 방도가 없는 것이다. 이마에 흐르는 땀 한 방울을 닦아줄 때도 머리카락을 쥐어뜯듯 팍팍 힘을 가했으니 점입가경으로 아프다. 나는 원래 누가 몸을 건드리는 걸 병적으로 싫어하는 체질이었는데, 지금은.

"이리 와봐."

강압적 반말 그다음엔.

"잘 살았잖아? 그동안."

손가락으로 이마를 톡톡 튕기다가 귀엣말처럼 살그머니.

"불쌍할 거 없어. 할매."

후우후 불어넣는 뜨거운 콧김까지 고스란히 받아들이는 수밖에 없다. 담요를 걷다가 얼굴이 확 덮이는 바람에 숨조차 쉬기 힘든데, 한술 더 떠.

"욕보네. 안 죽느라."

손가락 튕겨 팔뚝이나 뺨을 툭툭 치기도 했으니, 마지막 가는 길의 연명이 이리도 치욕스러운 것이다.

코로나 시국의 격리 지침도 이유가 된다. 예전에는 요양보호센터 관리인들이 주 1회씩 병원들을 돌아다니며 간병인들의 일과와 상태를 체크했었다. 그러나 코로나 비상 이후 '외부인 출입 금지 규칙'이 새롭게 발표되면서 센터 사람 출입이 일체 거부된 것이다. 병원문이 닫히면서 간병인들의 몸이 자유로워진 만큼 환자의 운명도 각자 그녀들 각자의 성품에 맡길 수밖에 없다. 착한 간병인들은 여전히 지성으로 살폈으나 아닌 경우도. 더러 있었으니, 하필 내가 가장 힘든 여자를 만난 것이다. 그러다가 6인실 침대 하나가 비워지면서 간신히 공동실로 옮겨졌으니.

1인실에서 6인실로 옮겨지면서 지옥에서 반 단계쯤은 올라온 느낌이었다. 병실의 간병인과 환자 등 '보는 눈'이 늘어나면서 모멸적인 행동이 쬐끔 줄어든 것이다. 그러나 고통으로부터의 해방은 절대 아니었다. 다른 침대의 환자들 역시 공 간병인의 홀대에도 철저하게 무심했으니.

6인실에 들어가서도 그렇게 나 혼자만 1인 간병인 시스템이 유지되었었다. 그래서 308호에 두 명의 간병인이 따로따로 일을 했으니, 공동 간병인인 서금자 씨는 다섯 명의 노파를 케어했고 공미성 간병인은 나 혼자만 담당하게 되었다.

여기서도 간병비 문제의 차이가 생겼다. 다섯 명을 돌보는 서금자 간병인이 훨씬 바쁘게 뛰어다니는데 나 혼자만 돌보는 공 간병인보다 월급이 적은 것이다. 서 간병인이 그걸 문제를 삼지는 않았지만.

공동 병실 5일차였나, 아침 아홉 시 직후부터 호들갑 떠는 이유를 솔직히 전혀 몰랐다. 목욕을 시킨다며 휠체어에 앉힐 때 손잡이 틈새에 걸린 내 어깻죽지 살집이 걸려 찢어지게 아팠다. 끌고 갈 때도 환자복 소매가 바퀴 틈새에 끼어 까무러치게 아팠는데 또 같은 경우를 당한 것이다. 소리가 나오지 않았으므로 병동의 누구도 나의 고통을 느끼지 못한 것도 마찬가지이다.

그러더니 옷을 홀라당 벗기니 수수깡 같은 알몸을 쪼그려 앉혀놓는다. 그리고 내 몸을 샤워기로 뿌리더니 인정사정없이 박박 문지르는 것이다. 아프다. 너무 아프니 마음의 부끄러움보다는 생살 문지르는 몸의 아픔이 더 고통스럽다는 것도 알게 되었다. 이번에는 침대로 이동할 때에도 알몸 그대로 이동을 시켰으니, 이건 절대 아니다. 휠체어로 병실 가운데를 통과하는데도 몸에 아무것도 옷을 걸쳐주지 않아서.

'뭐 좀 덮어줘.'

마음속으로만 외쳤으니 병실은 고요, 고요한 침묵뿐이다. 수수깡 발목과 사타구니 거웃 몇 개도 감출 방도가 없다.

아, 나는 철이 든 이후 지금껏 남들 앞에서 옷을 벗은 적이 단

한 번도 없다. 진짜 그랬다. 나이 90이 넘도록 그 흔한 대중목욕탕에도 들어간 적이 없다. 집에서 혼자 옷을 갈아입더라도 문고리를 몇 차례 확인한 다음 몸을 벽 쪽으로 향할 정도로 속살 노출은 절대 금기 사항이었다.

그런데 아흔 살이 훨씬 넘어 맨살의 가축처럼 끌려가는 걸 막아낼 도리가 없는 것이다. 가쁜 숨으로 용을 쓰다가 오히려 등허리 한 대 쥐어박히며.

"가만히 있어."

손가락으로 콕콕 찔러도 놀라는 사람이 없는 건 비명소리가 전혀 들리지 않기 때문이다. 낚시코에 걸린 참붕어처럼 아무리 비늘을 떨쳐도 누구 하나 느끼는 사람이 없으니, 그게 지금 내 처지이다. 공 간병인 그 여자 혼자만 얼굴이 벌겋게 달아오른 채.

"버티지 말라고 했지? 말을 안 들으면."

손바닥으로 엉덩이 맨살을 찰싹 때리며.

"잘 들어. 잉."

날카롭게 노려보다가 그미가 손바닥으로 툭 미는 바람에 내 고개만 뒤로 젖혀진 것이다. 병실의 모든 눈동자가 아주 잠깐 내 알몸 엉덩이에 화살처럼 꽂히긴 했으나 금세 고개를 돌렸으니 없던 일이 된 셈이다. 그러니까 옛날 스산 병원에서 남편 너머로 보았던 옆 침대 사내의 모습보다 훨씬 불쌍한 모습이다. 그 사내가 간병인에게 엉덩이를 찰싹 맞을 때 '저럴 수도 있구나' 했지만 그는 딱 한 대만 맞았었다. 그랬다. 매를 맞은 모욕감보다 몸의 통증이 더 괴로울 뿐이다.

그러다가 갑자기 화장품을 찍어 내 얼굴에 벅벅 문지르는 게 어럽쇼, 평소와 다른 뭔가 수상한 동작이다. 머리카락을 잡아당기는 것도 무시무시하게 아팠지만 맨살의 때가 벗겨지면서 조금씩 깔끔해지는 기분도 조금은 있었으니 신기한 일이다. 목을 이리저리 돌리더니 로션도 살짝 바르고 팔뚝도 올리며 여기저기 꼼꼼하게 살펴본다. 왜 그럴까? 아, 자식들이 면회를 온다는 전달을 받은 거란 걸 나중에야 알았다.

코로나 이후, 요양병원의 면회 절차가 훨씬 힘들어졌다. 얼굴을 맞대는 대면 면회가 일절 금지되고 유리창 바깥에서 핸드폰 통화로 딱 15분 동안만 가능하게 바뀌었단다. 그나마 창문 너머 입 모양이나 바라보는 정도가 최대한의 소통이다. 그런데도 유리창 너머라도 자식들의 얼굴을 만나는 게 구세주를 만난 것처럼 황홀하다. 그리고 그날 면회 온 둘째 아들과 여섯째 딸 성순이는 바깥에서 따로따로 만나도 친남매 표시가 날 성도로 닮은 판박이 피붙이이다.

반세기가 훨씬 지났던 기억일까, 성순이가 네 살 때 오줌을 싸서 야단맞을 때 초겨울 마루에서 함께 껴안고 울던 남매의 아련한 풍경도 떠오른다.

'쥐어박은 건 화풀이였어.'

콧등이 싸하게 후회하면서 그냥 안방에서 뜨개질에 빠졌는데.

후르르 후룽.

바람개비 소리가 유난히 크게 들린다고 생각했다. 신문을 보던 남편이.

"무슨 소리지?"

부엌문을 갸우뚱갸우뚱 열자 찬바람이 싸하게 몰아쳤던 것 같다. 그리고 아홉 살 둘째아들 혼자 아궁이에 불을 지피는 모습이 보여서, 깜짝 놀라.

"시방 뭐하니?"

"애기 옷을 말리는 중인디유."

생솔가지 화릉화릉 타오르는 아궁이에서 쭈뼛쭈뼛 고개를 드는 것이다. 아궁이 불길을 받은 여동생의 내복에서 지린내가 모락모락 풍기자, 남편이.

"얘 좀 봐."

허허 웃으며 가마솥에 물 한 양동이를 부어 벌겋게 달아오른 가마솥을 진정시켰다. 다시 아들의 손을 잡으며.

"성연이가 착해. 제 동생이 마루로 쫓겨나니까 함께 껴안고 후엉후엉 울더니 이번에는 즈이 동생 옷을 말리겠다며 아궁이에 성냥불을 붙인 거여."

270

머리를 쓰다듬던 게 58년 지난 이야기이다.

그 여섯째 딸이, 지금은 창문 저쪽에서 즈이 엄마의 모습을 보자마자 큰소리로.

"아, 엄마. 엄마."

얼굴에 푸르딩딩 번진 색깔을 보고 깜짝 놀라 바닥에 주저앉더니 꺼이꺼이 울음을 터뜨린다. 나도 유리창 너머 혼신으로.

'내보내 줘. 그게 나를 구하는 길이야. 제발 하루를 살더라도 병원 바깥에서 품격 있게 견디고 싶단다.'

신호를 연신 보냈지만 턱도 없는 불통이다. 머리끝부터 발끝까지 움직일 방도가 없으므로 오로지 입술 끝만 바르르 떨며.

'이 여자한테 꼬집히고 싸대기도 맞았어. 성연아, 성순아. 딱 하루만 살아도 좋으니 제발 지금 당장 나가게…….'

영문도 모른 채 우는 남매의 흐느낌만 유리창 너머 끄윽끅 느껴질 뿐이니 아무 방법이 없다. 나는 다시 젖 먹던 힘까지 짜내어 혼신으로.

'내 얼굴을 부뚜막 닦듯 수세미로 박박 문지르고 침대까지 알몸으로 끌고 있단다. 몸을 뒤틀러 하나가 두어 대 더 맞았어. 머리끄덩이도 잡아당겼어.'

그러거나 말거나 내막도 모른 채 흐느끼는 남매의 표정이 유리창 너머 보자기처럼 흔들린다. 15분의 시간이 순식간에 지나가더니 아들과 딸이 줄을 맞춰 배꼽 인사를 넙죽 올리니, 아, 이별의 신호이다. 두 자식의 모습이 점점이 멀어지는데, 헤어지자마자 공 간병인 휠체어를 한 바퀴 돌리며.

"이러다가…… 흐흐."

그 소리를 나 혼자 곱씹는 중이다. '이러다가' 나는 과연 어떻게 되는 것일까? 이렇게 몸이 잦아지다가 세상을 떠나는 게 자연의 섭리이지만 그래도 마지막 존엄을 지키고 싶은 거다. 그러기 위해서는 맞지 말아야 하고 발가벗겨지지 말아야 한단다. 마지막 소원이다.

그즈음 아들 황성연이 수간호사와 면담하면서 6인 공동 간병인으로 바꾸라는 조언을 들은 것이다. 그전에도 대기실에서 만난 장년의 수간호사가.

"공동 간병인 좋은 사람이니까 그쪽으로……."

"그래도 1인 간병인이 더 좋은 거 아닌가요? 그렇지요?"

그러나 수간호사가 끝내 수긍을 하지 않는 게 불안하긴 했지만.

"왠지 부모님께 불효를 하는 것 같아서……."

수간호사는 끝까지 설레설레 흔들며.

"지금 1인 간병인은 케어를 잘하시는 분이 절대 아니에요."

그 소리에 아들의 마음이 갸웃갸웃 바뀌는 판이었다. 특히 '좋은 간병인'이라는 정보에 아들이 머뭇머뭇.

"그러면 며칠 전에 통보를 해야겠네요. 간병인이 놀라지 않고 다음 환자와 연계할 준비도 갖추게 할 겸."

"아니요. 교체하는 당일에 바로 통보하세요."

공동 간병인으로 바꾸는 경로가 이차구차 내 뇌에 들어왔다. 수간호사는 미리 얘기하는 만큼 환자에게 손해가 간다는 뜻인데 아들이 알아듣지를 못하는 게다. 내가 '아들아, 제발 바꿔라' 애원하는 눈빛을 알아채지 못했으나, 마침내.

오늘 아침에 정리 통보를 받은 공미성 간병인이 내 앞에서 아들에게 전화 통화를 하는데, 처음에는 아주 정중하게.

"아드님. 저는 여기 어머니를 한 달 넘게 친어머니 모시듯 진짜 정성껏 수발을 했다고요."

그 순간 나의 핏줄이 꽁꽁 얼어붙으며, 아니다, 아니다고 마음으로만 펄펄 뛰었으나 당연히 아무 소리도 나오지 않으므로 눈자위만 바르르 떨었는데.

'……니예.'

그 여자는 아들과 통화하면서도 스마트폰을 들지 않은 다른 손가락으로 내 볼 여기저기를 꾹꾹 찌르면서.

"저기 5층 9호실 아버님네 아들은 1인 간병인을 3년 동안 선택하면서 1억5천이 넘게 들면서도 아주 지성으로 모셨어요. 효심이 지극한 자손이지요."

점차 얼굴 빛깔이 검붉게 타오르더니.

"진자리 마른자리 갈아주신 부모님을 떠올려 보세요. 마지막 가는 길에서 돈 몇 푼 쓰는 걸 아까워하는 게 죄스럽지 않으세요? 사람은 효도를 한 만큼 자손도 복을 받는 거라구요."

공동 간병인으로 바꾸는 결정이 불효의 극치이니 원위치시키라며 타박하는 것이다. 수화기 저쪽에서 내 아들이 기어드는 소리로.

"그동안 살펴주셔서 감사합니다. 은혜를 잊지 않겠습니다."

그러면서도 이미 내린 결정을 바꿀 기미를 전혀 보이지 않자.

"내가 몇 달 더 하는 만큼 당신 어머니가 행복한 거라구홧!"

냅다 소리치는데도 수화기 저쪽의 아들은 연신.

"그동안 감사했습니다. 선생님께서 따뜻하게 보살피신 그 정성을 제가 영원히 잊지 않겠습니다. 진심입니다."

"아니, 학교에서 선생님을 했다는 사람이 마지막 가는 부모님에게 그 정도 효도도 못 합니까? 나중에 돌아가신 다음 얼마나 후회하려고? 엥!"

그렇게 소리치는 와중에도 그미가 내 눈썹 몇 개를 지분지분 잡아당기면서.

"나도 큰아들이 변호사고 둘째가 서울대 교수인데 경기도 이천에 살아요. 그 효심이 지극한 아들들이 여기 요양병원에서 고

생하는 즈이 엄마를 면회왔을 때…… 내가 먼저 말했어요. '저 불쌍한 어머니 환자를 위해 간병을 몇 달 더 할 것 같으니 너 혼자 가라' 하며 돌려보냈어요. 아들이 자꾸 짐이라도 갖다 놓겠다고 재촉했는데 내가 그냥 보냈다고요. 그때 아들의 차를 탔으면 짐 문제가 해결이 됐을 텐데 그걸 놓쳤으니."

"아, 정말 가시느라 불편하시겠습니다. 휴우."

"그러니까 여기부터 이천까지 택시비 30만 원만 내세요. 그걸로 깨끗하게 끝냅시닷!"

'예?'

나는 침대 누운 채 혼신으로.

'안 된다. 이 사람의 세 치 혓바닥에 넘어가면 절대 안 된다. 아들아, 나도 생의 마지막을 존엄하게 보내고 싶었단다. 그게 안 되면 비굴하게라도 살지 않겠으니 이 여자에게 돈을 보내면 절대 안 된다, 아들아.'

심장이 터질 듯 어미의 마음을 보내는 것이다. 공 간병인이 윽박지르거나 말거나 나 혼자 보낼 수 있는 모든 텔레파시를 쏟아내었다.

'이 여자에게 30만 원 웃돈을 또 보낸다면 그건 아주 그릇된 판단이다. 특히 이 여자는 안 된다. 지금도 내 얼굴 사진을 연신 찍어대는 게 흉측해진 몰골을 가지고 뭔가 장난을 치려는 심사 같구나. 그래도 나는 괜찮지만 돈을 주면 절대로 안 된다.'

그렇게 또 몇 대 쥐어박힐 각오를 하는데, 이상하다. 순간적으로 차가운 정적이 흐르면서 손찌검이 딱 끊어진 것이다. 둘째 아들이 제자 간호사에게 급히 도움을 요청했는지 박순재 간호사가 병실을 꼿꼿하게 서서 바라보고 있었다. 그래봤자 간호사가 간병인을 제어할 권한이 없으므로 계속 병실만 지켜보는 거란다. 그렇게 박 간호사가 두 시간 넘게 내 침대를 지켜보면서 공 간병인이 짐을 우물우물 싸더니 병실을 나간 것이다. 이젠 됐다. 나는 죽는 날짜만 기다리면 된다.

나중 얘기지만, 쥐어박고 손가락으로 찌르며 푸르딩딩 멍든 내 사진 열댓 장 이상을 아들한테 스마트폰으로 전송시켰단다. 이런 마지막 문자의 전송과 함께.

'이러다 가는 거야. 크크.'

진달래 선홍빛이 허공에 번지는 사월이었다. 그리고 이상하다. 60 안팎의 그 간병인이 어디에서 젊은 아이들이 쓰는 '크크'라는 웃음을 오려왔을까. 지금은 그 또한 3년이 지난 사연이고 나는 지금도 콧줄 하나로 연명하고 있다. 그렇게 또 하루가 지나가는 것이다. 아무 일도 없었다.

계엄

남편 황구원은 꼼꼼쟁이긴 하지만 자기 나름의 철저한 스타일이었다. 일개미처럼 부지런히 움직이며 미래를 위한 근검절약이 몸에 배었다. 퇴근하자마자 밭일에 매달리거나 외양간을 치운 다음 마당을 쓸었다. 젊은 날에는 노동 자체도 운동이라고 생각하며 근면에만 매달렸는데 퇴임 직후 노인건강센터에 다니면서 생각이 바뀌기 시작했다. '내 몸을 내가 챙기자'며 '노동과 운동'을 분리시킨 것이다. 조깅할 때는 반드시 추리닝 차림으로 절대 벨트를 매지 않으며 물건도 들지 않는다. 걸음 속도는 '조금 빠르게' 수준이며 몸이 지치는 순간 서서히 멈춘다.

그러니까 정년퇴임 직후의 몸 관리는 거의 결벽증 수준이다. 폐를 보호하기 위해 담배를 끊었고 위장을 다스리려 차가운 것을 일절 금지했다. 기름기는 간의 보호를 위해 가까이하지 않았고 췌장 보호를 위해 과식도 피했다. 튀김은 동맥경화와 뇌졸중이 유발되므로 먹지 않았고 감자튀김과 쿠키는 트랜스 지방이 많아 뇌졸중과 당뇨병을 유발한다며 피했다.

그리고 날마다 걷기 운동에 빠졌다. 처음 3~4년은 날마다 옥녀봉 꼭대기까지 등반을 한 다음 식탁에 앉았으니 만만찮은 도정이다. 세월이 흐르면서 근력이 빠지자 새벽마다 오르던 등산 대신 그냥 산 중턱의 약수 한 병만 떠오는 시스템으로 바뀌었다. 그러다가 다시 급을 내려 아파트 몇 바퀴 도는 걸로 방식을 바꿨으나, 세월의 섭리에 몸을 맞추는 것이다.

퇴임 몇십 년 지나 아흔이 넘으면서 새벽마다 아파트 거실에서의 맨손체조로 몸을 보존했다. 그때까지도 며느리들을 만날 때마다 자신의 튼튼한 건강 관리에 대해서 설파하고 싶어했다. 그러나 아무리 노파심으로 살아도 '나무에서 떨어지는' 걸 피할 수 없는 것일까. 어느 날 돌연 쓰러진 것이다. 발을 헛디디며 머리가 냉장고와 찬장 사이로 처박혔으니.

그렇게 먼저 쓰러진 남편이 병원에 3년이 넘도록 견디고 있을 때, 나는.

'명이 너무 길구나. 오래 사는 게 좋은 건 절대 아닌데.'

아슴아슴 혀를 차면서.

'음식이 창자만 통과하면 죽지 않는 거야.'

그 푸념은 당숙의 입원 때와 비슷한 생존의 이유이다. 몸의 모든 기능이 마비되더라도 음식물만 들어가면 배설로 이어지면서 일단 목숨이 연장된다는 사실이다. 그렇게 설레설레 흔들던 게 엊그제 같은데 곧바로 남편이 쓰러졌고 다시 세월이 흘러 지금은 내가 그때의 남편보다 훨씬 힘든 상태로 병상 4년째를 보내고 있지만.

남편은 일 중독자처럼 부지런했고 시간을 1초 단위로 아껴야 한다고 주장했다. 1초는 꿀벌이 날갯짓을 200번 이상 팔락이는 시간이며, 투수를 떠난 야구공이 배트에 맞고 다시 투수에게 돌아오는 시간이라며, 촌음을 아껴 써야 한다는 고전적 논조를 적극 설파했다. 그러니까 재채기 때 터진 침방울이 (공기의 저항만 없으면) 100미터까지 튕겨 나갈 수 있는 아까운 시간이란다. 지구상에는 1초에 자동차 석 대가 생산되며 텔레비전이 스무 대가 조립되고 이방인 200명이 국경을 넘는 시간이란다. 그러면서 집안 살림만큼은 실용적으로 살폈으니 모든 '구름 잡는 소리'를 봐줄 만하다. 아파트 관리비를 점검했고 현관 번호판 열쇠의 건전지도 스스로 교체했다.

병원에서도 한머리 시골 기와집 지붕 보수까지 챙겼으니 마지막까지 할 일을 한 것이다. 핸드폰으로 우태 씨를 병원까지 불러 통장의 돈을 대신 찾게 한 다음 시골집을 보수 시켰으니 그게 병실에서의 원격 조종이다. 그렇게 병원 침내에서 기획한 시골집 수리비만 해도 3,000만 원이 넘으니 만만찮은 비용이요 마지막 능력 발휘이다. 몸이 쇠해가면서 건망증이 쌓이자 이번에는 모두 수첩의 기록으로 해결했다. 예전의 대통령 박근혜처럼 '수첩 공주'가 아니라 죽는 날까지 황 씨네 핏줄을 통치하는 '수첩 상왕'으로 남으려는 것이다.

입원 전에도 가전제품 수리 정도는 아들딸을 전혀 부르지 않고 스스로 해결했던 능력자이다. 집 전화와 휴대폰을 연결해서 입력과 해제하는 방법을 꼼꼼하게 적어서 낱낱이 더듬어 찾아내는 점검법이다. 나로서는 전혀 이해가 되지는 않았는데, 그래도 설명을 하자면, 먼저 입력 방법으로.

별표 1번 누름에서부터 시작된다. 그다음부터 '88을 2번 누름 → 휴대폰 번호(011-○○22-○○41) 누름 → 다시 ＊표 1번 누르면 입력'으로 꼼꼼히 기록했다. 입력 해제도 마찬가지로 '＃ 누름→88을 2번 누름→ ＊표 2번 누르면 입력 해제됨'까지 정확한 순서이다. 최선의 방책이 사라지면 재빨리 차선으로 생활을 점검하는 것이다.

그렇게 90세까지 TV나 전화기, 에어컨, 전기장판이나 출입문까지 손수 고쳤으니 그것 하나만으로도 잘 산 셈이다. 병원에 입원해서도 3년 내내 말짱한 정신으로 잘 견디다가 딱 하루만 앓고 세상을 떠났으니 가장 복된 작별일 수도 있다.

나 역시 처음 입원 1년은 밥도 먹었고 면회객들이 들고 오는 과일을 갈아 먹거나 부드러운 케이크도 해결했으니 환자로서 그럭저럭 괜찮게 보이는 표정이었다. 그러나 1년이 지나자마자 몸의 기능이 떨어지면서 하강 속도가 급속도로 빨라졌다. 마침내 움직이지 못하는 식물 상태로 생존을 이어가게 되었으니, 그게 운명이다. 물론 운명으로만 치부하기에는 너무 처절한 말년인데, 지금은.

누군가 내 얼굴을 쓰다듬는 느낌으로 잠을 깨었던 것 같다. 꿈과 현실의 촉수가 비몽사몽으로 같거나 다르기도 하지만 내 반응의 차이는 전혀 없다. 한쪽 팔은 움직일 염려가 없으니 그대로 방치되었고 담장이 넝쿨처럼 근근이 뻗어가던 나머지 왼손은 헝겊으로 꽁꽁 묶어버렸다. 묶이지만 않았다면 당장 콧줄 호스를 뽑아내고 이 세상을 마감하는 게 정답임을 나도 알고 병원도 알고 가족도 안다. 그러거나 말거나 끝도 없는 세월을 고통스럽게 보낼 수밖에 없으니 그나마 소통 방법은 눈물 자국을 번지는 것 하나뿐이다. 그러나 나는 모든 사태를 낱낱이 보고 듣고 느끼고 정리할 수 있다. 기쁨과 슬픔까지 모두 느끼고 안다. 지금도 그렇다.

TV 소리라도 들려야 사람 사는 느낌이 드는 것일까. 보고 들

는 사람이 하나도 없을 때에도 항상 틀어놓으니 밤이 되면서 귓
바퀴가 더욱 쏠리게 된다. 콧줄 식사의 와중에도 모든 감각이
가느다랗게 들리는 그쪽으로 집중할 때도 있다. 덕분에 귀동냥
으로 뉴스를 들으면서 나름대로 시국을 판단하기도 한다.

　놀라운 사태가 터졌으니 '계엄'이라는 TV 자막이다. 45년 내
내 잊고 살았던 이런 해괴한 뉴스의 정체는 과연 무엇일까? 손
바닥에 '임금 왕(王)' 자를 쓰고 대통령 선거 토론에 등장했던
검사 출신의 그 당선자이다. 선거에서 이기자마자 예전의 청와
대를 버리고 용산으로 옮기던 돌출 사태도 겪었다. 야당 대표
는 범법자라서 영수 회담에 응할 수 없다던 그가 3년이 지난 그
해 겨울 12월 3일에 느닷없이 계엄령을 발동하면서.

　　종북세력을 척결하고 자유 헌정질서를 지키기 위해 비상계엄을 선
　　포한다⋯⋯ 이는 체제 전복을 노리는 반국가 세력의 준동으로부터
　　국민의 자유와 안전 그리고 국가 지속가능성을 보장하며 미래세대
　　에게 제대로 된 나라를 물려주기 위한 불가피한 조치이다⋯⋯ 계엄
　　선포로 인해 자유대한민국 헌법 가치를 믿고 따라주신 선량한 국민
　　들에게 다소의 불편이 있겠지만⋯⋯ 이러한 불편을 최소화하는 데
　　주력하며

　그러니까 모든 정당의 활동과 결사, 집회, 시위 등을 금지시

키고 언론 출판은 계엄사의 통제를 받으라는 섬뜩한 내용이다. 그리고 의료 현장을 이탈한 모든 전공의들에게 48시간 내에 복귀를 명령하며 '위반 시에는 처단한다'는 어리둥절한 문구도 있다. 계엄령 문구에 왜 '의사 이야기'가 끼어든 건지 이유를 알 수가 없지만.

곧바로 시민들이 계엄군을 저지하기 위해 국회로 우르르 몰려들면서 새로운 사태가 되었다. 지금은 국회의원들이 의사당 담을 넘는 중이다. 총을 든 군인이 유리창을 깨고 의사당에 진입하려 하자 의원실 보좌관들이 소화기를 쏘며 안간힘으로 막아내는 장면도 스쳐 간다. 헬리콥터까지 프로펠러를 휘날리면서 국회의사당 마당으로 내려앉으니 그 또한 평생 처음 보는 장면이다. 그것을 저지하기 위해 오밤중 초겨울 추위를 뚫고 국회의사당 앞으로 몰려든 군중들이 스크럼을 만든다. 함성을 지르며 계엄군들의 총대를 밀고 당기는 장면을 보다가 나까지 그만 콧등이 찡 달아오르기도 했다.

어느 젊은 계엄군 하나가.

'군인은 명령에 설대 복종해야 하시만 출동할 때까지 진압의 내용을 알지 못했어요. 그러다가 국회의사당 앞에서 아, 시민들이 막고 있구나, 감지하는 순간 유혈 사태를 떠올렸습니다. 지금도 총칼을 사용하지 않은 게 너무 감사한 거예요.'

눈물을 글썽이며 고개도 숙인다. 그 순간 내 눈시울이 글썽해진 것은 40년 전 내 아들딸들의 현장 때문이다.

둘째 아들은 전투경찰이었고 셋째 아들은 대학생이었다. 형제끼리 대학 정문 앞 아스팔트에서 서로 최루탄과 화염병을 쏘고 던지며 쫓고 쫓겼다. 최루탄을 맞은 대학생들이 교문 안으로 도망치기도 했고 반대로 아스팔트에 깨진 화염병 불꽃이 군복에 붙어 허겁지겁 뛰는 전경 청년도 있었다. 내가 낳은 핏덩이끼리 왜 편을 나누어 싸우는 것일까? 배달의 젊은이끼리 원수처럼 싸우는 게 괴로웠었는데.

이번에는 상황이 달랐다. 군인들이 적극적으로 달려들지도 않고 총구를 내린 채 느릿느릿 걷는다. 마트에서 컵라면을 먹으며 시간을 끄는 장면도 보였으니 어리둥절한 일이다. 쓰러진 시민을 일으켜 세우고 '괜찮다, 괜찮다' 하며 등허리도 두들겨 준다. 그러니까 45년 전 광주의 피비린내 흐르던 아스팔트와는 완전히 다른 풍경인데.

그렇게 혼신으로 인간 바리게이트를 치면서 '3시간 천하' 사태로 마감되었으니 '실패한 계엄'이 된 것이다. 시민들도 용감했고 부당한 명령에 복종하지 않은 군인들도 장하고 대견스럽다. 퇴각하던 군인 하나가 몸을 돌려 시민들에게 고개를 숙이며 '죄송합니다' '정말 죄송하고 감사합니다'를 연발했으니 눈부시고 눈물겨운 장면이다. '고생했어요' 누군가가 손을 흔들자 다시 시민들을 향해 '아니요, 지켜주셔서 감사합니다'로 작별 인사를 나누는 장면이 안쓰럽고 아스라하다.

　중계동 사는 부부 교사 다섯째 딸 황의순도 여의도 국회의사당 도로 집회에 참석했다는 소식이 가장 놀랍다. 아니, 황 씨네 핏줄의 당연한 선택이리라. 그러나 함성을 외치는 황의순이 당당한 만큼 남아 있는 가족들은 새가슴처럼 오그라드는 게 문제이다. 그날 셋째 아들과 의순이가 나누던 대화를 그 부분만 달랑 오려내면.

　남편 서경훈이 아내 의순의 몸을 막아섰으니 이제껏 단 한 번도 겪지 못한 일이다. 착한 남자 경훈은 퇴근 직후 곧바로 귀가하는 성실 남편이었으며 돌아오자마자 설거지나 쓰레기 치우기도 잘했다. 돈도 그럭저럭 모았으며 아들딸 모두 공부를 잘했으니 뭐 하나 걱정이 없는 집이었다. 그런데 그날따라 현관을 막으며.

　"너무 위험해. 오늘만큼은 안 돼."

　"그러니까 내가 가야 해."

　그러나 경훈은 길을 비켜주지 않은 채.

　"계엄군과 맨몸으로 싸울 수 있다고 생각해? 총을 든 군인이야."

　의순이 남편에게 간절한 표정으로.

　"우린 지금껏 뭐 하나 부족한 것 없이 잘 살았잖아. 아이들도 잘 컸고 돈도 어지간히 많아. 하지만 이런 비상시국에 집이나 지키고 있으면 나중에 오래도록 후회하게 될 거야. 여보, 나중에 손주들이 '할머니, 2024년 12월 3일 자정에 뭐하셨어요?'라고 물으면 뭐라고 대답할 거야? 시위 군중들 숫자에 내 몸 하나라도 보태면서 계엄군 가슴에 장미꽃도 달아 줄 거야. 만약 폭력 진압으로 부상자라도 생기면 우리 집으로 데려와 치료도 해 주자."

"위험해. 계엄은 낭만이 아닐 수도 있어. 아스팔트로 피투성이가……."

그런 갈등도 있었지만 마침내 부부가 함께 여의도로 출정하기로 합의를 하고 승용차를 몰았단다. 국회 정문 쪽에 도착했던 밤 11시 30분에는 이미 헬기들이 프로펠러를 날리며 국회의사당 마당에 내리던 즈음이었다. 황의순은 연신 휴대폰으로 헬리콥터와 시민들의 모습을 찍어대기 시작했다. 어두운 곳에서 찍긴 했으나 다행히 계엄군들이 강력하게 막지 않는 걸 보고,

'어쩌면 평화롭게 끝날 수도 있겠구나.'

두근두근 심장으로 밤 두 시까지 집회에 참석하다가 집으로 돌아와 이튿날 새벽에 출근했으니, 역시 부지런한 핏줄의 그 성정이다.

위정자들은 아주 빠르게 손바닥을 뒤집었다. 재판정에서도

'아무 일도 일어나지 않았다'며 '호수의 그림자 찾는' 황당한 소리라며 강력히 반발하였다. 뭐든지 반대만 하는 야당 국회의원에 대한 경고성 멘트로 국민들에게 경각심을 주기 위한 '계몽'이라고 주장했단다. 국회의원을 보호하기 위해 군인들을 출동시켰으며, 끌고 나오라고 명령한 건 '의원'이 아니라 '요원'이었단다. '게임이냐 개헤엄이냐' 하는 생뚱한 비유도 전혀 우습지가 않다.

이튿날부터 광화문과 여의도에 탄핵 찬성과 반대로 나뉘어 목청 높이기 시합에 빠지기 시작했다. 기실 나도 웬만큼 보고 듣고 알고는 있으니, 입원 직전까지 날마다 TV 뉴스에 집중하던 습관의 연장이다. 데모를 해본 적이 없지만 아들과 딸, 사위, 며느리까지 시국의 풍파를 겪은 핏줄이 많으므로 알만큼은 안다.

그러나 병실은 무심하고 고즈넉할 뿐이다. 나 역시 식물인간으로 누워만 있으므로 그냥 들리는 대로 듣기만 할 뿐이었고.

환갑 이후부터였던가. 죽음이란 단어가 낯설지 않으니 40년 지난 세월이다. 홍역이나 이질에 걸려 어렸을 때 떠나는 기 말고 내내 멀쩡하게 잘 살던 사람들에 대한 작별 사연이다. 암으로 죽는 숫자가 가장 많았고 심장마비로 쓰러져 인생을 끝내기도 했고 더러는 트럭에 치여 떠나기도 했다. 그 장례식장 행렬들을 만나면서, 벚꽃 단장의 어느 봄날 문득 생각을 해보았던 것 같다.

'언제까지 사는 게 가장 품격 있는 인생인가?'

여든까지는 옛 시골 빈집에 들러 전답도 둘러보고 시장통 분이네 가게에 기웃거리거나 집안 살림도 가능했으니 그럭저럭 인생이라고 할 수는 있다. 그 이후로는 삶이 아니라 그냥 목숨이나 연장하는 '생존'이라는 판단이다. 그래서일까. 나보다 더 늙고 병든 사람들을 만날 때마다 혀를 끌끌 차곤 했다. '저 사람들은 왜 사는 건가?' 하며 안쓰럽게 동정표를 던지며.

떠날 때는 단칼에 숨이 끊겨야 한다. 자다가 심정지 상태가 오거나 빗길에서 벼락을 맞는 게 차라리 낫다. 아니면 교통사고 비명횡사로 식솔들에게 보상금이라도 넘겨주고 마감하는 게 깔끔하다는 생각이고 또 실제로도 그렇다. 느닷없는 비보에 지인들도 화들짝 놀라고 남은 자식들도 비통하게 꺼이꺼이 우는 작별이 되어야 한다. 스산 요양병원에서 남편의 병동 콧줄 환자처럼 식물인간으로 세월을 치렁치렁 의탁하면 안 된다. 10년 전, 그러니까 나보다 4년 먼저 쓰러진 내 여동생 현자도 그렇다.

다섯째 여동생 현자가 쓰러진 사연은 어디서부터 말문을 열어야 할까. 열한 살 더 많은 큰언니인 나보다 4년 먼저 쓰러졌으니 10년 나이 차이를 더하고 빼면 15년 빨리 쓰러진 셈이다.

동생 현자가 왠지 자식들에게 너무 지나치게 몸을 던진다는 생각이 들던 터이다. 틈나는 대로 아들딸네 집에 찾아가 빈집 문을 열고 청소를 해주는 게 불안하기도 했다. 자식들이.

'왜 남의 집 열쇠를 따고 들어오느냐, 프라이버시 침해다.'

화를 내도 꾸역꾸역 청소 작업에 들어가야 마음이 편해진다니 답답한 노릇이다. 초겨울마다 김장을 담아 자식들에게 꼬박꼬박 보내는 것도 솔직히 나는 싫었다. 심지어 그미의 아들딸까지.

'엄마, 김장 고만 보내세요. 맛도 써요.'

도리질 치면.

'아직 익지 않아서 그래. 시간이 지나면 맛이 든다.'

그렇게 집집마다 나눠주기 위한 김장을 담던 초겨울에 돌연.

'어, 어지럽다.'

머리를 싸매다가 병원행이 된 것이다. 그후 뇌졸중 11년이라는 지긋지긋한 세월을 어떻게 헤아릴 수 있을까. 그러니까 여자들 스스로 대우를 받는 법을 배워야 하며, 나이가 들수록 더 그래야 한다.

우리 시대의 여자들은 그랬다. 순결 그리고 헌신과 희생, 절약과 인내, 결핍 그리고 근검과 저축이 생의 지표인 줄만 알았다. 순결은 첫날 밤 신랑에게 바치는 줄만 알았고 사내가 숟가락을 들기 전에는 밥상 위에 절대로 손을 얹지 않았다. 그렇게 배웠고 배운 대로 지켜왔다. 그리고 내가 지켰던 신념에 대한 후회를 시작한 건 남편이 세상을 떠난 직후였던 것 같다.

특히 시골에서 아기들의 얼굴이 보이지 않은 지도 오래되었다. 유모차를 밀고 가는 노파의 뒷모습에 익숙해졌고 유모차에 애완견을 태우고 덩실덩실 받드는 풍경도 어리둥절하지 않다. 터미널 사거리 신호등 앞이나 귀갓길 어디쯤에서 기역 자 굽은 등을 지팡이에 지탱한 채 어기적어기적 걷는 노파들을 쓸쓸히 바라보면서.

'아이고, 부처님.'

한숨이나 몰아치면서.

'나만큼은 꼭 단칼에 숨이 끊어져야지. 휴우.'

그 기도가 마음대로 안 될 줄은 차마 몰랐으나 지금은 아무 방법이 없다. 막무가내로 투입되는 콧줄 영양분으로 한 달, 두 달 그러다가 몇 년 세월이 또 흘렀다. 해가 뜨면 커튼을 올리고 아침 점심 저녁으로 영양분을 투입한 다음 해가 지면 다시 커튼을 내린다. 화초처럼 햇살을 받고 화초처럼 고무호스로 수분을 섭취시킨다. 날이 저물 때쯤 간병인이 호스와 도르래를 조율하고 자리를 뜨면 그게 하루의 끝이다. 그랬다. 딱 하루라도 곡기를 끊을 수 있다면 인생이 편안하게 정리될 것이다. 나도 진심으로 원한다.

'죽고 싶다.'

지금은 간병인이 내 얼굴을 닦아주는 중이다. 침대 곁에 바싹 붙어 조심조심 곰살맞게 닦아줄 때도 있지만 때로는 수세미로 가마솥 닦듯 슬렁슬렁 마무리 지을 때도 있다. 전기밥통 모서리 훔치듯 벅벅 문지를 때마다 내 살갗이 홀러덩 벗겨질 정도로 아프다. 그렇게 고통스러운 시간이 지나면 얼굴에 붙었던 땀자국이나 눈곱 더께가 지워지면서 피부가 뽀송거리니 신기한 일이다. 문득 떠오른.

'아파.'

물보라 환청이 쨍그랑쨍그랑 겹치면서 흘러간 기억도 때로는 버티는 힘이 된다. 동시에 소소한 후회도 만드니 내 자식들 알몸 씻겨주던 기억의 조각들이 그렇다. 양동이에 물 받아 놓고 아들딸의 맨살을 문지르면.

'아파웃! 살살.'

소리를 질러도 '엄살쟁이' 하며 손가락에 더 힘을 주며 박박 문지르면.

'아야, 안 아프게, 제발 살살.'

나는 원래 손가락 힘이 강했다. 온종일 마늘밭을 맨 다음 구정물 받아 돼지 밥 주고 살구나무에 올라 풋살구 가지를 치기도 했다. 그러면서 일곱 자식 몸을 닦아 주며 저물녘을 마무리 짓기도 했으니 마술봉 같은 손이다. 30년 내내 밭을 매었고 50년 넘게 밥을 했다. 갓 태어난 송아지를 네 번 받았고 새끼 돼지도 열두 번 받았으며 달걀 3,000개를 꺼내었고 수십 차례 부화를 시킨 마술봉 같은 손가락이다.

그 손으로 열 살, 여덟 살, 여섯 살 사내와 네 살, 세 살 연년생 계집애까지 조르르 벗겨놓고 몸을 구석구석 씻겼다. 열 살 황성연만 빤쓰를 입었고 나머지 밑에 동생들은 홀라당 벗긴 채 다라에 풍덩 집어넣으면.

"챙피해."

여덟 살 황시춘이 재빨리 아랫도리를 가렸지만.

"애들은 괜찮은 거여."

겨드랑 사이건 사타구니 풋고추까지 가차 없이 훑어내었다. 목이나 어깨, 종아리나 허벅지를 북북 문지를 때마다 묵은 때가 숭덩숭덩 벗겨지면서 뽀송뽀송 빛이 나야 하루가 편안하게 저물었으니, 내 깔끔한 성품 탓이다.

아, 여자애들은 다르다. 나이가 어려도 조갑지가 보이지 않게 등허리를 돌려 닦아주었고 베수건 덮은 품으로 덩실덩실 안아서 방에 넣어주었다. 여자들의 몸은 함부로 보여주면 흠이 된다는 생각이고 그게 맞다. 특히 요즘 젊은 여자애들이 배꼽을 드러내며 걷는 걸 도저히 알 수 없는 이유이기도 하다.

꿈

6인실 그 침대에서 다시 3년 세월이 흘러가는 98세이다. 이팝꽃 흰송이 사태가 순식간에 사라지더니 가을 단풍과 매서운 폭설까지 서너 차례 쏟아졌다. 지금은 어느새 다시 이른 봄이다. 그사이에 1인 간병비가 하루에 15만 원으로 오르긴 했으나 6인실 공동 간병인의 케어를 받으므로 그만큼 경비가 편안해졌다.

코로나가 풀리면서 마스크도 대충 걸치다가 벗기 시작했고 면회객들의 자가 진단 키드도 사라졌다. 그렇게 긴 세월 흐르면서 누구는 내 마음을 훔치는 빛을 주었고 누군가는 어금니 갈아 마시는 상처를 주었다. 더러는 시베리아 벌판에 봄 햇살 한 줌 없었고 때로는 꽁꽁 언 연못 위에 내 맨몸을 던져넣기도 했다. 그렇게 얼음 위에서 비늘을 하나씩 떼어내면서 나는 아직 살아 숨을 쉬는 중이다.

언제부터였나. 지인들의 방문이 완전히 끊어졌고 자식들조차 의무방어전처럼 힘겹게 헉헉 찾아오는 게 눈에 보인다. 보름 전에는 아무도 오지 않았고 지난주에는 다섯째 딸 혼자만 방문했으니 병원 이력이 길어지는 만큼 간극도 벌어진 것이다. 나 혼자 자식들의 방문 횟수를 손꼽아 헤아리는 걸 당연히 모른다.

2월의 겨울바람이 몰아치던 그날, 둘째 아들 혼자 나타나더니 문득 빙의처럼 쏟아내기 시작했다.

"벌써 5년이 지났습니다."

그 소리를 듣자마자 나 혼자.

'벌써라고? 나는 500년이 훨씬 넘게 지난 것 같다.'

속으로 절규하는데 아들이 연신.

"이제는 '오래 살게 해주세요'라고 기도할 수도 없고 '하느님, 제발 모셔가세요'라고 기도할 수도 없습니다."

꽃샘눈 쏟아지는 창밖을 바라보더니.

"1968년 10월의 하굣길이 기억나세요? 6학년 열세 살이던 저는 서울 전학생으로 초딩 졸업반이었고 어머니는 갯마을 바닷가에서 보따리 메고 오신 중년의 아낙네였습니다. 하굣길, 북아현동 언덕길 네 번째 골목길에서 만난 어머니요."

'기억나지. 당연히.'

그 소리를 듣자마자 58년 전 자취생 아들에게 풀어줄 보따리 이고 북아현동 언덕길 오르던 '엄마의 힘'이 선명하게 떠오르는 것이다. 굴레방다리 그 학교 정문에서 오른쪽 내리막길 영화 포스터 『연상의 여인』에는 국민 배우 신영균이 여배우 문희의 비 맞은 뒷모습을 쓸쓸히 바라보는 중이었다. 나도 보따리 인 채 전봇대에 기대어 신영균 얼굴을 마주 보며 힘을 비축하고 있는데 발밑으로 키 작은 그림자 하나가 다가오더니.

'왜 그레유? 옴마.'

내 아들이다. 전신주에 기댄 그 와중에도 네가 반가워.

'보따릴 내리면 당최 올릴 수 읎으니 전봇대에 기댄 채 힘을 모으는 거여.'

함박웃음 터뜨리던 그 풍경을 떠올리는 동안에도 아들 혼자 스스로 독백 삼매경에 빠진 채.

"저는 그때 '속으로 운다'는 의미를 처음 알았습니다. 지금은 그 풍경조차 꿈결처럼 아름답습니다."

다시 나에게 눈빛을 맞추며.

"자취방 연탄불 구멍을 열었고 가래떡 몇 개를 금세 구웠습니다. 그 호마이카* 밥상에서 잘라먹던 '어머니의 가래떡'을 잊

---

* '포마이카'의 비표준어.

을 수가 없어요."

아들의 얼굴만 멀거니 마주 바라보자.

"어, 쳐다보시네."

놀라는 표정으로 배꼽인사 준비를 했으니 이제 떠난다는 뜻이다. 지난주에 다섯째 딸이 왔으니 다음 주는 여섯째 딸 차례이고.

여섯째 딸이 나타난 건 아카시아 치렁치렁 늘어지는 5월 말이었다. 간병인에게 롤 케잌 하나를 넘기더니 커튼을 완전히 내리면서 우리 둘만의 공간을 만든다. 그런데 어깨에 걸친 두꺼운 잠바가 마음에 들지 않는다. 하필 세상을 떠난 한결이가 다섯 살 때 입던 아카시아 무늬 푸른색 나이롱 잠바여서, 내가 벌벌 떨며.

"네가 왜 그걸 입고 왔니? 빨리 벗어라. 지금은 때가 훨씬 지났다. 한결이가 아기 때 입던 잠바인데."

그러나 딸은 여전히 생글생글 웃으며.

"날이 풀리면 벗을게요."

"도대체 얼마나 기다리란 말이냐? 그러면 내가 한여름 땡볕이 펄펄 끓을 때까지 지금처럼 침대에 묶여 살아야 한다는 얘기냐? 죽음을 기다리는 연습을 그만 끝내자. 나도 빨리 자연으로 돌아가고 싶다."

꿈에서 깨어나면서 아, 앞 침대 노파의 자리가 텅 비어 있는 순간 가슴이 싸— 하게 시려온다. 길동무 하나가 또 먼저 떠났구나. 혼자서 밥도 잘 먹던 건강한 몸을 쪼끔은 부러워도 했는데 안부도 없이 떠났구나. 그러니까 구천의 순서는 침대의 건강 순서와 완전히 다르다. 그리고 솔직히 먼저 떠난 그미가 부럽지만, 나는 아직 아니다.

지금은 곡절 속에 다시 막내가 된 저 여섯째 딸내미가 파란 잠바를 벗을 때까지 기다려야 한다. 먼저 떠난 막내 한결이가 감나무 가지에 오를 때 입던 파란 잠바 아카시아 꽃송이에 핏물 든 기억이 너무 무섭다. 그런데 꿈에서 깨어난 게 분명한데도 그 딸이 여전히 앞에 그래로 서 있다는 사실을 도저히 이해할 수가 없는 것이다.

그러더니 가방 자크를 쭈욱 열면서 백설기 한 덩이를 꺼낸다. 백무리라고도 부르는 그 멥쌀가루 백설기 속에 원래 아무 것도 넣지 않았는데 며느리들이 들어오면서 건포도나 잼을 섞기도 했다. 바로 그 떡이 내 코앞에 디밀어지는 순간, 문득.

'아차, 꿈이다.'

꿈에서 깨어나면 또 꿈이 되는 재탕 삼탕 몇 차례씩 쳇바퀴 도는 꿈을 꾼 것이다. 그렇게 현실이 아니라는 걸 확실히 인지했는데도, 순간적으로.

'꿈에라도 한번 실컷 먹어나 보자. 수정과로 마른 목을 적시

고, 기름이 좔좔 흐르는 돼지고기 김치찌개도 실컷 먹어보자.'

그런데 이상하다. 백설기를 부르면 백설기가 나오고 수정과를 떠올리면 수정과 놋그릇이 눈앞에 따악 등장하는 것이다. 이제 혼자만 먹지 말고 바깥마당에서 뛰어노는 아이들에게 '성연아, 백설기 먹어. 동무들도 데려와'라고 부르고 싶다.

김이 오르는 쌀밥에 새우젓도 얹어서 먹고 싶다. 동부시장 분이네 가게에 들러 손주 자랑이나 하다가 택시를 타고 돌아오고 싶다. 이번에는 성실이다. 집 나간 성실이가 쌀밥 숟가락 위에 새우젓을 얹어 막내딸 한결이의 입에 넣어주더니.

'주무세요. 어머니.'

내 머리를 다독다독 쓰다듬지만 잠이 오지는 않는다. 그때 '안아 줘' 하며 달려드는 한결이를 껴안았어야 했다며, 아프게 후회하는 밤이다.

그리고 또 이상하다. 나는 투표를 한 적이 없는데 대통령이 또 바뀌었단다. 소년공 출신 후보가 재수인가 삼수 끝에 21대 대통령으로 당선되었다는 자정 뉴스이다. 고요, 고요하다. 짙은 신록, 밤꽃 냄새 지천으로 쏟아지는 늦봄의 어둠이다.

굿모닝, 요양병원

초판 1쇄 발행 | 2025년 11월 30일

지은이 | 강병철
펴낸이 | 황규관

펴낸곳 | (주)삶창
출판등록 | 2010년 11월 30일 제2010-000168호
주소 | 08294 서울시 구로구 공원로7길 41-22, 202호
전화 | 02-848-3093
팩스 | 02-866-2723

ISBN 978-89-6655-194-1 03810

이 책의 일부는 충남문화관광재단의 지원을 받아 출간되었습니다